暗瞳
DARK PUPIL

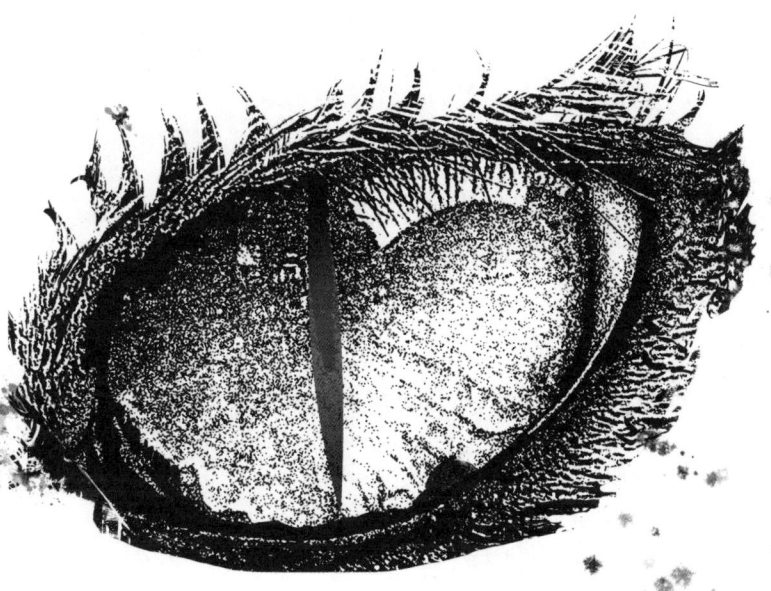

赵小赵 —— 著

长江出版社

图书在版编目（CIP）数据

暗瞳 / 赵小赵著 . — 武汉：长江出版社，2023.3
ISBN 978-7-5492-8742-0

Ⅰ . ①暗… Ⅱ . ①赵… Ⅲ . ①长篇小说 – 中国 – 当代
Ⅳ . ① I247.5

中国国家版本馆 CIP 数据核字 (2023) 第 045057 号

暗瞳 / 赵小赵 著

出　　版	长江出版社
	（武汉市解放大道 1863 号 邮政编码：430010）
项目策划	力潮文创·蜜读
市场发行	长江出版社发行部
网　　址	http://www.cjpress.com.cn
责任编辑	钟一丹
封面设计	李宗男
印　　刷	小森印刷（北京）有限公司
版　　次	2023 年 3 月第 1 版
印　　次	2023 年 4 月第 1 次印刷
开　　本	710mm×1000mm 1/16
印　　张	15.5
字　　数	220 千字
书　　号	ISBN 978-7-5492-8742-0
定　　价	42.80 元

版权所有，侵权必究。如有质量问题，请与本社联系退换。
电话：027-82926557（总编室）027-82926806（市场营销部）

目 录
Contents

楔　子	先上讣告，后上天堂	001
第一章	摆渡人	015
第二章	被侮辱的青春	051
第三章	荣誉之死	107
第四章	生者对死者的访问	147
第五章	写给夏天的你	179
第六章	逆光而生	209
后　记	在生活的幽暗中寻找秘密	241

一个人有两个我，一个在黑暗里醒着，一个在光明中睡着。

——〔黎巴嫩〕纪伯伦

楔子　先上讣告，后上天堂

我叫齐唐，男，殁年三十二。

在山城这个潮湿多雨的春天，我为自己撰写的墓志铭只有寥寥十个字。我从不觉得简短是一种草率，在生命的驿道上，我们只是一架摇摇晃晃的马车，来去都身不由己。若干年后，或许连墓碑都会成为被荒草掩埋的铺路石，没有谁还会在意上面镌刻的名字。把自己看得很重要，幻想永垂不朽，实在是过于滑稽。

一个人还活着就给自己树碑立传，这似乎有些精神不正常。如果是以前，我也会这样想，但现在，我并不觉得荒诞，因为我知道自己的肉体很快就会销蚀。如果不出意外，应该就是在这场雨水结束之前。看着窗外迷蒙的水汽，我有一种强烈的预感，那个来自暗黑世界的使者，已经准备敲门了。我必须提前安排一下生活，我不愿意带着遗憾离开。我记得很多年前在朝天门码头送别父母，我有很多话没有跟他们说，总觉得以后还有机会。但父母再也没有回来——他们葬身于南太平洋一条冰冷阴暗的海沟里，我后悔不迭，那些来不及表达的语言全都成了马蜂，把我的心肝蜇咬得疼痛不已。从那以后我就知道，做事千万别犹豫，有时候一个转身就是一辈子。

我无房无车，没有什么积蓄，不需要处置遗产；我没有结婚，没有至亲，不需要安置家人的生活；我没有私生子，没有借钱，风流债和经济纠纷都不存在。我唯一要安排的，是以何种方式走完人间最后一程。

既然死亡不可避免，那就让告别变得更有意义一些吧。

我住十八梯，这里曾经是连接山城上下半城的脐带，或者说是母城的子宫。尽管如今已经衰败不堪，但我还是喜欢这里的人间烟火——空气里弥漫着麻辣烫、凉皮和毛血旺的味道，川剧唱腔和小贩的吆喝此起彼伏，跟青石板阶梯一样高低错落、盘旋不散。

我的栖身之所是一栋老式的阁楼，雕花上残留着金粉，是民国一个青衣成名后买的，有近百年历史。不知道是不是错觉，我经常觉得楼板发出的吱呀声像是在拉板胡，而我如同一个戏子，每天照着脚本演出。推开前窗，左边是老山城著名的风月场所——花街子，右边是原法国领事馆旧址，正前方是一排粗壮的黄桷树，枝叶茂密——只要有风吹过，就会发出一种古怪的声音，如同妇人的呻吟。

确切地说这并非我的家，而是租来的房子。房东叫宋小溪，我女朋友，也是我在尘世唯一的牵挂。我们是十八梯的街坊，从小就认识，她每天上学都要从我家门前经过。少年时期我喜欢拉小提琴，她是我最忠实的听众。我告诉她我要走了，她没有流泪。事实上我从未见她哭过，悲伤时她就抬头看着天，说这样眼泪就不会掉下来。

我还有个小可爱，叫安妮，是只波斯猫，毛色纯白，幽蓝的眼睛像雪地里的玻璃球。安妮陪我三年了，颇通人性。我写稿子的时候，它就趴在旁边看。我要是熬夜，它就不停地朝我打哈欠，提醒我早点休息。安妮以前是只流浪猫，是被我收养的。我总觉得流浪过后才有深度，比如屈原和杜甫，比如拜伦和凡·高。安妮很孤傲，从不跟别的猫一块玩耍，它经常趴在窗台上俯瞰整个下半城，神情忧郁，如同思想者。

一楼是客厅、饭厅、厨房、储物间和一个带蹲位的卫生间，二楼是主、客两间卧室和一间书房，还有一个带抽水马桶的卫生间。主卧里有张雕花大床，据说是那个青衣睡过的。靠墙的那面，有一排抽屉把床头床尾连接起来，漆雕精美，描龙绘凤。躺在床上，我多次梦见青衣顾盼生辉，水袖翻舞，甚至，还和我有过鱼水之欢。小溪说这床像棺材，劝我换掉，但我没同意。我从未见过死者害人，世间疾苦，皆为生者作恶。

书桌上有部笔记本电脑，还有一部老旧的绿漆斑驳的电台。我的父母都在远洋货轮上工作，父亲是轮机长，母亲是报务员，一年半载都难得回趟家。那时卫星电话还没普及，而且有许多信号盲区，母亲就教我使用电台跟他们联系。父母遭遇海难后，我的世界一下子变得寂寞了，我就在电波中寻找朋友。这也是我的一种纪念方式，把自己想说的话用莫尔斯代码发送出去，我总觉得，长眠在海沟深处的父母还能接收到。

敲打电键时，阁楼里就会回荡着滴答作响的"马蹄声"。

小溪说她只在电影里见过这种老掉牙的通信工具，那是间谍的标配，她觉得我像个在刀尖上跳舞的地下党员，而这栋阁楼是一座隐蔽在敌占区的交通站。

我在十八梯厚慈街原本有个家，五年前我把房子卖了，开始租房，在都市里过起了"游牧"生活。小溪心疼我，就买下了这栋阁楼给我住，我不想白捡便宜，尽管她是我的恋人。我坚持交房租，每个月三千四百块。实际上这点钱远远不够，如果小溪把阁楼租给别人，这么大的面积，月租至少上万。

小溪不差钱，她赶上了山城房地产开发的黄金时期，炒房成了富姐。在主城区，她至少有二十套房，还有好几个繁华路段的门面。财务自由的她不用上班，她的日常就是打游戏、刷手机、逛街购物、看肥皂剧、做美容。我们没有同居，但她每天都会来这里陪我。在我眼里，她还是当年那个梳着羊角辫、爱听小提琴的娇憨女生。

我喜欢仰望从阁楼天窗里投进来的阳光，像一道神秘的宇宙射线；喜欢听雨打在瓦片上的滴答声，跟发电报一样；喜欢看彩色玻璃在月光下闪烁着诡异的光芒，宛如梦境。对了，阁楼前还有个小院子，种了许多花草，四季姹紫嫣红。一条刷了白漆的长椅摆在黄桷树下，如果天气不错，我会坐在上面看看书、拉拉小提琴、发发呆。我可以在一杯咖啡的香浓气味中坐一个下午，什么都不做，静静地听李斯特弹奏的钢琴曲《塔索的悲伤与胜利》《旅行岁月》，或者，只是眺望着云雀在清真寺的屋顶上飞来飞去。

忘了介绍自己的职业了，我是《雾都早报》的记者，特稿部主任，入行十年了。父亲经常跟我讲航海故事，希望我以后当一名船长。十岁那年，母亲送给我一把小提琴，想要我当音乐家。但我没有听他们的，我的梦想是成为无冕之王，感谢命运，我做到了。

特稿部最近改版，拿出三分之一的版面连载悬疑推理小说，推出的第一部作品叫《禁忌之恋》。作者是秦川，连载前我采访过他，是一位山城本土的网络作家，跟我同年，刚刚出道，籍籍无名。"悬疑"栏目一开，书稿就塞满了特稿部的邮箱,其中不乏名家,但作品大都粗制滥造,特别是文字,毫无张力,推理也很业余,漏洞百出。后来小溪向我推荐了秦川的作品,说他的文笔很好,字里行间充满了神秘气息,代入感极强。我花了一天一夜读完了《禁忌之恋》,发现他的推理严丝合缝,几乎没有破绽。对犯罪心理的分析更是细致入微,丝毫不逊于警方对犯罪嫌疑人的心理画像。

一如作品,秦川这个人也很神秘。

采访时,我本来想约他在一个安静的咖啡馆见面,他却提出去民生路的若瑟堂——《禁忌之恋》中的一个重要场景,男女主人公在这里初相识。我们去的那天,教堂没有开门,只好坐在长满苔藓的石阶上摆龙门阵。他瘦瘦高高的,身穿黑色风衣和修身裤,脚蹬一双马丁靴。他五官清秀,手指修长,皮肤很白,头发有点板栗色,说话细声细气。尤其是眼睛,深邃得像一个通往冥界的天坑。他告诉我,写小说根本不能养家糊口,他平常主要靠写讣闻为生。

这很让我意外,我知道讣闻在西方非常流行,主流报纸都有专版刊登讣闻,跟新闻的地位同等重要。给戴安娜王妃和马龙·白兰度写过讣闻的记者玛里琳·约翰逊,著述过一本畅销书《先上讣告,后上天堂》。但在国内,给死人作传被认为是一件很晦气的事情,所以讣闻师相当少见。这是一个跟死亡打交道的职业,难怪他看上去有股阴柔气。

他聊了一会儿他的生活和创作情况,然后笑着说,我也喜欢十八梯,等我拿到这笔小说的稿费后,就搬过去跟你做邻居吧。

我很诧异,问他怎么知道我住在十八梯。

他看着教堂的白色十字架屋顶,缓缓说道,你耳根有碎头发,应该刚理过发。黑头、胡子和脸上的汗毛都清理得干干净净,这种手艺只有老剃头匠才有,所以你很可能住在老街。

我颇不以为然,我说我有可能只是从老街路过,顺道理了个发。

他低下头,把目光转向我,你的上肢并不粗壮,但下肢很结实,特别是小腿,肌肉发达,说明你经常爬坡。

我仍然疑惑,我说山城的坡坡坎坎多了去了,不是只有十八梯才有。

我看见你从的士上下来，给了司机二十块钱，他找了你八块，这差不多就是十八梯到这里的车费。哦，车来的方向也对。

格老子的，我彻底信服了！

秦川是小溪在网上认识的，她是他的粉丝，但两人并没见过面。采访回来，小溪好奇地问我对秦川的印象如何，我说跟《禁忌之恋》的男主人公一模一样。事实上，那部小说的男主人公就叫秦川，身份也是网络作家。当我把秦川现场展露出来的推理能力告诉小溪时，她惊讶不已，说她还以为秦川只会纸上谈兵。

秦川的这部小说连载时引起很大反响，好评如潮，很快就出了单行本。他的粉丝也暴涨了十几万，开始小有名气了。拿到稿费后，他请我去临江门吃火锅，说本来想搬到十八梯来，但没有找到合适的房源。那时他住在菜园坝，房租比十八梯贵。

如果我能一直活下去，我和秦川应该会成为好朋友。他身上有我欣赏的特质，而且，他的气场跟老街很契合，既沉默含蓄，又特立独行，他应该是个有秘密的人。

那天吃火锅吃到酣畅淋漓时，我给他斟满一杯啤酒，问道，如果我死了，你能给我写讣闻吗？

他跟我碰了碰杯，笑道，我们同年，还不知道谁在谁前面上天堂。

肯定是我！

那不见得——哎呀，好好的，说这些干啥子？鸭血都煮老了，赶紧捞了吃。

我没有坚持，在世俗观念里，死亡这种话题是不可以拿到桌面上来说的，我不想他觉得我脑壳有包。

我换了话题，问他当讣闻师前做啥子工作，那些推理知识是从哪儿来的？

他夹了块毛肚说，以前跑夜班出租，无聊得很，为了打发时间，就经常从言行举止判断乘客的各种信息，比如职业、家庭背景、文化程度、婚姻状况，等等，慢慢就总结出规律了。

他还告诉我，跑夜班出租时碰到过不少奇怪的乘客——有人上车前还神采奕奕，上车后就开始痛哭，却说不出为什么；有人让他把自己拉到荒郊野岭，站在那里大声尖叫，疯狂地跳舞。曾经有个少妇，刚上车就脱得一丝不挂，在后座裸睡，后来才知道她在梦游。最诡异的一次，是他在上清寺捎了个小伙子，说要去南滨路。小伙子在车上不停地自言自语，到了南滨路，小伙子拉开车门，对着空气说再见，然后要求原路返回。他问小伙子是不是喝多了，小伙子却说自己是过敏体质，滴酒不沾，是女朋友喝多了，刚才吐了自己一身。他觉得奇怪，小伙子明明是一个人上的车，哪来的女朋友？

小伙子比他更奇怪，说自己和女朋友一块上的车，他怎么只看见一个人？还说女朋友是艺术院校的，萨克斯吹得一级棒，两人前几天吃夜宵时认识，她说她家在南滨路。他猛然想起，上周末凌晨两点钟，有个艺术系女生在南滨路卖唱，被醉驾撞死了，据说女孩就是吹萨克斯的。

听他这么一说，小伙子被吓着了，连忙打女孩的手机，但始终无法接通。

我对这种都市怪谈表现出强烈的好奇心，问他，后来呢？

他慢条斯理地嚼着肥牛，说道："后来我回头看了一眼，他居然不见了，后排扔着一张冥币"。

你是说他在车内凭空消失了？

他点点头，有可能是等红灯时偷偷下了车，我在犯困，没注意。

他说这应该不是什么灵异事件，他更相信是个恶作剧。年轻人压力很大，整点么蛾子出来捉弄人不是没有可能。他还说自己"亚历山大"时就在雨中奔跑过，从解放碑一直跑到牛角沱，差点被交警送到精神病医院。

我把这些事情告诉了小溪，她甩了甩头发，笑笑说："作家都会编故事，当不得真"。

他脸上看不到任何做作的表情，我觉得可信度还是很高的。

那可不好说，还记得何寡妇的牌坊么？有时看戏的比唱戏的更会演。

何寡妇是十八梯老辈人摆龙门阵时经常提到的一个人物，生活在清代咸丰年间，长得美艳动人，肌肤吹弹可破，但二十出头就守寡了。她悉心照顾婆家，还不惜典当首饰请戏班子给公婆祝寿，孝义感天动地，朝廷下旨给她立了贞节牌坊。后来却发现她同时跟好几个男人私通，丈夫也是她用砒霜毒死的，结果被拉到太平门外凌迟，牌坊自然也被推倒了。

小时候我听外婆说，十八梯的好多台阶就是用何寡妇的牌坊砌的，凑跟前能闻到石料有一股骚味儿。我特意去找过，但一块都没找到。

十八梯的老辈人如果骂谁像何寡妇，意思就是这个人假得很，信不过。

进报社工作后，我查了地方志，发现十八梯根本没有所谓的贞节牌坊，野史里也没有记载，估计何寡妇是戏里面的人物。我颇感失望，因为风情万种的何寡妇是我性启蒙的老师，格老子的，她居然从来不存在！

准备告别的那段时间里，我和小溪每天都在十八梯散步，从厚慈街走到较场口，从南纪门走到盐商会馆。

我们经常是边吃着边走过去的——叶儿粑、串串香、凉皮、抄手、锅贴、米花糖……我们比任何时候都更像一对情侣。我们跟遇到的每个街坊打招呼，他们都是十八梯的一分子。外婆说，十八梯有多少人，就有多少级台阶，但我从来没有数清过。

有时候小溪会在阁楼里留宿，她依偎在我怀里，身段就像一把弧线优美的大提琴，而我如同一位灵感充沛的琴师，经常即兴创作出许多神曲。还有的时候，我们会跑到江边的乌篷船里，把自己变成一尾鱼，听着水鸟的叫声和喧嚣的涛声，随着波浪上下起伏。那是一种无法用语言形容的美妙境界，是真正的天人合一！

有一天半夜时分，我和小溪吃夜宵回来，居然心血来潮地钻进了防空洞。抗战时期，日军飞机对山城大轰炸，十八梯的防空洞里死了不少人。我小时候老听外婆说，里面去不得，有绿毛鬼！凑近洞口，还能听到哭声。

我们摸黑朝深处走去，没有看见绿毛鬼，也没有听见哭声。热气混合着湿气，刺激和恐惧交织在一起，欲望像蘑菇一样迅速膨胀起来。那是我们最肆无忌惮的一次，直到早晨才从防空洞里出来，小溪的嗓子都哑了，足足喝了三天的胖大海。后来我仔细琢磨了一下，所谓的绿毛鬼可能就是我和小溪这样的人。那天晚上小溪披头散发，像是从江底爬上来的水鬼，身上还覆盖着许多水草。而且防空洞有回音壁的效果，叫声显得格外凄厉。

这个发现让我和小溪拊掌大笑，在十八梯流传了大半个世纪的鬼怪之谜，竟然被我们破解了，而且是用这样一种奇特的方式。但我们没有把谜底公之于众，一是羞于启齿，二是我觉得没有鬼怪的传说，防空洞就没有了内容，十八梯就少了点什么。正如火锅，缺了一味底料，哪怕只是一丁点儿，整个口感就不对了。

我们在阁楼亲热的时候，安妮就在旁边静静地看着。它很少叫唤，哪怕是在发情期，我一度怀疑它是个哑巴。安妮行动非常敏捷，能从屋顶跳跃到几米开外的黄桷树上，像一个白裙飘飘的芭蕾舞演员。在一只波斯猫面前展现人类的动物本能，让小溪有一种强烈的欢愉。她多次说她在猫眼里看见了另外一个人，一个穿戴着凤冠霞帔的女人。

但我在猫眼里什么都没看见。

小溪脑海里曾经冒出一个荒诞的念头，她看到的会不会是那个青衣——阁楼的第一任主人，或者说，安妮是青衣的转世？十八梯有个章盲人，号称半仙。小溪抱着安妮找他算过命，他摸了一会儿安妮的骨骼，说它前世是个戏子，还是名角，红透了半边天。小溪当时就起了一身鸡皮疙瘩，章盲人一双盲眼，竟然窥探到了她的心思。

章盲人的隔壁是家纸扎店，一对合川来的中年夫妇开的，小溪以前就住这里，也是阁楼，但比我住的那一栋小很多，而且破旧不堪。小溪家很早就把这栋阁楼卖了，她现在住江北的一个豪华小区，卫生间比我的书房还大。如果不是因为我，她很少到十八梯来，她更喜欢高楼大厦和宽阔的马路。

我有种直觉，死神离我越来越近，我似乎听到了他走在青石板上的脚步声。

我让小溪不要再留宿了，我不想倒在爱人的面前。伟大的死亡都是孤独的，就像苏格拉底、海明威、川端康成，还有鲸鱼——鲸落就是一种悲壮的诀别。我并不害怕死亡，纪伯伦说，如果你真要瞻望死的灵魂，就应当对生的肉体大大地敞开你的心。因为生和死是一件事，如同江河与海洋也是一件事。既然如此，我还有什么好畏惧的呢？死亡是每个人的归宿，我只不过是走了条捷径，提前在终点等着你们。

这个晚上，我沏了一壶铁观音，听着窗外的雨声，慢慢地喝茶。偶尔跟安妮对视一会儿，想从猫眼里看清楚那个青衣的模样，却一次都没成功。尽管我觉得章盲人是故弄玄虚，但不得不承认，安妮的叫声跟别的猫很不一样，时而高亢清亮，时而婉转低回，像川剧的唱腔。我突然想，如果真有来世，我会是什么？也会变成一只猫吗？然后被小溪抱在怀里宠爱？还是变成一棵黄桷树，生长在某户人家的窗前？或者，变成十八梯的一块青石板，每天仰望着从我身上走过的丰乳肥臀？有来世就有前世了，那我的前世又是什么？

打小我就爱胡思乱想，比如，星球悬浮在太空中为什么不会掉下去？恐龙个头那么大，为什么蛋那么小？黑洞到底是通往高维空间还是平行世界？现实经常魔幻而抽象，梦境却异常清晰具体，那么现实和梦境到底哪一个更真实？这些古怪的念头像苔藓一样纠缠在一起，覆盖了我的大脑沟回，让我经常因为缺氧而意识恍惚。

我还想到了秦川，我死后，他会给我写讣闻吗？讣闻上会写些什么？是褒是贬，还是客观评价？我会成为他悬疑小说里的素材吗？是主角还是配角？或者就是个打酱油的？

我突然忍俊不禁，人都不在了，还在意这些干什么？这跟我有一根鸡毛的关系吗？如果以另外一种形态重新回到这个世界，我已经不是现在的我了，也不记得以前发生过的任何事情。如此看来，孟婆汤真是个好东西，能让人彻底忘掉过去，开始新生。秦川爱怎么写就怎么写吧，说不定以后的我还能读到，就像在读别人的故事。按照这个逻辑，我现在遇到的某个人，看到的某棵树，可能就是以前的我。我读到的某本书，可能就是我以前的故事。两个"我"穿越时空撞了一下腰，想想就觉得有趣。

茶喝到一半时，我起身拉了一会儿小提琴，是肖邦的《升C小调夜曲》，节奏很像正在下的雨，不紧不慢。十八梯很少下暴雨，这里的雨像是从插科打诨的川剧里飘出来的，从软糯的四川话里飘出来的，从入口即化的灯芯糕里飘出来的。安妮歪着头倾听，四肢蜷缩，眼神迷醉，一副很享受的表情——小溪听我拉琴也是这个样子。我轻轻叹了口气，心有点疼。我死后，谁还会拉小提琴给她听？谁还会把她的身体当成大提琴奏响灵与肉的乐章？

我不忍再触碰小提琴，似乎我拉的不是弓弦，而是锯子，每一次运弓，就像在心头割一道口子。我来到书房，在电台前坐下来，打开电源，杂乱的电波声立刻传过来，有的用明语，有的用暗语。这个绿色的铁匣子里藏着许多人的秘密，包括我的，而且是一个惊天动地的秘密——也许有一天，会有人来破译，就像我曾经热衷于破译别人的秘密一样。电台也是我跟父母沟通的媒介，我敲打着电键，告诉他们，我们一家人就要团圆了。

跟父母说完话，我又敲打了一串代码，发给死神的，他没有回复。整整十年了，我呼叫了无数次，他都没有回复过我一个代码，始终保持静默，像是一座死火山。但我知道，他一定会听到我的呼叫，他的无声就是另外一种意义上的回应。

我关掉电源，把电台仔细地擦拭了几遍，我也该跟老伙计告别了。

现在，我还应该做点什么？

我走进主卧，抚摩着雕花大床。整整一个下午，我和小溪都在上面度过。中场休息时，我点了外卖，是李孃孃家的豆花——十八梯的老字号。补充体力后，我们又开始二重奏。这场只属于我们两个人的演出一直持续到傍晚，精彩纷呈，高潮迭起。我很有成就感，做了一次完美的谢幕。

我们没有打伞，冒着黄昏的细雨去轿铺巷吃了碗酸菜面，我要吴眼镜多放点海椒。吴眼镜是我父亲的小学同学，开了家面馆，味美价廉。他有三个儿子，都夭折了。一个在长江里淹死，一个被疯狗咬死，一个爬树偷柚子，摔在青石板上，脑浆迸裂。他问我和小溪什么时候结婚，我们俩笑而不答。他说拿不拿证也没关系，如今谁还在乎那张纸，两个人好就行。他找过两个老婆，都领了结婚证，后来都跟别人跑了，还卷走了他的积蓄。听说他最近又跟店里的服务员好上了，我特意多看了那丫头几眼——二十出头，个子比他还高，腰粗胯大，应该会生养，能延续吴家的香火。

吃完面，我送小溪回家，一直把她送到较场口地铁站。

地铁来了一班又一班，她不肯上车，最后是我强行把她推上车的。在地铁门关上的一瞬间，我看见她趴在玻璃门上朝我呼喊着什么，但很快，那只钢铁巨兽呼啸而去，钻进了幽暗的隧道中。空空荡荡的轨道在照明灯下反射着冰冷的光，就好像时间静止了，就好像刚才什么都没有发生过，相聚和分离都是幻象。

我竖起衣领，转身离开，回到了十八梯。

青石板上有很多凹槽，有的是马蹄印，有的是车辙，有的是雨水常年冲刷而成，都有数百年的历史。如果运气足够好，还能发现古生物化石。小时候，我就找到过海百合、三叶虫、角石，还有某种叫不出名字的脊椎动物的化石——有长长的尾椎骨，很像蜥蜴。亿万年前，山城是一片海洋，后来陆地上升，成了恐龙的乐园，所以山城又被地质学家称为"建在恐龙脊背上的城市"。我从来不觉得化石是冰冷的固体，是死亡的遗迹，它们都是有温度有生命的，而且有故事。它们都经历了沧海桑田的巨变，能写进生物进化史，比人类永恒得多。

阁楼里小溪的气息无处不在，走廊里、楼梯间、床头、窗台、天花板上……我贪婪地嗅着，似乎要把这些气息全部带走，带到另外一个世界去。

茶壶空了，就在我准备再泡一壶时，我听见了敲门声，如同啄木鸟在敲击树洞，有种诡异的回音。

我知道，死神终于来了！

我整理了一下衣服，今晚我穿得很正式，西装革履，还打了条蓝色的领带，像位泰坦尼克号上的绅士，准备用最后的演出来接受沉船的命运。

这是具有历史意义的一刻，至少会载入十八梯的历史。

我照了照镜子，发现我的瞳仁变得有些晦暗，那里曾经藏了一片骚动而辽阔的海，但此刻，海水沉寂了。

我正要下楼，安妮在后面叫了一声。我回头望了一眼，它毛发根根竖起，弓着身子，像一支随时准备射出去的箭。

这是安妮遇到危险时的本能反应。

我蹲下来安抚它，乖乖，别紧张，往后余生，小溪会替我爱你。

安妮好像听懂了，舔了舔我的手。

我起身走下楼梯，站在门后。

敲门声在继续，雨水还在继续，黄桷树在风中呻吟不止。

闪电映照在彩色窗玻璃上，我看见十八梯灯火闪烁，行人步履匆忙。若瑟堂的钟声穿过黑夜和吊脚楼传过来，上帝似乎就端坐在我的头顶，灵魂安静，目光慈祥。在这块麻辣而悲悯的土地上,我即将成为一个符号,具有抽象和思辨色彩的符号。

外面有个压抑已久的声音:齐唐先生在家吗?

我深吸一口气,打开房门,微笑着说:

请进。

第一章 摆渡人

我叫秦川，男，现年三十二。

齐唐第一次给我发邮件时，我就是这样回复的。他要我做个自我介绍，然后约个地点见面，想采访我。但我实在不知道怎么介绍自己，我没有正式的职业，确切地说，是没正经职业。讣闻师只是行内约定俗成的叫法，并没有资格认证，也没有人给我发工资，我跟街头推销情趣用品的小贩一样，接一单算一单。我没有什么伟大的作品，经常被退稿，更没加入任何级别的作协，自称作家有些往脸上贴金的意味——我还没这么厚脸皮。但齐唐完全没有身份的偏见，开口闭口就叫我秦老师，这种从未有过的尊重让我颇为感动。

听到齐唐死讯的时候，我正陪白宇在缙云寺烧香。

白宇跟我一样，是个跟死者打交道的人。不过我们的身份有天壤之别，他是星河殡葬服务公司的老板，资产过亿，经常吹牛说山城的逝者至少有三成是他超度的。他手上戴着菩提子，脖子上挂着玉佛，车内中控台上有尊地藏王菩萨的青铜像，手扶箱里还有一本《金刚经》，不知情的，还以为他是虔诚的佛教徒。

虽然我跟殡葬公司有业务来往，但白总这样级别的平时根本不会多看我一眼，更不会亲自接见我。白总这次破例是因为他有求于我——一个大领导的母亲已到了弥留之际，大领导想提前给老母准备一篇讣闻。白总为了拍马屁，把这个光荣任务交给了我，并再三嘱咐我要写好，除了赞美伟大的母爱，还要突出大领导的拳拳孝心，总之，必须催人泪下。稿费是我接其他讣闻的十倍，但如果写砸了，星河殡葬服务公司的讣闻业务以后我就别想染指了。我一口应承，有钱赚，还能结交到白总这样的贵人，我自然求之不得。

在这座南朝古寺缭绕的香火中，白总盘腿坐在蒲团上，双掌合十，似已入定，浑身上下散发着禅意，让我心生敬慕。女秘书沈丽的电话就在此刻打过来，我听到白总手机的麦克风里传出一句话：

"白总，公安局叫我们去十八梯拉一具尸体，是《雾都早报》的一个记者，以前报道过咱们公司，叫齐唐，被人杀了！"

我的脑袋"嗡"的一声，像是有艘汽艇从脑海里高速掠过，掀起巨大的浪花。

白总的星河殡仪馆就在缙云山下，里面有间警方设立的法医学解剖室，一些死因存疑的尸体会被送到这里检验。记者被杀，案情重大，沈丽说警察叫白总马上过去一趟，要交代一些相关事宜。

两个月前我还跟齐唐在若瑟堂见过面。

那天阳光潮湿，透着一股阴冷，钟楼的尖顶十字架上缠着一只纸鸢，像一封天堂来信。齐唐穿得很休闲——连帽运动衫、牛仔裤、白球鞋，没有一点大记者的架子——接受采访前，我上网查过他的资料，他报道过许多重大新闻事件，荣誉等身，是妥妥的山城名记。齐唐有种艺术家的气质，坐在若瑟堂门口的台阶上眺望下半城时，目光里充盈着忧伤。后来我注意到他有点高低肩，而且是左高右低，脊柱也轻微地侧弯，这应该是长期拉小提琴造成的。

我们三观契合，聊得很投机。他喜欢十八梯，我也喜欢，老街上那些旧时光的痕迹让人沉静。还有那些烟火气息，能温暖灵魂，让人心里踏实。我一度想搬到十八梯去住，但一直没找到合适的房子。那里正在拆迁改造，许多老房子都消失了，房源很紧张。

雨后的缙云寺如同一个隐晦的神谕，诵经声显得格外空灵。我绝没有想到齐唐会英年早逝，而且是被害。我的第一个反应是仇杀，记者经常曝光黑幕，揭露阴暗面，很容易得罪人，算是比较高危的职业。

我跟着白总的大奔去了殡仪馆，解剖室在一栋独立的楼房里，墙面刷着绿漆，挂着"法医鉴定中心"的牌子。外围种了一排美人蕉和凤尾竹。楼下有值班室，无关人员是不许进入的。白总和一位姓罗的女警察去了二楼办公室，我被沈秘书请到殡仪馆接待大厅的休息室，听她说大领导母亲的具体情况。但我根本没有心思听这些，我打开录音笔，打算回去再整理录音资料。我的脑袋里全是齐唐的样子，还有那天湿漉漉的阳光、从《圣经》上吹过来的风，以及支离破碎的鸟叫声。

我无法接受齐唐遇害的事实，沈秘书说完后，我试着拨打了齐唐的手机，居然接通了，但对方是个女的，她确认了噩耗。

我是他女朋友，叫宋小溪。

她的声带嘶哑，悲伤穿过话筒一直弥漫到我身上。

我走出休息室，说我晓得，我听齐老师提起过你，我在早报连载的小说就是你推荐给他的。

在户外阳光的照射下，我身上泛起的凉意稍稍退却了一些。

秦老师，谢谢您的慰问，我正在处理齐唐的后事，就不跟您多说了。

节哀顺变！

这是我跟宋小溪第一次接触，如果没有她，我的处女作很可能还束之高阁，无人问津。不过，我更应该感谢齐唐慧眼识珠，要不然，我可能失去了继续创作的勇气。焚化炉的烟囱口上方盘旋着一群黑鸟，它们发出的怪叫像是地狱使者在招魂。我心里堵得慌，我想我应该去跟齐唐告个别。

我裹紧风衣，朝那栋绿色的小楼走去，刚到门口就被值班员拦住了，他打量着我，干啥子的？这里不能进去！

我是齐唐的朋友。我递给值班员一支烟，听说他的遗体被拉到这里，我能进去看看吗？

齐唐？你说的是那个记者吧？值班员没有接我的烟，他是被害的，法医正在尸检，这又不是菜市场，能随便进去吗？

我只看一眼，告个别。我低声下气地说。

等开追悼会再来告别！他挥舞着胳膊，像一个稻草人在驱赶麦田里的麻雀。

我有些郁闷，正要往回走，突然看见白总和那名女警察从楼上下来。我连忙迎上去，把我的意图告诉白总。从缙云山上下来时，他已经知道我和齐唐的关系。

罗警官，能不能通融一下？白总问道。

这个女警察约莫二十出头,脸上还有些青涩,穿上警服的时间应该不长。白总介绍说,她叫罗拉拉,重案队的。在她的审视中,我把我和齐唐的交往叙述了一遍。我觉得她看我,就像看一个犯罪嫌疑人。

她说,我陪你去,只能五分钟,不许拍照!

我和罗拉拉在更衣室换了防护服,还戴上了头套、口罩、手套和鞋套。一进解剖室,我就看见齐唐躺在解剖台上,两名法医在遗体旁忙碌。尽管有口罩遮盖,难闻的气味还是丝丝缕缕地钻进了我的鼻孔里。罗拉拉不让我靠近,要跟我解剖台保持至少三米的距离。

陈列柜上放着许多病例标本,都装在透明容器里,有人体组织,也有各种器官。到了这种地方,人体不再是一个具有灵性的高级智慧生命,也不再有身份的区别,而是一堆可以随意拆卸的零部件,毫无美感可言,甚至不如一件动物或植物标本漂亮。但我并不觉得毛骨悚然,我经常出入殡仪馆,见过无数遗体,各种形态的都有——有的残缺不全,有的腐败严重,连五官都无法分辨。我还经常对着死者遗像熬夜写讣闻,早已锻炼出了强大的心理抗压能力。我突然想起齐唐跟我说过,要我给他写一篇讣闻,我当时以为他是开玩笑,没想到一语成谶。

我看见齐唐双臂的表皮有部分剥落,颈部有索沟,但身体其他部位并没有明显的外伤。

他是被勒死的,机械性窒息。我说。

罗拉拉正在近距离查看齐唐的遗体,听到我的话,她回头看我了我一眼,但没有吭声。

凶手至少有两个人。

罗拉拉愣了一下,问我,为啥子恁个说?

勒沟呈水平环形闭锁状,头面部和肩胛部位都没有抵抗伤,但两条手臂都有束缚伤。应该是一个凶手勒齐唐的脖子,另外一个控制住了齐唐的手臂,导致他很难反抗。

罗拉拉朝法医投去征询的目光,其中一个法医点了点头。

我又说,他是昨晚十点到十二点之间被害的。

罗拉拉似乎过于惊诧，导致呼吸不畅，她摘下口罩，问我，你怎么晓得的？

我说，根据尸斑判断的。

罗拉拉的目光变得跟锥子一样尖锐，好像要刺破我的内脏。

她问道，你不会当时就在现场吧？

案发时我在家里写作，邻居可以作证。

罗拉拉眉毛一挑，鼻子里轻哼一声，跟你开个玩笑，你还当真了。

五分钟后，我朝齐唐的遗体深深鞠了一躬，然后和罗拉拉离开了解剖室。脱下防护服，走出楼房，炫目的阳光和新鲜的空气一下子迎接了我。

此刻，我最想说的一句话就是：活着真好！

你学过法医？罗拉拉凝视着我，她的眼睛像熟透的桑葚。

我点了支烟，摇摇头，尸体见得多了，自然就懂点皮毛。

她一脸狐疑地盯着我，你没事就到殡仪馆来找灵感？

我自嘲地笑了笑，不是找灵感，是找饭碗，我除了写小说，还是讣闻师。

我花了几分钟才跟罗拉拉解释清楚讣闻师是干什么的，我说不仅仅是写篇讣告那么简单，还得挖掘逝者生前的事迹，类似于古代的墓志铭。

这时，白总打来电话，说大领导的母亲刚刚仙逝，要我赶紧把讣闻写好。

我和罗拉拉互留了手机号码，自始至终，她都不苟言笑，脸上的肌肉像是被电焊焊死的铁板。她一再叮嘱，你要是想起齐唐的什么情况，一定要告诉我们。

我吐着烟圈说，义不容辞。

我出色地完成了白总交给我的任务。据说那位大领导是流着泪看完讣闻的，还托自己的秘书把讣闻发表在报纸显著的位置上，几乎就是一篇抒情散文。当然，署名已经不再是我。这个我不介意，我并不希望自己的名字经常跟死者捆绑在一起。白总兑现承诺，给了我一笔丰厚的稿费，还让沈秘书给我拉来不少客户。沈秘书每次跟客户介绍我时，都会很夸张地说我是著名推理小说作家，这让我很不好意思，但心里很受用。

我写讣闻时必须看着逝者的照片和遗书，照片上他们或衰老、或年轻、或平庸、或富贵，我能从音容笑貌中感受到某种意味深长的东西。遗书是逝者留给生者最重要的语言，或沉重、或悲伤、或幽默、或洒脱，我能从字里行间读出很多潜台词。这是一种意识的交流，是灵魂的对话。讣闻尽管也有矫饰的成分，但相对于其他文体，讣闻是最真实可信的。因为谎言都是说给生者听的，对于逝者，只需要盖棺定论。

我一般在晚上写讣闻，在无边的黑暗中解读死亡是一种奇特的体验。我似乎看到逝者就坐在我面前，他们不是一张张薄薄的照片和纸片，而是一个个意识体。他们并不狰狞可怕，无论生前多么偏执暴戾，死后都会变得平和，这是灵魂的原始状态。我想逝者也是期望看到生者的评论的，我就像一个摆渡人，不断传递着彼此都需要的信息。

大概是齐唐遇害的一个月后，我在若瑟堂听圣歌。我喜欢这种天籁之音，能让我的内心不那么焦灼。手机突然响了，我一看来电显示，竟然是齐唐的——我一直没删除他的号码。但我很快意识到，不可能是亡者来电，应该是他女朋友。

一接听，果然是她：

秦老师，您现在方便说话吗？

她的声音比上次清澈多了，看来心情在慢慢平复。

方便，有啥子事吗？我走出教堂，在齐唐坐过的地方坐下来。

我听齐唐说，您也喜欢老街，想搬到十八梯来住，但一直没找到中意的房子。她停顿了一下，现在您还有这个打算吗？

一直都有。我说。

有个房子，不知您介意不介意住。她有点闪烁其词，是齐唐住过的。

我的大脑沟回像是有一群藏羚羊跑过去，空谷里都是奔腾的回声。我点了一支"娇子"，在淡淡的烟气中眺望着下半城，就像齐唐那天的眼神一样。

您是讣闻师，又是写推理小说的，我以为您胆子大。她不好意思地轻笑一声，就当我没说好了。

我的沉默让她误以为是拒绝。

我弹了弹烟灰，说道，我不介意，我这边房租快到期了，正想换个地方住。

那太好了，我就晓得我没找错人！她明显提高了声音的分贝。

房租多少？这是我最关心的问题。

嗐，要啥子房租，您是齐唐的朋友，也是我的偶像，您住进来房子会升值的。她笑道，这比收房租划算。

我们约了在十八梯见面谈，刚说到这里，我的手机就没电了。半小时后，我在凤凰台见到了宋小溪，虽然之前没有见过面，但我一眼就认出她来了。

因为手机断电前没来得及说具体地点，她在人流中毫无目标地东张西望，显得有些焦躁。那天她穿着紫罗兰色的旗袍，娉娉袅娜的身材如同一朵行走的莲花，又仿佛是一幅峰峦叠嶂、云遮雾罩的水墨画，让男人的目光流连忘返。

你是小溪吗？

我上前打招呼后她才知道是我，她笑起来很好看，有两个酒窝。

我们朝齐唐住的地方走去，路上我问她案子有无进展，她说没有，每次去问警方，警方都让她耐心等待。齐唐的遗体还没有火化，报社也还没有给他开追悼会。

我在一栋阁楼前停下来。

她很惊讶，您来过这里？

我是第一次来。

她的眼睛越发瞪大了，那您怎么晓得齐唐以前住这儿？对了，我们也没见过，刚才您是怎么认出我的？晓得不，我都认错好几个人了。您跟我想象的不太一样，我以为是个戴着近视眼镜的表情刻板的男人，原来不是。

我跟小溪解释，我来的时候路过这栋阁楼，门上有贴过封条的痕迹，显然这里发生过案子；可能是因为墙面有污损，好几处地方都糊着报纸，尽管已经斑驳不堪，但依稀能认出都是《雾都早报》；二楼有扇窗户敞开着，能看见墙上挂着一把小提琴，拉琴是齐唐的业余爱好。而且，整个阁楼的气质也是齐唐的气质。

至于我为什么能在人群中认出她，主要是因为她穿的那身旗袍。那次在若瑟堂，我发现齐唐的目光多次在穿旗袍的女人身上流连，很显然，齐唐喜欢旗袍。女为悦己者容，她应该会经常穿旗袍。还有，跟她通话的过程中，我听到了叫卖豆花的吆喝声。我看见她时,她身后就有家豆花店,声音完全一样。

她惊叹,您可以抢章半仙的饭碗了!

那只波斯猫很漂亮。

她顺着我的目光抬头望去,阁楼的屋脊上趴着一只波斯猫,毛发白得像晴空里的一抹残雪。她说,它叫安妮,以前是只流浪猫,被齐唐收养了。

我走进阁楼前的小院子,在白色长椅上坐下来,然后问她,齐老师是在哪个房间遇害的?

主卧……我们每天都会通很多次电话,那天晚上十点半,我打他的手机,他没接,我以为他睡觉了,手机静音,就没在意。但很奇怪,那晚我老是莫名其妙地心慌,睡不着觉,我平常很少这样。一大早我就过来看他,想和他一块吃早餐,结果——

她没有说下去,眸子里浮现出一层雾状的悲伤。

我喜欢她说话的语调,很温婉,糯糯的,总让我想起小时候母亲包的粽子,入口即化。

在院子里坐了一会儿,我跟着宋小溪进了阁楼。她告诉我水、电、气的开关在哪里,还有各种电器的使用方法。她似乎怕我有心理阴影,特意强调道:齐唐的床单、被套、枕巾我都换过了,全部都是新的,您可以拎包入住。

我点点头,我现在住的地方面积很小,生活用品都是房东的,我的所有私人物品放在一个小行李箱里就可以带走。

我们先从一楼看起,然后上了二楼。楼板在脚下发出吱嘎声,像是怪鸟的呐喊。宋小溪走在前面,她的身材很像这座山城,高低起伏,错落有致,充满了诱惑。阁楼采光不好,比较晦暗,这既是中式建筑的通病,也是特点,讲究朦胧含蓄,不显山不露水,遮遮掩掩。房屋里没有什么装饰,连一幅画都看不到,倒也显得简约。但门窗雕花很繁复,刀工非常精致,整个阁楼就是一件艺术品。

二楼是齐唐的主要生活场所。

案发现场已经布置一新,根本看不出来这里曾经发生过凶杀案。但我还是感觉到了一种不同寻常的气息——命案的气息。据科学最新研究,所谓的气场虽然看不见摸不着，却真实存在，是一种能量的集中聚集，就跟磁场一样。只不过现代科学尚不能解释能量是以何种方式聚集，又以何种方式影响人的感知的。

走进书房的第一眼我就看到了那把小提琴，橘红色的，擦拭得很干净，光可鉴人。小提琴旁边挂着一幅镜框，里面镶嵌着一份剪报。可能因为年深日久，镜面有些模糊了，剪报的内容看不太清楚。镜框下方摆放着一部手摇式留声机，紫铜铸造的喇叭包浆浑厚，应该有些年头了。书桌上除了一部笔记本电脑，还有一个方方正正的东西，上面盖着红色的纱巾。我揭开纱巾，发现竟然是一部电台，1943 年 6 月出厂的，Made in USA，是二战的老古董！

宋小溪看见我对电台表现出惊讶，她介绍道，齐唐是资深的无线电发烧友，有执照的，这部电台他少年时代就开始用了。

我把头伸出窗外，看到外墙一侧有很茂密的爬山虎，连接电台的天线就藏在其中，如此隐蔽，很有点地下工作者的意味。

我拿起一张黑胶木唱片，是柴可夫斯基的钢琴曲。我摇紧发条，把唱片放进留声机中，说道，我今天就搬过来住。

您真的不介意吗？她脸上流露出欣喜的神色。

为啥子要介意？我打量着书房，说道，每条街道几乎都发生过车祸，难道就不能再走了？每条河都可能淹死过人，难道就不能下去游泳了？

我想把房子租出去，但没人租，都说是凶宅。中介都不肯代理，怕影响公司的名声。她小心翼翼地问，您会不会觉得我太自私了？

我坐在书桌前的藤椅上，你想多了，这里比我现在住的房子好太多了。

我每个月给您四千，但您至少得住半年，哦，价钱还可以商量。

免费住我已经很不好意思了，怎么还能要你的钱？

她站在窗前，就像一只大号的景泰蓝花瓶。她问我，您听说过凶宅试睡员么？

我点点头，干我们这行的，当然晓得。

凶宅试睡在日本称之为"洗屋"，就是雇人在发生过意外事故（特别是命案）的屋子里住上一段时间，洗掉所谓的晦气，这样房屋以后就好出租，也好出售了。因为一般人不敢入住，所以佣金很高，是正常房租的好几倍。

她很真诚地说，这钱必须给，不然我心里过意不去。

坐在从窗外透进来的明媚的春光中，我也很真诚地说，你要是给钱，我就不住这里了。

她看到我态度如此坚决，这才妥协。然后我们摆了一会儿龙门阵，她问我什么时候开始写新书。我说正在酝酿，还没有明确的创作计划。等我住到十八梯来了，我的新书可能会以这条老街为背景。十八梯不仅有深厚的历史文化积淀，还有一种神秘的气氛，很适合悬疑小说的创作。

一部伟大的作品即将诞生在这栋阁楼里，我太荣幸了！她兴奋得满脸发光。

柴可夫斯基的钢琴曲戛然而止，我们的闲聊也结束了。

她开着自己的保时捷送我回菜园坝，只用了不到半个小时，我就收拾好了行李，并且把钥匙交给了房东。这厮曾经以我经常出入殡仪馆，把晦气带回来了为由，非要涨房租。现在他低声下气地许诺租金每个月少一百块，希望我继续住下去。我说少一千块都不住了，然后头也不回地坐进了保时捷。

他这才恍然大悟，嘟囔着，格老子的，原来你娃交桃花运了！

因为车子不能开进十八梯，宋小溪叫了个棒棒，把我并不算重的行李箱拎进了阁楼。一路上棒棒眉开眼笑，似乎从来没做过这么便宜的生意。让我颇不自在的是街坊的目光，他们看着我，就像在看一个来自猎户座的小灰人。在他们的逻辑里，如果不是脑壳有包，是不会住到一座凶宅里去的。

安妮似乎不太欢迎我，看我的眼神冷冷的，充满了敌意。从我出现在阁楼前开始，它就死死地盯着我。宋小溪陪我看房子那会儿，它就尾随在后面。我们摆龙门阵时，它就蹲在阴暗的角落里窥视我。宋小溪说，齐唐遇害后，她把安妮抱走了，但它在她那里不吃不喝，整天叫个不停，只好又把它送回来。看来安妮也是喜欢十八梯的，而且通灵，对主人很忠诚。

宋小溪告诉我，储物间里有猫粮。至于猫的排泄物我不用清理，院子里有个角落，安妮很爱卫生，会在那儿自行解决。楼道尽头有间猫舍，那是安妮睡觉的地方。她有空就会过来，给安妮洗澡、剪指甲。她特意强调，安妮很文静，像个淑女，绝不会吵到我写作。我没有表现出嫌弃，一个人住偌大一栋阁楼，有只宠物陪伴挺好的，至少不会那么孤独。何况我不需要照顾它，只需要欣赏它优雅的美。

安顿下来后，宋小溪请我去解放碑吃饭，那里有很多高档餐厅。我说就在十八梯吃吧，高档餐厅吃的是情调，我和她不是情侣，没必要讲究这些。她没有强求，转而跟我介绍十八梯的各种美食，听上去每家都不错，都有拿得出手的招牌菜。但我还是就近选择了阁楼斜对面的"胖哥饭店"。顾名思义，老板是个二百多斤的大胖子，跟宋小溪是小学同学。店面不大，只有六张小桌子。胖哥是大厨，老婆是收银员兼服务员，也属于丰满型的。

宋小溪叫我点菜，我点了麻婆豆腐、酸辣土豆丝、烟熏腊肉。她又加了两个菜——油淋茄子和魔芋烧鸭，还让胖哥送了两碗鸡杂汤。菜的味道巴适，饭也蒸得很香，是瓦罐饭——我只在乡下奶奶家吃过，那也是二十年前的事情了。宋小溪打趣道，别看胖哥牛高马大，小时候老被女生欺负。他妈给他的零花钱，都被女生"借"去买了零食。胖嫂听了翻着白眼说，跟我耍朋友时他可抠门了，一支口红都没给我买过。胖哥并不反驳，只是一脸腼腆地笑，一看就是个"耙耳朵"。

胖嫂对我的身份很好奇，问我是干啥子的？我一般不跟别人介绍自己的职业，说讣闻师，太瘆人，说作家，又不好意思。如果不得不介绍时，我通常会说是自由职业者。但宋小溪替我回答了，她说我叫秦川，写推理小说的，在网上很红。听说我是作家，胖嫂和胖哥交换了一下眼神。我似乎读懂了这种眼神的意味——怪不得他会住进凶宅里，作家一般都有些神经兮兮，跟正常人的思维方式不同。我想，如果他们知道我的主业是讣闻师，会惊掉下巴，弄不好还会把我赶出饭店——住在菜园坝时，我就有过这样的经历，有几家小饭馆都不许我进去消费。

吃完饭，宋小溪要带我逛十八梯，说免得以后我出来遛弯儿走岔了路。从江边吹过来的风带着鱼腥味，在残春的光影里，我们时而拾级而上，时而沿梯而下。她虽然穿着高跟鞋，却走得很稳当，这是十八梯女人的特点，胎里带出来的。她说十八梯主要有七街六巷——善果巷是因为这里的居民自发买油点灯，为夜行人照明而得名；民国时期，轿铺巷轿子如云，轿帮势力很大，而轿夫中有不少是军统和中统的密探，当然也有中共地下党员；花街子的花魁是一位女校高才生，家道中落才堕入风月场所，后来嫁给了一位袍哥大爷。再后来袍哥大爷又纳新欢，她一怒之下开枪杀死两人。她被国民政府的军警枪决那天，十八梯万人空巷；下回水沟是以前的跳蚤市场；法国领事馆曾经是整个下半城最洋气的建筑；别看中国火柴原料厂旧址破破烂烂，当年十八梯至少有一半的女人在里面打工……

这些都是她从小就熟知的掌故，十八梯几乎就是一部浓缩的中国近现代史。

晚饭我们吃的是抄手，然后我送她去停车场。路上飘起了毛毛细雨，我们都没有打伞的意思。雨水落在她头上像无数晶莹剔透的珍珠，旗袍更贴身了，曼妙的胴体如同多汁的樱桃。开门上车时，她回头一笑，要我以后叫她小溪，我答应了，我想齐唐应该也是这么称呼她的。

回到阁楼，里面有一股从院子里弥漫过来的暗香。

我始终没有听到安妮叫唤一声，但它那蓝幽幽的眼睛如影随形。

从现在起，我在凶宅的"洗屋"生活正式开始了。

突然换了一个生活环境，我却没有违和感。就好像这是一个阔别已久的家，我在外面飘荡了多年，掸掸风尘终于回来了。事实上在此之前，我只是从十八梯路过两次，从来没有刻意逛过。不过我还是得适应一下，我把每个房间都看了一遍——虽然白天小溪已经带我看过，但一个人看的感觉是不一样的。我可以慢慢踱着步，从这头走到那头，再从那头走到这头，静静地感受空气里的味道，每个空间都有自己的味道，就跟每个人一样，都有自己独特的体味。

我在厨房里闻到了一股中草药的味道，不浓烈，若有若无。顺着这股气味，我在碗柜下方找到了一个药罐子，里面还有很多药渣，但都长了霉。山城的春天潮湿得能拧出水来，患风湿关节炎的人特别多，要是不经常出去晒晒太阳，身上都能长绿毛。中午吃饭时，我给小溪倒了杯免费的荞麦茶，她嫌苦，不喝，所以她不太可能会喝能苦到怀疑人生的中药。我记得那天在若瑟堂见到齐唐时，发现他脸色发青，时不时咳嗽，可能支气管或肺有问题，药估计是他煎的。

客厅是外人进入阁楼的唯一通道，我检查了一下门锁和窗玻璃，都没有换过的痕迹。也就是说，杀害齐唐的凶手并没有暴力破坏门窗。要么是用私自配制的钥匙潜入室内，要么是直接敲门。齐唐是晚上十点之后遇害的，这个时间点，他不太可能给陌生人开门。难道是熟人作案？

我来到楼上，坐在书桌前沉默地抽了一支烟，烟灰缸是树根雕的，很古拙。

窗外的雨大了起来，打在屋檐上，像在发一封加急电报。我摁灭烟头，打开电台，耳机里立刻传出此起彼伏的电波声，就像夏夜田间的蛙鸣。电台应该是在旧货市场淘的，金属外壳上有一道很深的划痕，似乎被弹片击中过。在炮火连天的岁月里，不知它曾遭遇了怎样的命运。我从小喜欢看谍战剧，知道电台是战场上的顺风耳、千里眼，一封看似轻飘飘的电报，却能左右一场战役的胜负。

我大舅是开废品收购站的，初二那年夏天，我在他那里发现了一部锈迹斑斑的七一型电台，就搬回了家——条件是给我表弟辅导一个暑期的数学。我父亲是物理老师，他帮我修好了电台，还教我使用莫尔斯电码。夏天还没结束，我就把莫尔斯电码背得滚瓜烂熟，表弟的数学却还是一塌糊涂，气得大舅差点把电台搬回去当废铜烂铁卖。后来我报名参加了青少年宫的业余无线电培训班，通过考试拿到了操作证。不过我一直没有申请呼号，不算正式的"火腿族"。可以这样说，我少年时期的梦想和秘密，全都藏在这个神奇的"树洞"里。

安妮果然很文静，不像别的猫一到春天就狂躁不安。

这天晚上我睡得很踏实，连个梦都没有做。

第二天早晨我起来打扫院子，看见有好几个街坊朝我指指点点，估计是很惊讶我在凶宅里住了一夜居然若无其事。我遛弯到"吴眼镜面馆"，要了一碗担担面，竟然发现在星河殡仪馆见到的那个女警察罗拉拉也在，但这次她没穿警服。她吃的是阳春面，我在她对面坐下来。

她抬头看见了我，满脸吃惊，你怎么在这儿？

我告诉她，我应齐唐女朋友之邀，住进了那栋阁楼。

罗拉拉说她住解放碑，每天都到十八梯来晨跑，顺便找这里的街坊了解一下齐唐的生活，希望对破案有所帮助，但迄今为止，还没有任何收获。

起恁个早，昨晚是不是被吓到了，没睡好？她似笑非笑地问我。

我往嘴里塞了一块泡菜，还好，睡到自然醒。

你胆子真大，凶案现场都敢睡。她说，别人连院子都不敢进。

要是死过人的房子都不能住，这世上就没有几间房能住人了。我边吃面边说，十八梯以前就是乱葬岗，还被用作刑场，孤魂野鬼无数。

住在里面有没有发现啥子异常？她问话像做笔录。

我倒是想啊，可以给小说增添素材。我往面碗里加了一勺子红油辣椒，又说，我跟齐唐是朋友，他就算变成了鬼也不会来害我。

她眉头一皱，我说的不是那些神神道道的东西，是跟案件有关的异常情况！

没有，我也没注意。

我在网上找到你的书了，还真是个作家！罗拉拉已经吃完了面，但没有马上离开的意思，她用餐巾纸慢条斯理地擦拭着嘴巴，说道，我睡觉前读了几章，像那么回事，不难看。

她以专业人士自居，语气透着高傲。

我不喜欢这种盛气凌人，但没有表露出来。当了讣闻师后，我的生活就是以死亡为主题，或者说，我是死亡的记录者，这让我的性格越来越内敛。因为我知道每一个血肉饱满的肉体最终都会变成一张扁平的照片，所有的骄傲、光荣和浮华都会在焚尸炉里化为一缕青烟。那些悬浮在生命之上的东西看似色彩斑斓，其实是一堆泡沫。我很认同纪伯伦的一句话——当你触及生命的核心时，你会发现自我并不高于罪犯，也不低于先知。

吃饱喝足后，我替她付了面钱。

她连忙说，那下次我请你。

我站起来，打算消消食，继续溜达一会儿。小溪昨天说，早晨是十八梯一天中最美的时刻。罗拉拉跟着起身，说今天周末不用上班，我跟你一块去，我还没好好逛过十八梯呢。

我笑着，走吧，给警花当导游是我的荣幸。

阳光像是一桶被打翻的树脂，江面上蒸腾的雾气一直弥漫过来，十八梯笼罩其中，如同一个奇幻世界。白日的浮躁和喧嚣还没有开始，每一条巷子，每一棵树，每一只鸟，每一级石阶都是寂静的。女人们站在雕花窗前梳妆，单薄的衣裳衬托出玲珑有致的好身材，慵懒的样子洋溢着性感。那些苔藓，那些开在石板缝隙里的小花，那些在墙头屋顶摇曳的野草，那些暗藏玄机的摩崖石刻，还有那些云朵、渡口和汽笛声，比一天中的任何时候都要鲜活。随便找个坡坎一坐，或者找堵女儿墙一靠，用不着搔首弄姿，就能拍出一张很文艺的明信片。

一路上罗拉拉都在用手机拍风景，偶尔自拍几张。到底是警察，她体质不错，浑身热力四射，即使不断拍照也没有被我落下。她的青春靓丽跟古旧的老街形成了鲜明的对比，整个十八梯似乎因她显得灵动起来。

她遛弯不忘工作，问我对齐唐这个案子的看法，说案件侦破现在陷入了僵局，迟迟未能获得突破。我假装没听见，没有把握的事我不想信口开河。我举起手机拍摄某栋明清时期的民宅，在晨曦中，青铜锻造的兽头门环金光闪闪。

事实上我对破案很痴迷，推理的过程就是把一堆看似杂乱无章的木头和石料有序地搭建起来，做成房子，里面就是真相。问题是这个"有序"很不好掌握，如果顺序颠倒，或者施工时偷工减料，房子就搭不起来。勉强搭建好，也是危房，随时可能坍塌。幸好我只是用文字来构建一座纸房子，即使纸房子坍塌，也不会导致冤假错案。但推理时我还是努力让逻辑更严密一些，我不想在网上挨读者板砖。

前面就是宝善堂，门敞开着，已经开始营业了。昨天我和小溪路过这家药铺，听她说老板姓梁，祖上在清朝当过仵作，断案如神。咸丰年间，有桩轰动十八梯的毒杀亲夫案，就是他开棺验尸查明真相的。

"宝善堂"的鎏金招牌油光发亮，题字者是宫保鸡丁的发明人——清代四川总督丁宝桢，妥妥的百年老字号。我朝药铺走去——这才是我遛弯的真正目的。

罗拉拉问我，大清早的往药店跑，你是不是哪里不舒服？

我没有回答，径直走到梁老板面前，从口袋里掏出一包发霉的药渣，问他知不知道这是治什么病的方子。同时我还扔给他一包软中华——这是白总上次送给我的，也是我抽过的最高级的烟了。

行家就是行家，梁老板把药渣捏在手心里看了看，又闻了闻，然后写下了方子，他说，是治痰湿疫病的。

我一头雾水，问道，痰湿疫病都包括啥子病？

那可多了去了，关节炎、颈椎病、三高、肿瘤、麻风、脑膜炎、荨麻疹、乙肝，统统都算。哦，还有那些脏病——梅毒、淋病和艾滋病。

我看见方子上有蒲公英、黄芩、丹参、蛇舌草、柴胡、茯苓、当归、虎杖、野菊花、紫金锭，等等。

梁老板说，病入膏肓才会开这种虎狼药。

我有些迷糊，啥子意思？

梁老板解释，里面有几味药，比如雷公藤、半夏、草乌头、地胆、拐角七，毒性很大。这是以毒攻毒，不是将死之人不会用这种方子，因为剂量把握不好会吃死人的。

齐唐来您这里抓过药吗？

他摇摇头，现在的年轻人都不信老祖宗的东西了。

我追问，那您晓得这是谁开的方子吗？

他口风很严，这就不晓得了，虎狼药都是祖传秘方，反正不是我开的。

谢过梁老板，我拿了方子离开了宝善堂。回去的路上，我把昨晚在阁楼里的发现告诉了罗拉拉。现在基本能够认定，齐唐遇害前已经身患重病。如果梁老板没有撒谎，虎狼药不是他开的，齐唐也没去他那里抓过药，那齐唐为什么要舍近求远看中医？据小溪说，宝善堂在杏林也是块响当当的金字招牌，治愈过不少疑难杂症，连华侨都慕名而来。难道齐唐得的是某种传染病，他担心遭人嫌弃，所以不想让街坊知道？

罗拉拉透露，齐唐虽然做了尸检，但没有做解剖，警方还不知道他的健康状况。她觉得齐唐有没有病、是什么病、程度如何，都跟案件没有关系，不过她还是决定把这个新情况汇报上去。

回去后，我坐在院子里晒太阳，抬眼望去，爬满藤蔓的阁楼像一本写满密码的绿皮书。花草和黄桷树混合的香气让我的肺充满活力，浑身的每个毛细孔似乎都在进行着光合作用，让我通体舒畅。

这份静谧和美好是齐唐赐予我的，既然警方的侦查没有进展，我想，我是不是该为他做点什么？我不是进入了创作瓶颈吗？或许，调查齐唐的案子会成为我新作的素材来源。倘若如我所愿，我就在这本书的扉页写上一句话——谨以此书，献给我的朋友齐唐先生，愿他离苦得乐，在天堂幸福。

尽管纸不能不朽——世间万物都不能，但自己的名字和故事能出现在书上，让别人记得更长久一点，也是不错的。我别无长处，唯有写作，这就算是我对齐唐的一种纪念吧。

齐唐生前要我给他写讣闻，他不是喝高了，也不是说着玩，应该是知道自己将不久于人世，那是他酒后吐真言。我为自己的后知后觉懊悔不迭。我决定给齐唐写一篇讣闻，完全免费。尽管据小溪所说，齐唐已经没有近亲在这个人世了，但我还是要写，这是我对他，也是对自己的一个交代。不过，要等结案以后，我必须先搞清楚他是怎么死的。讣闻中，死因是一个非常重要的内容，不能含糊其词，这是对逝者和生者最起码的尊重。

坐在白色的长椅上，我感受到了街坊投来的异样的目光，还有安妮的注视——我不知道它躲在哪个角落，但我能肯定它在偷窥我。

要想找到凶手，就必须先破解杀人动机。杀人不外乎这几种原因——劫财、报复、情感纠葛、斗殴、变态，以及出于某种特殊目的的谋杀。齐唐是记者，他被害大概率的原因是打击报复。或者，是因为他正在调查某个黑幕，为防止真相曝光，他被灭口。所以，我得了解他的工作情况——以前报道过什么，正准备报道什么。昨晚我在储物间里看到了几大摞报纸，都是《雾都早报》，很多报纸已经泛黄，有斑斑霉渍。最早的报纸是十年前出版的。从齐唐的年龄来推算，那时他应该刚入职。也就是说，他保留了入职后出版的每一期《雾都早报》，他对这份职业的热爱可见一斑。

如果是劫财和情感纠葛引起的杀戮，凶手一般不会等待太久。但仇杀不一样，凶手可以忍耐数年，甚至数十年，只待时机成熟再动手。所以我不能漏掉每一份报纸，哪怕是十年前的。《雾都早报》每天出一份，十年就是三千六百多份。我就算一分钟查阅一期，不吃不喝不睡，也得花上好几天时间。当然，查阅还是有重点的，近期新闻引发凶案的可能性比远期新闻更大，被曝光者有黑恶势力背景的嫌疑更大。总而言之，我应该从最新一期报纸查起，忽略掉齐唐采写的那些不痛不痒的新闻报道。

报纸摊在地上像秋天落下的阔叶，仔细翻阅报纸后，我发现调查难度比我预想的要大的多。齐唐的笔触如同锋利无比的手术刀，剖开了一个个恶臭流脓的社会"肿瘤"——欺行霸市、假冒伪劣商品、地沟油、拐卖妇女儿童、职场潜规则、官员贪腐、传销组织、"野鸡"大学、地下色情产业、吸毒贩毒、盗猎偷伐，等等，都在他的揭露抨击之列，涉及面非常广，涉及人员众多。他几乎没有那种隔靴搔痒的文章，全是投枪和匕首，见血封喉。

以我一个人之力，照这样找下去，一年半载也未必有收获。

我抽了支烟，按捺住在脑海里汹涌澎湃的焦虑。我能想到的警方应该也能想到，他们肯定在做同样的事——调查齐唐最近写报道得罪了谁。那好吧，这份工作就交给警察来做，他们做比我更有效率。我可以另辟蹊径，换种查阅方式——倒查，从齐唐入职发表的第一篇报道查起。

也许，我能捡一个漏。

齐唐不愧是山城名记，出手不凡，他十年前发表的第一篇报道是关于鹤松银行抢劫案的。鹤松是长江南岸的一个小镇，离山城主城有两百多公里。那次抢劫轰动全国，银行损失了四百多万现金，还造成三人死亡，其中包括一名警察。三名劫匪一直逍遥法外，案件至今悬而未破。齐唐作为目击者见证了整个事件，十年后再看这篇报道，仍然觉得惊心动魄。

对于一个记者而言，与新闻大事件狭路相逢可遇而不可求。

从这个意义上来说，齐唐无疑是幸运的。

小溪突然打来电话，问我在干什么？她说自己就在楼下，是否方便进来？

我说在储物间看报，你来了正好，我们摆摆龙门阵，关于齐唐的。

很快我就听到了她的脚步声，高跟鞋踩在松木地板上，有种悠远空旷的回音。我先看见她匀称的小腿，然后是修长的大腿、柔软的腰肢、高耸的胸和精致的五官。发现我把报纸摊了一地，她很吃惊，问我怎么对这些旧报纸感兴趣，如果不是留着纪念齐唐，她早就当垃圾处理掉了。

我说了自己的意图，我打算追查杀害齐唐的凶手，也许有些异想天开，不一定有结果，但至少可以丰富我的创作素材。

她很感动，秦老师，我替齐唐谢谢您。

长期伏案写作让我患上了颈椎病，刚才一直蹲在地上低头翻阅报纸，我感觉脑部有些缺血，晕乎乎的。我起身离开储物间，坐在客厅的沙发上和小溪喝茶聊天。茶是她现泡的熟普，齐唐的珍藏，据说是他爷爷那一辈留下来的。

整个客厅里茶香四溢。

倒在杯子里的茶水色泽金黄，像一块蜜蜡，我喝了一口问她，十年前，齐唐怎么正好目击了那起银行大劫案？是不是他有什么亲朋好友在鹤松？

她喃喃地说，十年前，我十九岁。

她没有马上说下去，而是停顿了一下，身体靠着沙发，目光透过彩色玻璃望着窗外的黄桷树，陷入了回忆当中。此刻，她眼神清亮，举止羞怯，脸上闪烁的光泽也是十九岁的，她好像一下子就穿越到了那个以梦为马的青葱年代。

我没有打扰她，回忆是需要力量的，一种审视过去的力量。

十年前她应该还住在十八梯，每天沿着坡坎上上下下，穿着廉价的时装，吃着最便宜的麻辣烫，用各种矫情的自拍来点缀苍白的生活。梧桐花开、蝉鸣、遥远的号子，都可能会让她伤怀。有时候她可能会坐在野草茂盛的渡口发呆，看着江面上的雾霭，觉得自己的人生也一片迷茫。

十年后，她完成了蝉蜕，开启了一种新的生活方式。她的心智和身体一起成熟了，她不需要再呆呆地看风景。不管从哪个侧影看，她自己就是一道迷人的风景。打拼这么多年，她一定遇到过不少坑蒙拐骗，吃了许多苦。正是这些世事把她变成了有故事的女人，一个男人渴望读懂的女人。

她终于开腔了，齐唐有个大学同学在鹤松中学当老师，男的，他来山城的时候我见过，齐唐请他吃过饭。

叫啥子名字？我问。

不记得了，个头不高，可能比我还矮一点。他和齐唐是室友，关系不错。

我把渐冷的茶水用酒精炉热了一遍，问道，案发时齐老师当记者多久了？

她把玩着手里的茶杯，那时他还在见习期呢，差点没留下，人都快崩溃了。

小溪说这一点她记得很清楚，当时齐唐在报社的见习期快结束了，但一篇有分量的稿子都没发出来。主任已经找他谈过话，委婉地说他可能不适合做记者。小溪还安慰过齐唐，山城报社那么多，大不了换一家，不必在一棵树上吊死。

可以说是那篇稿子拯救了齐唐，严格地说，是那次特殊的经历成全了齐唐的记者梦。抢劫银行是惊天大案，齐唐又是目击者，之后闻风而来的记者都是根据目击者的描述来还原案发过程的，就像雾里看花，多少有些偏差。齐唐目睹了整个事件，他以第一人称的口吻把案发过程叙述得细致入微，字里行间硝烟弥漫，让读者身临其境，既可以当新闻报道看，又可以当精彩的小说读。稿子以最快的速度见报，当即就上了热搜，转载率非常高。后来所有媒体追踪报道时，都是以齐唐的这篇稿子为蓝本。有几家大学的新闻系，还将这篇稿子编入教材。齐唐也因此顺利地度过了见习期，在报社站稳了脚跟，这成了他人生的一个转折点。

报社领导正是通过这篇报道看到了齐唐有做记者的天赋，于是把他调到特稿部，经常派他去采访一些重大新闻事件。他的潜能被充分激发出来，每次都不辱使命，采写了大量独家稿、重磅稿。特稿是整份报纸最重要的版面，吸粉数量最多。这个版面要是没经营好，报社就等于垮了半壁江山，离关门不远了。毫不夸张地说，齐唐的存在就是特稿部的定海神针，只要有他的稿子，当期报纸销量一定会大增。入职报社不到三年，齐唐就从普通记者破格升为特稿部主任，前途一片光明。小溪和齐唐就是这个时候成为恋人的，之前两人虽然很要好，但还是邻家兄妹的关系。小溪至今都很怀念那种朦朦胧胧的感觉，就像看晨雾中的十八梯——隐秘而美丽。

你们怎么没结婚？

我问了一个我很早就想问的问题——她二十九，齐唐三十二，两人自小就相识，又谈了一场马拉松式的恋爱，还不差钱，不结婚有点奇怪。

我们以前都不太注重形式，觉得现在这种相处方式挺好的，跟结婚没啥子两样。去年我突然想要一个孩子了，齐唐也想当父亲，所以我在南坪买了一套别墅，准备装修好了就住到一起。但装修公司偷工减料，我让他们返工，去年底才装好。装修后还得空置几个月排放污染，我们计划五一假期举行婚礼，请帖都买好了。齐唐出事前，我们还去凯恩国际看了家具。

我看见她的左手腕戴着一只翡翠镯子，碧绿如幽潭，就问，镯子是齐老师送给你的吧？

她摇摇头，说这只翡翠镯子是她家祖传的。当初她看中了沙坪坝的一套学区房，觉得有很大的升值空间，想投资却没钱，就忍痛把这只镯子卖了六十多万，付了学区房的首付。两年不到，那套房的价格就翻了三番，她果断出手套现，积累了人生的第一桶金，然后又用这笔钱继续炒房，赚得盆满钵满。再后来，她又出高价把卖掉的翡翠镯子买了回来。

这是一个在房地产投资热潮里屡见不鲜的财富童话，而她就是童话中那个幸运的灰姑娘。

我对她的经历产生了好奇，你家以前不是住十八梯吗，怎么不住了？

她的脸上滑过一缕忧伤，以前我爸妈是开理发店的，后来我爸出了事，我妈就把房子卖了。

我没有问她爸出了什么事，我不想揭开她的伤疤。但我提出了另外一个疑问，齐老师怎么也卖掉了以前在十八梯住的房子？

那房子太破了，老漏雨，还不隔音，他下班回来写稿子需要一个安静的环境。

这个理由很充分，我写作也喜欢安静。

我转入正题，问道，写批评报道时，有人威胁过他吗？

经常的事。她摩挲着翡翠镯子说，有人还扬言花一百万买他的命。

我皱了皱眉，都是些啥子人？

这我就不晓得了，他根本就不拿这些威胁当回事，说都是纸老虎，没啥子好怕的。对了，还有人给他寄过一颗子弹，他交给派出所了，好像立了案，但最后也没查出是谁寄的。

我继续问，最近呢，他有没有接到过恐吓信或者电话？

她摇摇头，目光停留在一盒封皮有"红双囍"图案的火柴上——那应该是齐唐用过的。他怕我担心，很少跟我说这些，他是个心思很细腻的男人。

小溪没有提供什么有价值的线索，看来我只能继续查阅报纸。

小溪说书柜里有剪报集，都是齐唐写的文章，查那个更方便。

我跟她来到书房，一进门，我就注意到了那副镜框，阳光正好投射在上面，闪烁着银光。昨天我没细看，现在我仔细辨认了一下，里面镶嵌的剪报居然就是齐唐写的鹤松银行大劫案。这是他的成名作，意义深远，他把剪报以这种方式珍藏也能够理解。

小溪把剪报集从书柜里拿出来，有厚厚的几大本。看见我在端详那幅镜框，她说，镜面有点脏了，我擦擦。她拿起一块抹布，伸手擦镜框，钉子却突然脱落了，镜框掉在地上，哗啦一声，玻璃四分五裂。

她尖叫一声，听起来很性感。

我连忙说，没伤着你吧？

没有。

我们突然同时注意到了玻璃碎渣里有几张照片，应该是放在剪报和底板之间的，镜面碎裂后弹了出来。

里面怎么有照片？她诧异地拿起一张看。

我也拿起照片看，总共五张，全是鹤松银行大劫案的现场照片。

照片怎么不放影集里？她突然轻笑起来，藏恁个深，我还以为是哪个野女人的，见不得人呢。

我没吭声，我凝视着那五张照片，感觉有些不对劲。

秦老师，这有啥子好看的？小溪问我。

你以前看过这些照片吗？

没有，照片藏在恁个隐蔽的地方，我怎么看得到？这几张照片有啥子稀奇的，不就是采访时拍的吗？齐唐专门学过摄影，很会找角度，我很多照片都是他拍的，比我本人好看多了。

我把五张照片排列在书桌上，问她，看出问题了吗？

第一张照片上，一辆黑色"蓝鸟"从镇上开过来，接近鹤松银行，车牌被泥巴故意糊住；第二张照片上，"蓝鸟"停在银行门口，隐约看见一个人坐在驾驶座位，戴着口罩和棒球帽。还有两个戴摩托头盔的人坐在后排，一个穿迷彩服，一个穿风衣；第三张照片上，后排的两个人开门下车，朝鹤松银行里面走去；第四张照片上，穿迷彩服的男子走到银行门口时，回头张望，似乎在观察四周动静；第五张照片上，那两个人从身上拔出枪，两人均持猎枪。

她的目光在照片上扫视了几遍，说道，那辆"蓝鸟"外形有点怪，跟我看到的不太一样。

应该是部"尼桑"，换了"蓝鸟"的车标。

她"哦"一声。

我问，还看出啥子了？

她茫然地摇头。

照片是按照时间顺序抓拍的。我提示道。

这能说明啥子？她还是不解其意。

我在藤椅上坐下来，点燃一支烟，反问她，抢劫还没发生，齐老师怎么要抓拍这几个人？

她微微一愣，沉思起来。

这些照片至少说明一点，在银行抢劫案发生前，齐老师就已经在现场了。听说鹤松是座千年古镇，风光不错，但他拍的不是风光，而是劫匪开车到案发现场的整个过程。你仔细看第一张照片，焦点明显是对准那辆假"蓝鸟"的，但车子并没有任何特别之处，不应该成为他的拍摄目标。除非，他晓得劫匪就坐在车上。

这太扯了，他又没有特异功能，怎么会未卜先知？小溪觉得不可思议。

我也觉得解释不通，但照片不会撒谎。

他会不会是恰好去银行办事，比如说取款？

不可能！我深深地吸了一口烟，然后缓缓吐出来，从拍摄的角度来看，齐老师不是恰好拍到劫匪，而是有意的。你再看这张，那个穿迷彩服的男子回头观察时，并没有发现齐老师在偷拍，否则，他们肯定不敢动手抢劫。

小溪盯着照片，这不科学啊，怎么会看不见他？

当时，他前面可能有东西挡住了穿迷彩服男子的视线，比如车子、墙、邮筒或者树。

你的意思是，案发前，他就在那里蹲守？小溪瞪大了眼睛。

我摆弄着打火机，照片看上去是这样。

她沉默了，目光落在那一地的碎玻璃上，似乎从来没想到里面会藏有一个秘密。她已经不记得这份剪报是齐唐什么时候挂在书房的，可能一搬进阁楼就挂上去了。她原以为那是齐唐对处女作的一种纪念，就像很多男人有处女情结，对女人的第一次念念不忘。她有个闺蜜的老公就是这样，结婚几年了，还保存着新婚之夜的床单，因为上面有落红。闺蜜好几次想洗干净，都被他极力阻止，甚至不惜翻脸。他把那张床单折叠成豆腐块，珍藏在柜子的最底层。

小溪把目光转向我，带着探询，如果齐唐事先晓得劫匪会抢那家银行，那他怎么不报案？

我也不清楚，这件事应该不是照片上看上去的那么简单，可能有更深层次的原因。我朝天花板吐了口烟圈，对了，齐老师为啥子要煎中药，他身体不好吗？

他老熬夜，记者嘛，都有些亚健康。她的回答语焉不详。

手机突然响了，我看了一眼液晶显示屏，是罗拉拉打来的。

我摁下接听键，罗警官，啥子事？

罗拉拉的一句话惊得我把烟呛到了肺里：

查过了，齐唐有艾滋病，晚期！

我的耳朵里像是钻进去一个轰炸机群，嗡嗡作响，罗拉拉又说了些什么，我没听清楚，我说现在有点事，回头再联系。

我挂了电话，凝视着小溪——她往留声机里放了一张李斯特的唱片，回头看见我的眼神，她一脸奇怪地问，秦老师，您想啥子呢？

齐老师得的是艾滋病，对吗？

我把呛到肺里的烟慢慢吐出来。

她迟疑了一下，然后点点头。

他怎么染上的？

虽然我跟齐唐交往不深，但凭直觉，他不是那种生活作风糜烂的男人。

小溪没有立刻回答我的问题，她坐在另外一把藤椅上，靠着椅背。有几秒钟，她微微闭上了眼睛，似乎沉浸在舒缓的音乐中。她安静的姿态很像一朵睡莲，漂浮在水面上，轻盈而柔弱。

然后这朵睡莲开了。

是血液感染。她说。

六年前，齐唐暗访色情发廊，被人发现，两人发生扭打，都负了伤。半年后，齐唐开始发低烧，他去医院查血，检测出了艾滋病。警方告诉齐唐，那个人是艾滋病患者，不过警方也是刚知道。齐唐把这件事隐瞒了下来，除了小溪，他谁都没有告诉。

在"性"这个话题上，人们总是习惯用上半身思考，用下半身摆龙门阵。如果这件事被齐唐批评报道过的那些人获悉，他们肯定会幸灾乐祸，甚至故意给他扣屎盆子。就算齐唐能自证清白，他身边的人，包括同事、朋友、街坊，都会躲着他，离他远远的，谁都不希望自己被传染。

他还会连累小溪，他不想两人被全世界抛弃，被隔绝在一个蛮荒的小岛上。

而且，没有人愿意接受一个艾滋病记者的采访，他的职业生涯很可能就此画上句号。这是最令他痛苦的，是他生命中无法承受之重。

所以，他必须守口如瓶，别无选择！

这也是他不跟小溪结婚的真实原因，他知道自己来日无多，不想小溪当寡妇。

我默默地抽着烟，想问什么，又把话吞了回去，像吞一颗带核的杨梅。

您想问我是不是也有艾滋病，对吧？

小溪的话让我两耳有些发烧。

哦，没有，太意外了，我不晓得说啥子好。我口是心非。

齐唐查出艾滋病后，马上带我去医院检查，很幸运，我没有被传染。她的表情异常平静，我们每次都采取了安全措施，而且，医生说，我对这种病天然免疫。

我看过相关报道，艾滋病毒进入免疫细胞，必须与其表面的 CCR5 分子相结合。但某些个体携带改变 CCR5 形状的基因突变，病毒无法进入细胞并繁殖，不会得病。小溪竟然就是这样的幸运儿，我暗地里长舒了一口气。

这也是他为啥子不去宝善堂抓药的原因，对吧？我看着小溪。

算是吧。她把目光投向窗外的老街，十八梯是没有秘密的。

他为啥子不吃西药？有很多抗艾滋病药物，能控制病情。我跟随她的目光朝外看，听说到疾控中心领药还是免费的。

她脸色黯然，像背阴的城墙。

他一直在吃，效果不太好，医生说他免疫系统本来就有缺陷，他小时候经常生病。

储物柜里有药箱子，我看过了，没有一盒西药。

她的目光仍然游离在窗外，追逐着一只粉蝶，说道，他不想让别人看见，把药盒都扔了。他半年前就没吃西药了，改喝中药。

这时，闺蜜打电话来约小溪去做美容，她起身告辞，临走前，还把地上的玻璃碎渣清理干净了。我站在窗前，看着她消失在遥远的石阶尽头。这一天，十八梯的阳光有些晃眼，我感觉目眩神迷。

我重新回到书桌前，现在，我对那几本剪报集已经不感兴趣了。我再次端详着那五张照片——很明显，它们是齐唐刻意藏匿的，不想公开示人。但齐唐这样做的意图是什么？更让我百思不得其解的是，案发前，他为什么会在银行门口蹲守？难道是事先得到了线报？

这不太可能！如此重要的犯罪线索，谁知道了都会立即报警，而不是先向记者爆料。

我对这个案子的兴趣陡然超过了齐唐被害案——不光是因为十年前的那个秋天，鹤松银行大劫案震惊全国，还因为那些照片。不，在我眼里，这已经不再是照片，而是一份用密码书写的电文。我天生就对解密感兴趣，我渴望破译密码背后的故事。如果足够坦荡，我必须承认自己有强烈的偷窥欲和逆反心理，越是不让我知道的我越想知道。

孩提时仰望夜空，我总想知道月亮背面是什么，我用零花钱买了个天文望远镜，但还是看不到。后来父亲告诉我，人类在地球上是永远看不到月球背面的。这一度让我萌生了当宇航员的念头，我想登月一探究竟。

覆盖在岁月尘埃之下的悬案也吸引了我。

我很好奇里面都深埋了一些什么故事。嗯，我就是一个故事控，那些内心苍白空洞的女人从来就提不起我的兴趣，包括性欲，哪怕她们有沉鱼落雁之美。

我有种直觉，鹤松银行大劫案可能跟齐唐的死有某种联系，但到底是什么联系，我还一无所知。如果我能破解笼罩在那些照片上的谜团，杀害齐唐的凶手也许就会浮出水面。甚至，还有可能破解十年前的那桩惊天悬案。这可是极好的写作素材，我的书会冲上畅销书排行榜的！

在"胖哥饭店"吃完午饭，我在老街溜达了一会儿。天气晴好，不少美院的学生在十八梯写生。他们不会知道，自己看到的只是浮光掠影，是生活的表象，很多秘密都潜藏在暗黑之中，没有颜色，没有形状，也没有质量，是永远画不出来的。也许，那才是生活的本质。我在火柴原料厂旧址的台阶上小憩。空气中似乎还弥漫着硫黄和红磷的混合味，我的脑海里也好像划过了一道道火光，照亮了很多隐蔽幽深的角落。

罗拉拉突然出现在我面前，穿着一身笔挺的警服。说实话，她有点像我中学时代暗恋过的那个女生。我觉得人生充满玄妙，你在这边擦肩而过的一个人，在那边又可能狭路相逢，只是以不同的身份。世间万物都遵循能量守恒定律，以这种奇特的方式来保持平衡。

罗拉拉说，哟，您可真悠闲，正要找你呢。

我打量着她，由衷地说：你穿制服比穿便服好看。

我们查过了，齐唐是在新桥医院确诊艾滋病的，医生说他的免疫系统已经被严重破坏，很多器官出现衰竭，被害前他还能正常生活，简直是个奇迹！

我并不惊讶，我看着层层叠叠的歇山式屋顶，等着她往下说。

你离那个宋小溪远一点！罗拉拉提醒我，她很可能也染上了艾滋病。

她没有传染上。我淡淡地说。

不可能！罗拉拉斩钉截铁，她和齐唐是恋人，没传染才怪。

我把小溪透露给我的那些隐私告诉了罗拉拉，她很惊奇，说回去后要核实一下是不是真的，只要宋小溪去医院看过病，就会留下就诊记录，除非去的是小诊所。我的目光越过屋顶，眺望江面，说道，要把知情范围控制到最小，这是人家的隐私。

这还用你说！罗拉拉瞟了我一眼，在我身边坐下来，你说齐唐有没有可能是自杀？反正他的生命也倒计时了，他把自杀伪装成他杀，给警方开个玩笑。

这个问题我也想过，但我没找到齐唐这样做的动机。用生命来开玩笑——做出这种论断的人也是在开玩笑。齐唐有一千种想活下去的理由，为了爱情，为了钟爱的新闻事业。

我说，你是警察，你应该晓得，把自杀伪装成他杀，比谋杀一个人还要困难。

是啊，我也觉得他没有这个能耐。可是勒死他的领带上并没有找到其他人的指纹。就好像是苍蝇飞进来作的案，啥子痕迹都没有，真是奇了怪了。

没找到不等于没有。我嗅着从石板缝隙里散发出来的青蒿味，说道，凡有接触，必留痕迹。

这话你也晓得？她侧眼看着我。

我当然知道，这是现代法证学大师埃德蒙·罗卡总结出来的著名定律——物质都是由无数微粒组成的，嫌疑人只要进入案发现场，所接触的物体表面就会和身体发生微粒的交换——留下一些痕迹，也带走一些痕迹。这就好比去海边踏浪，当我们离去后，尽管涨潮有可能淹没掉我们留下的脚印，但鞋子会带走一些海沙，即使把鞋子刷得干干净净，海沙的微粒也会残存在鞋子上，以及刷鞋的地方。而每一片海滩的沙子都包含了某种独特的信息，地球上不可能存在两片完全相同的海滩。通过海沙微粒的鉴定，就可以判断我们曾经去过哪一片海滩。毫无痕迹的作案是不存在的，也是违背科学常识的。

我朝罗拉拉笑了笑，我写推理小说，看过相关方面的书。

说是恁个说，但实际操作起来可不是恁个简单。罗拉拉看着那些青砖黛瓦，我们周队说，破案时不能生搬硬套书上的东西，不然容易犯教条主义错误。

我转移了话题，听说过鹤松银行大劫案吗？

当然，恁个有名的案子我怎么不晓得嘛。罗拉拉的目光突然变得有点虚空，语调也沉重起来，她说，上大学的时候，刑侦学老师把这个案子当作教学范例，悬案的范例——犯罪嫌疑人几乎是完美作案。

这个案子可能跟齐唐被害有关。

你说啥子？她几乎是跳起来，瞪眼看着我，十年前的案子，怎么会跟齐唐的死扯上关系？

我没说一定，只是猜测。

她笑出声来，你是不是美剧看多了？

我没笑，我说我没看过美剧，那离我的生活太遥远了。

那你怎么脑洞大开？她问我。

在晚春的暖阳中，我把上午在书房的意外发现告诉了罗拉拉，她不相信，立马叫我和她一起回阁楼当面验证，还说如果我撒了谎，晚上就请她吃火锅。

如果我没撒谎呢？我觉得她有点可爱。

那我请你吃火锅！

一言为定。

回到阁楼，安妮迎接了我们。它蹲在门口，这次没有看我，而是紧盯着罗拉拉，眼里全是戒备。开门时它也不避让，就像一尊岿然不动的狮子，不过是迷你型的。我和罗拉拉只好绕开它进入屋内，它又悄无声息地跟着我们一起上楼。

罗拉拉走在楼板上的声音跟小溪是不一样的，小溪的足音更悠长，让人浮想联翩。罗拉拉的则更沉稳矜持，给人一种不好接近的感觉。从背影来看，两人也是有区别的。小溪如同一株充满魅惑的法国梧桐，罗拉拉则像一棵在风中轻舞飞扬的香椿树。这两种类型的女人，很难说哪一种更好。这个世界从来没有标准答案，就像有人喜欢白天，有人喜欢黑夜，但两者不能拿来比较，都是时间不可分割的一部分。

罗拉拉看到了那五张照片，她的惊讶远甚于我。她用指甲在上面划了一道浅浅的痕迹，似乎想验证照片是否伪造；又站到窗前明亮的光线下审视，像考古学家鉴定一件文物，不放过任何一个可疑的细节。

你可以把几张照片带走，前提是你说的话要算数。

我说啥子了？她似乎真的忘记了。

请我吃火锅呀。我笑道，你放心，我不会宰你的，就在十八梯找个小馆子，最多花你一个月工资的三分之二。

我们找了家吊脚楼改造的火锅店,这里临江,适合打望。到店里的时候刚好五点,之前她回了趟单位,把那五张照片交给了她说的周队,还顺便去医院查了小溪的就诊记录——小溪的确做过好几次艾滋病检测,全是阴性。

在阁楼里还有别的发现吗?罗拉拉给我倒了杯可乐。

暂时没有,以后有的话一定告诉你。我夹起一块蟹柳在味碟里蘸了蘸,不过我有个条件。

怎么,还要线索费?她朝我翻了个白眼。

我没恁个庸俗,是这样,我在收集写作素材,要看大量的案例。我觉得齐唐的这个案子有点意思,你能把案情给我透露一点吗?

不行!她断然拒绝,这属于案件机密,不能泄露。

你还恁个讲原则,那好吧,我不诱导你犯错误了,你把案发现场的情况跟我说说,这总可以吧?

她埋头吃了几口菜,还是说了——门窗没有被破坏,凶手是和平进入阁楼。被害人死亡时是趴在二楼主卧的地板上,死因是机械性窒息——这个你已经晓得。杀人工具是被害人自己的领带,死亡时间是晚上十一点左右。凶手离开时应该清理过现场,没有留下可以检验的生物学信息,也没有发现搏斗的痕迹,但屋内有翻动的痕迹。

透过火锅的蒸汽,我看着她,问道,齐唐有没有丢啥子东西?

他女朋友清点过了,说齐唐的钱包和手机都在,但身上的六千多块钱不见了——齐唐以前的那台电脑用了五年,经常黑屏,他准备第二天去买台新的。还有几件银器也不见了,那是齐唐的父母跑船时从海外买回来的,价值七八万吧。

还丢了别的东西吗?我追问。

我们问过宋小溪了,她说不确定,阁楼里都是齐唐的私人物品,她平时没太留意,也从不动他的东西。

我用碳酸饮料冰镇了一下火辣辣的胃,你们是怎么给案子定性的?

从表面上来看是劫财,但有可能是凶手制造的假象,故意干扰警方的侦查视线,罗拉拉吃得热火朝天,一脸细碎的汗珠,我们周队说,报复杀人的可能性比较大。

监控没有拍到凶手吗？

没有。罗拉拉将一大把金针菇放进沸腾的火锅里，这种老城区，监控很不完善。而且凶手事先应该踩过点，很熟悉十八梯的地形，特意绕开了监控。

那目击证人呢？我捞了一勺子煮烂的土豆，仍不死心地问。

案发那天晚上正好下雨，街上没啥子人，出门的也都打着伞，没有人注意案发现场是否有人进出。罗拉拉喝了口可乐，凶手进入阁楼前留下的脚印也都被雨水冲刷干净了。

我嚼着鱼腥草，凶手有很强的反侦查能力，作案时间是精心选择的。

罗拉拉突然意识到什么，她放下筷子，打住！不能再说了，我已经泄密了。

我笑了笑，没再勉强，然后点了支烟，望着江边的摩崖石刻。

我在想象中还原了齐唐被害的整个过程——在那个寂静的雨夜，两个或更多的歹徒潜入十八梯，骗开门，用凶器挟持齐唐上楼，逼问他把东西藏在什么地方——这件东西对歹徒很重要。齐唐不肯说，歹徒就四处翻找，找到东西就用领带把齐唐杀人灭口。当然，歹徒也有可能一无所获。作案时，歹徒应该戴了手套和鞋套，甚至头套。作案后，又从容不迫地清理了可能留下的痕迹。为了掩盖杀人意图，歹徒故意拿走齐唐身上的现金和一些值钱的物品。书桌上的那部笔记本电脑太老旧了，不值钱，所以歹徒没带走。之后，歹徒像雨滴一样消失在夜幕中。

想啥子呢？赶紧吃呀，别浪费了。罗拉拉嘟囔着，这家店的菜品可不便宜，不就是能看江景吗，收恁个贵，至于吗？下次再不来了！

我停止冥想，重新拿起筷子。我说，齐唐那篇文章很多媒体都转载了，我特意查了一下配发的照片，跟那五张都不同。你们最好去趟鹤松，还原齐唐拍摄那五张照片的角度，找到他蹲守的位置。如果他当时不是躲在汽车后面，位置应该还能找到。鹤松是个古镇，镇上的建筑、树木都属于不可移动的文物，虽然过了十年，变化应该不大。还有，最好找齐唐的那个大学同学了解一下情况。

罗拉拉的整张脸被火锅熏染得红润生动，她问我，有没有另外一种可能——那五张照片不是齐唐本人拍的，是他通过某种途径得到的？

这个可能性不大，如果照片是别人提供的，齐唐应该第一时间交给警方才对，没必要藏匿起来，而且是藏在恁个隐蔽的地方。

那倒也是。罗拉拉自言自语。

我借口上洗手间，悄悄去前台买了单——一百七十三元。那个丰乳肥臀的老板娘说我是作家，可以给我打九折。我没有问她是怎么知道的，小溪告诉过我，十八梯没有秘密。

罗拉拉坚持要把买单的钱还给我，她问我付了多少。

我一本正经地说，二百五。

她扑哧一声笑了，你才二百五！

我最终没有收她的钱，我说我不习惯女人请我吃饭。

离开吊脚楼，罗拉拉的脚步不再轻快，她吃得实在有点撑。我们下到江边散步，整个下半城被夕阳涂抹上了一层血色，月亮却高挂在黄桷树上。在这种日月同辉的美景中，罗拉拉似乎忘记了自己的职业，变得活跃起来。她捡起沙滩上的古陶片打水漂，还非要跟我比试——每次我都输了。

她说自己是在北碚长大的，就在嘉陵江边。从小她的玩伴就不多，孤独的时候，她就经常去打水漂，能一直打到江中心。她形容水漂就像一个优雅的女人在跳舞，翩若惊鸿。她还说，打水漂是有技巧的，不能胡乱投掷。要选那种扁平的瓦片，不能一头轻一头重。扔出去时，要尽量压小跟江面的夹角，力度也要掌握好，太大太小都不行。

打水漂有治愈效果，她经常想象扔出去的是烦恼和悲伤。

你爸妈就放心你一个人在江边耍？

我在一块怪兽似的礁石上坐下来。

我爸妈在我很小的时候就离婚了，我跟着我妈。罗拉拉又打了个水漂，说道，她是医生，从早到晚忙，没时间管我。

我看到了她扔出去的悲伤。

对不起，我不该问这个。

没关系，我没恁个脆弱。她一笑置之。

在万家灯火的时候我们返回了老街，夜晚的十八梯就像一个妖娆的少妇，身体的每一部分都透着风情。山城是个很江湖的城市，曾几何时，半座城的男人都是袍哥，或侠气、或霸气、或野性十足。这就吸引了很多女人投奔这片江湖，因此山城也是个很女性化的城市。江湖气和脂粉气塑造了这座城市的独特性格——既火爆，又阴柔——如同山城人爱吃的鸳鸯火锅，一边剧辣，一边清淡。

我问罗拉拉要不要去茶馆听会儿川剧，她说不了，周队刚刚发来短信，要她明天一起去鹤松古镇，得早点回去休息。

我一个人在茶馆坐到深夜，川剧里唱的什么我听不太懂，我只是想找个地方安静一下。有时候繁华和喧嚣也能让自己的心灵沉淀下来，如果四周太静，脑海里反而会塞满各种古怪的念头。

如果鹤松银行大劫案是一台公案戏，我想知道齐唐在戏里面扮演了一个什么样的角色。我看见那个变脸的艺人最后变成了一个素颜少女，满座齐声喝彩。其实人人都是变脸大师，对待不同的人或事，每个人都有不同的面孔，看上去都很真实，但我们永远不知道哪一副面孔是跟灵魂匹配的。

从茶馆出来，我又吃了个夜宵，凌晨才回到阁楼。我毫无睡意，模拟了一下齐唐被害的情景，安妮蜷缩在角落里静静地看着我。我不明白齐唐为什么要束手待毙，主卧连窗棂都没有，他完全可以挣扎着跳下楼。而且，他的遗体上并没有捆绑的痕迹，在生死关头，他应该奋力一搏，就像他当初跟那个"鸡头"搏斗一样。但他放弃了，他给人的感觉就如同革命义士从容走向反动派的刑场。

我觉得我应该去趟鹤松，不是我不相信警方的办案能力，是我想实地感受一下案发地的气息。十年了，我感觉那种气息还在，我从照片上嗅到了。我很难说清楚那是一种什么样的气息，它无色无味，但我能捕捉到。这与我写讣闻时，从逝者遗照和遗书上接收到的信息是类似的。

我查询了一下去鹤松古镇的几种方式——包车太贵，我不舍得；班车一天只有一趟，明天中午才有，我不想等；有火车，凌晨两点从菜园坝开出，一路停靠七个站，要四个小时，票价相当便宜。

我选择了火车，当即买票，只有硬座了。

第一章　摆渡人

离开车不到一个小时，我简单地收拾了一下，打车直奔菜园坝火车站。夜色清凉如水，我感觉自己逃出一个秘密，又奔向另外一个秘密。

还好，我没有误点——我是最后一个上车的。

这是一列绿皮火车，我很多年没有坐过这种交通工具了，竟然有点兴奋。

整个车厢似乎都醒着。

孩子的哭闹声、打牌声、闲聊声、莫名其妙的笑声、乘务员的吆喝声、打电话的声音，以及玩手机游戏的声音，合成了一部火车交响曲。空气也不太好，旁边一对中年夫妇在吃卤菜，对面坐着一个抠脚大汉。

我搓了两个纸团，塞进耳朵里，想让自己睡着，但没有成功。我失眠也不完全是因为车厢里太吵闹，从开夜班出租车开始，我的生物钟就紊乱了。后来又经常熬夜写作，我的世界渐渐地黑白颠倒。一到晚上就比较亢奋，白天却随时随地可以睡着。有时候我觉得自己像一只习惯在夜间出没的动物，我的听觉、视觉、嗅觉，还有味觉，都是为夜晚而生的。

好吧，那就索性醒着吧，我走到两节车厢连接处，抽起了烟。

车轮发出哐当哐当的响声，我的身体随着车体摇摇晃晃。

乘务员是个漂亮的小姐姐，但嗓门奇大，估计是在这种环境里熏陶出来的。

沉默的山峦从车窗外一闪而过，偶尔出现几盏灯火，那是山谷中的村庄，寂静而温暖，让我想起越来越模糊的故乡。

靠得久了，我有一种被焊接在车上的幻觉。似乎自己成了列车的一部分，拖着沉重的身躯，喘着粗气，按照预定的轨道日复一日地奔驰，无限循环。在我的生命中，没有起点，也没有终点，只有奇点。我很不喜欢这种感觉，我努力想把身体从车上剥离下来，却有一种灵魂被撕裂的疼痛。

第二章 被侮辱的青春

绿皮火车就像一部移动的电台，每一排座位号串成一组神秘的代码，车轮和铁轨的碰撞就是电波声。这里每天都会发出大量的电文，内容扑朔迷离。最难破译的密码其实不是印第安人的"风语"，而是人生。我们经常耗费一辈子的心血，也难以窥破其核心本质。偏偏我是一个疯狂的解密者，我总想把整个世界都装在一只透明的容器里，以便看得清清楚楚，事实上不仅我永远做不到，人类也永远做不到。世界既不是固态、液态，也不是气态，即使是所罗门的魔瓶也无法将其封印。世界有时无穷大，大到无边无际，光速都无法抵达。有时又无穷小，就在我们指尖，就在一滴眼泪里。甚至，就在一次欢愉的尖叫声中。

火车比预定的到达时间晚点了一个钟头，七点才到鹤松。这很正常，生活总是有很多意外，连出生和死亡都不是我们能够精确控制的。

据《地方志》记载，唐朝安史之乱期间，一支朝廷派来的精兵在此阻击叛军，血战三个月，最终获胜。从附近山头鸟瞰，古镇的建筑群形如麒麟，威武雄奇。镇上居民虽然是虎贲之师的后代，但已然没有剽悍之气。鹤松古属蜀地，而蜀地偏远，道路艰难，少战乱多沃土，自然就成了温柔乡，享乐之风盛行。久居于此，难免受到熏陶，少不入蜀就是这个道理。

在清晨的古镇漫步时，看到一个穿旗袍的少女，我突然想到了小溪。她让我免费住进那栋阁楼，是希望我能"洗屋"，消除所谓的煞气。我大老远地跑到鹤松来，应该给她一个交代。另外，安妮也需要喂食。我给小溪发了条信息，把自己来鹤松的原因告诉了她，我说今晚就会回去。很奇怪，跟小溪相识不过几天，却觉得异常熟悉，是因为我们的灵魂粒子在阁楼里发生了碰撞吗？还是因为某种未知的缘分，我们在不同的时空里发生了量子纠缠？不可否认，小溪身上有男人迷恋的很多特质——温柔、性感、多金。但我觉得她最吸引我的不是这些，而是从骨髓里散发出来的谜一样的气息。

换句话说，她也是一个秘密，一个对我极具诱惑的秘密。

睡在那张雕花大床上，我想象过她的肉体。不是猥琐的意淫，而是希望自己的眼睛发出 X 射线，能清晰地探查她的内心世界。但总是有几片阴影阻挡我，让我无法一窥全貌。这激起了我更大的好奇心，我把她的身体解析成一组组代码，折叠在脑海里，随时随地拿出来破译。

在路边摊吃了碗米粉，结账时我问摊主商业银行怎么走，他头也不抬地指了个方向。我点了支烟，边观光边朝那个方向走去。比起十八梯，这里要清净很多，至少早晨如此，房子大多是沉默的，如同一个个尚未启封的铅皮匣子，里面藏着夜色，或许还有寂寞。

跟十八梯类似，镇上有很多写生的美术爱好者，他们把当地居民司空见惯的一砖一瓦当成风景。但在当地人的眼里，他们的青春才是风景，而不是那些破败的屋檐和斑驳的墙皮。

我看见一个中年男人坐在牌坊下写生，他的五官跟雕塑一样很立体，长发在脑后扎成马尾辫。跟那些美术爱好者相比，他的画工老到得多，对细节的刻画入木三分。临街民房里一个袒胸喂奶的少妇也被他画进去了，但雪白的乳房和嗷嗷待哺的小嘴都被放大了，跟实际并不成比例。我站在他后面看了几分钟，似乎读懂了他的夸张手法，他要凸显的可能是一种饥饿的母爱。在这个营养过剩的年代，有些爱反而是饥饿的。

直到他在画纸上盖好自己的印章，我才恍然大悟，他是山城鼎鼎有名的新锐画家郭一凡。他的画展一票难求，人也长得很帅，是许多女文青的梦中情人。媒体对他的报道很频繁，他有很多值得炒作的元素——才气和帅气兼备、不婚主义者、热衷公益事业，等等，还有，他的画每平尺能卖到八万元！

据说郭一凡最有名的一幅作品卖出了高达五百万的天价，被海外的一家大博物馆收藏。画的是一个近乎裸体的美少女，忧郁的眼睛里饱含泪水，似乎随时都会掉下来。她的头发是凌乱的，还沾有草屑。她的身上惨不忍睹，伤痕累累。

这幅画的名字叫《被侮辱的青春》。

画作的表现手法太直观太细腻了——能看到皮肤上的静脉血管和毛细孔。有媒体说它是情色作品，建议有关部门出面干涉，禁止展览。但主流媒体都不这么看，说如果裸体等于情色，像《维纳斯的诞生》《泉》《黄金时代》和《狩猎女神戴安娜》这些传世名作都得禁展。判断一件艺术作品是否情色，要看主题是否健康向上。《被侮辱的青春》这幅画作，有一种悲悯的力量。

对于这些争议，郭一凡从不回应。

其实沉默也是一种回应，这更增添了画作和他本人的神秘感。

我看过这幅画，的确没看到情色，我看到的是残酷的青春，还有成长的伤痕。我们每个人都被生活侮辱过，我们可以悲伤，但不要哭泣。就像画中的那个少女——始终不让眼泪掉下来。

让脆弱见鬼去吧，因为这个世界上除了自己，没有人替我们坚强！

我没有打扰郭一凡的创作，继续前行。在一个丁字路口，我不知道往哪边走，只好掏出手机，导航显示往右。跟着导航拐了个类似阴太极阳鱼的弯，我终于看见了那家银行——也是一幢老房子，阳光从马头墙投射到门窗上，那些雕刻出来的花鸟虫鱼显得栩栩如生。

银行还没上班，但门口已经有好几个人，他们不断从各个角度拍照，像是游客。确切地说，是化装成游客的警察，其中就有罗拉拉。他们身穿便衣，或许是不想让当地人回想起那段惨痛的往事。

罗拉拉发现了我，她吃惊地问，你怎么来了？

找找灵感，这个理由充分吗？我微微一笑。

一个和我年龄相仿的男人走过来，罗拉拉向他介绍我：

这就是给我们提供线索的秦老师。

周队，久仰。我朝那个男人伸出手。

他握住我的手臂很有力，我们见过吗？

旁边有座周家大院，我发现你对建筑样式不感兴趣，却特意拍摄了一下门匾，说明你对那四个字感兴趣。每个人都会对自己的姓氏来源抱有好奇心，有寻根的欲望，所以你很可能姓周。而且，在这几个人当中，你最有领导气质。

因此，我猜你就是传说中的重案队队长周剑辉。

难怪是推理小说作家！周队拍了拍我的肩膀，你来了正好，我有事请教你，不过我先给你五分钟，你看看现场再说。

我环顾四周，然后说，把单反给我。

在周队的示意下，罗拉拉把手中的单反递给了我。

我拿着单反，在取景框里寻找齐唐当年拍摄那五张照片的角度。我不断调整位置和焦距，最后站到了一家钱币博物馆的台阶上。

三分四十五秒之后，我把单反还给了罗拉拉。

周队扔给我一支烟，晓得我要问啥子了吗？

我现在站的位置，就是齐唐当年蹲守的位置，前面空空荡荡，并没有任何遮挡。如果齐唐在这里拍摄，不可能不被抢劫银行的歹徒看见。一旦发现自己被拍进照片，歹徒肯定会打消抢劫的念头。但事实上，歹徒并没有这样做。

你觉得这是啥子原因？周队问。

照片会不会是PS出来的？罗拉拉插嘴道。

不，照片本身没有问题。我回头看了一眼钱币博物馆，这不是一栋真正的老房子，是仿古建筑，应该是银行大劫案发生后建造的。当年的那栋老房子发生了火灾，被烧毁了。你们看，旁边那栋老房子的马头墙上还有火熏烤过的痕迹。

周队和罗拉拉都朝旁边看去，果然如此。

钱币博物馆开门后，周队找到馆长印证了我的猜测——五年前，这里是一个小饭馆，明末清初的老建筑，因为电线短路引发了火灾，被全部烧毁。钱币博物馆就是在废墟上建造的，建筑格局跟当年的小饭馆完全不同。

馆长是土生土长的本地人，他还记得我站立的位置是当年那家小饭馆的厕所，而且是男厕，墙上有扇窗户，能看见银行周边的情况。也就是说，当年齐唐是躲在小饭馆的男厕所里拍摄那五张照片的，所以劫匪并没有发现他。

毋庸置疑，从厕所往外偷拍，肯定是有意识的行为。

你们要重新调查那个案子吗？我以为再也没人管了。馆长摘下眼镜，擦拭了一下湿润的眼角。

我们这才知道，在那桩银行大劫案中，被劫匪枪杀的一个女人就是他妻子，当时是本地纺织厂的出纳。案发那天中午，她和会计去银行取全厂职工的工资款——这是他们每个月的例行程序。十年前，当地人还习惯用现金。结果遇到了劫匪抢银行，为了保护一百多万的工资款，她被劫匪当场枪杀，钱也被全部抢走。

那时候馆长还是镇文化站的站长，他和妻子举行婚礼不到一个星期。十年了，馆长一直没有再娶，妻子也从来没有出现在他的梦中。他知道妻子埋怨他，因为他们原本打算在婚礼后就去稻城度蜜月，妻子喜欢雪山，喜欢格桑花，喜欢海子，是他把出发的时间一推再推。他热衷收藏，那时他看中了一个老农手中的"西王赏功"币，正在讨价还价。古币到手了，妻子却遇害了。

这个案子不破，我就不会再婚。馆长重新戴上眼镜，妻子也不会原谅我。

我特意在博物馆里鉴赏了那枚"西王赏功"钱币——单独陈列在一个展柜里，在射灯的照耀下，似乎绽放出血色的光芒。它已经不再是一枚冰冷的古币，而是一段悲伤的爱情往事，是一颗破碎的心灵。

很巧的是，馆长认识齐唐那个在鹤松中学当老师的同学，姓姚。在他的召唤下，姚老师骑着电动车赶了过来。周队和姚老师的对话安排在一辆商务车上进行——那是重案队的车，挂民用牌照。我本来想回避，周队说不用，线索是我提供的，我可以临时客串这个案子的编外顾问，集思广益嘛。

晓得我们为啥子找你吗？周队问。

姚老师有些伤感，报上登了，齐唐遇害了，同学群里也一直在说这个事。

我们不是来找你了解齐唐遇害的事。

那是因为啥子事？姚老师的眼神变得迷惑。

十年前抢劫银行的那桩案子。周队笔直地吐出一口烟。

这跟我有啥子关系？姚老师搓着手掌，显得局促不安，我又没参与！

你别紧张，晓得你跟案子无关。周队安慰道。

姚老师点点头，罗拉拉递给他一瓶矿泉水，也递给我一瓶。

我们去报社调查过了，案发前，齐唐并没有来鹤松采访的任务。周队直视着姚老师的眼睛，是你邀请他来鹤松的吗？听说你们俩关系不错。

不是，是他来找我玩，说心情不好。姚老师拧开瓶盖，喝了口水。

我坐在与周队相邻的座位上，透过车窗，我看见银行已经上班了，一切井然有序，完全看不出十年前这里发生过一桩惊天大案。

他为啥子心情不好？周队的目光似乎粘在了姚老师脸上。

进报社后，他一直发不出稿子，担心转不了正。姚老师回答。

他是啥子时候来鹤松的？周队又问。

案发前一天。

你还记得当时的情况吗？

就是跟我诉苦、抱怨，那时候我们都年轻气盛，总觉得自己怀才不遇。

他有啥子异常的言行举止吗？

没发现。

在鹤松期间，你整天都跟他在一起吗？

我白天要上课，只有下班后才能陪他。

他一个人的时候在干啥子？周队刨根问底。

还不是闲逛。姚老师的眼睛在镜片后面闪着光，他找我借了辆嘉陵摩托，哦，现在车已经报废了，他骑车把周边景点逛了个遍。

你还记得啥子情况？周队说，跟他有关的。

我想想。姚老师喝着矿泉水，哦，对了，当时发生了一件挺有意思的事——我有个发小，是个摩的司机，在野外看见齐唐骑着我的摩托车，以为他是偷车贼，就打电话告诉了我，幸好那个朋友没报警。

周队饶有兴趣地问，野外？是在哪个地方？

一条小路，七拐八弯的。姚老师推了推鼻梁上的眼镜架，传说孔明带兵走过，当地人叫孔明道。

听到姚老师的话，我把正在喝的一口矿泉水全都喷了出来，车上的人都看着我。罗拉拉递给我一张纸巾，我顾不上擦拭，问道：

是鹤松镇到青鱼镇的那条小路吗？

姚老师点点头，就是那条，比走大路近，但坑坑洼洼的，还要经过一片坟地，已经很少有人走了。

齐唐当时是在去青鱼镇的路上，还是回鹤松镇的路上？我追问道。

回来的路上。

姚老师看着我，似乎很奇怪我会问这种无厘头的问题。

是案发前还是案发后？

案发前。

你确定？

确定。姚老师的视线在车窗外飘忽，我记得很清楚，抢银行的案子发生后，周边道路就被警方封锁了，我当时还在想，幸好齐唐回来了。

周队本来还想去找姚老师提到的那个摩的司机，但姚老师说他四年前出车祸死了，醉驾。

在鹤松镇继续调查已经没有意义了，周队决定返回，我搭了趟顺风车。罗拉拉说，早知道我要来，就坐他们的车，正好还有一个空位。她太年轻，对乘坐绿皮火车还缺乏深刻的体会。有时候从一个地方到另外一个地方，速度不是首要考虑因素，而是心情。特别是去远方，那种在车上慢慢摇的感觉能把人带进一种诗意的氛围里。

我晓得，你问那几个问题是有深意的。周队换到我身边坐下，你来之前应该做了攻略。

我点点头，把车窗打开一条缝隙，峡谷里吹过来的风带着松香的味道。

在来的火车上，我的确做了攻略。

我在网上查阅了关于那起银行大劫案的许多信息，其中有一个插曲引起了我的注意——在案发当天上午九点五十分，县110指挥中心接到一名男子报警，声称十点左右，有人要抢劫青鱼镇的商业银行。接警员想询问更多的信息，该男子却挂了电话。接警员回拨过去，却无人接听，查询后发现，是青鱼镇街头的公用电话——那种老式的磁卡电话。案发后警方提取了电话上的指纹，很可惜，没有结果——那部电话的使用频率很高，各种指纹叠加在一起，已经失去了鉴定价值。

报警人的奇怪举止让接警员怀疑他是报假警，因此没有重视，但还是通知了青鱼镇派出所和邻近的鹤松镇派出所，要他们派人去银行看看。

两个派出所的警察都觉得这是恶作剧，就大摇大摆地开着警车前往那家商业银行，蹲守了一个小时，结果别说劫匪，连只狗都没从银行门口经过。后来调取监控发现，劫匪驾驶的假"蓝鸟"确实从那家银行门口出现过，可能是看见有警察，没做丝毫停留就疾驰而去。

民警正要收队时，从鹤松镇传来发生银行大劫案的消息。

从青鱼镇开车赶往鹤松镇，至少得二十分钟。更要命的是，当时在鹤松镇派出所留守的只有一个辅警，还没有配枪。

至于被枪杀的那个警察，是阴差阳错遇上劫匪的。

他叫丁海山，牺牲时是刑侦队的大队长。在银行大劫案发生的两天前，一辆山城牌照的私家车失踪了，是部黑色的"尼桑"，司机也人间蒸发——后来证实司机被劫匪杀害，车标换成了"蓝鸟"。丁海山根据监控追踪到了鹤松镇一带，因为突发急性阑尾炎，他住进了镇上的卫生院，追捕小组的其他民警继续在周边村寨寻访那辆"尼桑"和司机。

镇上的民警一度跟失踪车辆狭路相逢，虽然他们都看过协查通报，但对车型的鉴别能力很有限，加上号牌又被污泥遮挡，所以完全没看出这辆假"蓝鸟"就是失踪的"尼桑"，错过了抓捕劫匪的最佳时机。

听到银行方向传来枪声后，刚做完阑尾切除手术的丁海山拔掉输液管，挣扎着下床，跑出了卫生院，正好遇到劫匪驾车逃窜。因为做手术时需要麻醉，丁海山就在术前把自己的配枪交给了同事保管，以免丢失。他只能赤手空拳拦截劫匪，结果遭到射杀——开枪的是那个穿风衣的劫匪。他被送到县人民医院抢救，后来又转院到主城区的大医院，昏迷一周后，他还是去世了。

周剑辉还记得，那个秋天，山城阴雨连绵，雾气从下半城一直弥漫到上半城，似乎一天没有放晴过。好多警察都说，是老天爷在悼念丁海山。

那一年，周剑辉还是刑侦队的菜鸟，他睡觉都穿着警服，舍不得脱下来。

周队望着山野，说道，案发后，那个报警人始终没找到。

录音应该还在，回去比对一下。我说，很可能是齐唐。

当地基层民警处理这种事缺乏经验，不该守株待兔，应该秘密蹲守。周队苦笑，也能理解，谁会想到这鸟不拉屎的地方会发生抢银行的大案子。平时经常有剧组到鹤松镇以及周边几个古镇来拍戏，劫案刚发生时，镇上的好多人以为又是拍戏，都跑过来看热闹，见死了人才晓得是真的。

车窗外出现了一条奔腾的小河，可能上游发生了山洪，好几根粗大的树木随波逐流，河水也是触目惊心的泥浆色。

我关上车窗，听说劫匪把作案车辆推到了河里。

周队点点头，龟儿子很狡猾，车捞上来后，劫匪留下的痕迹全都没了。

那个司机的尸体后来找到了吗？

半年后在一个天坑里找到的，离鹤松镇有五十多公里，只剩骨架了，山里野兽多，死因没法鉴定，证据没有了！

车行驶在盘山公路上，似乎一直在原地转圈，我有点晕车。

被劫匪枪杀的丁海山是我师父。周队深情地回忆，我刚进警队时，什么都不懂，就是他带我，手把手教我。案发头一天，他把手枪交给我保管。如果他手头有枪，肯定不会挂，龟儿子也跑不脱。

我说，齐唐发现劫匪没在青鱼镇动手，就跟着作案车辆去了鹤松镇。劫匪走大路，他走小路。

他都看见劫匪了，为啥子不当场报案？周队有点恼火，当时两个派出所的民警都在青鱼镇，把车一围，龟儿子就成了瓮中之鳖。

可能他不敢确认车上的人就是劫匪。坐在前排的罗拉拉回头说。

我说，他应该对劫匪的计划很清楚，不然，不会跟着那辆车前往鹤松镇。

周队揉了揉鼻翼，他到底怎么晓得龟儿子要抢银行的？

我无法回答这个问题，至少现在不能。晕车和困倦袭来，我竖起衣领，打算睡一会儿。合眼之前，我掏出手机看了看，小溪早就回复消息了，就一句话：

等你回来。

我其实没有睡着，我脑海里掀起的波澜根本没法平静下来。似乎有一个巨大的水怪在兴风作浪，我的每一个脑细胞都受到了强烈的冲击。大脑沟回中暗流汹涌澎湃，足以吞噬一切活着的生物，甚至光线。我之前的许多认知如同绚丽的珊瑚，此刻全都从洋底高高地抛向半空中，变得支离破碎。我强迫自己平息这场海啸，不让巨浪淹没我自己。我艰难地把头抬出海平面呼吸，我必须保持意识清醒，格老子的，呛水的感觉实在太难受了！

　　转移注意力是个好方式，我努力去想我在鹤松镇看到的风景——那些比十八梯更古老的街道和房子、那座气势恢宏的牌坊、那条在晨曦中半明半暗的悠长小巷、那个穿旗袍的亭亭玉立的少女……

　　我还想起了郭一凡，以及他的油画《被侮辱的青春》。

　　关于这幅画，坊间流传一个故事——郭一凡的前女友无意中看到了画，认为画中的那个美少女是她自己，郭一凡侵犯了她的肖像权和隐私权，是挟私报复——当初郭一凡和她分手，是因为她出轨。她是模特，追求她的男人能从较场口排到解放碑——那时郭一凡的名气还远没有现在这么大，是个穷画家。她一怒之下给郭一凡发了律师函，提出的要求很奇葩——不要一分钱赔偿，但郭一凡必须把《被侮辱的青春》这幅画交给她亲手处理。这也等同于索赔，而且是巨额索赔，当时这幅画已经引起了轰动，许多富商和收藏家愿意出重金购买。脑壳没包的人都知道，如果她能拿到这幅画，肯定不会销毁，而是变现。

　　她扬言，如果郭一凡不答应她的条件，就把他告上法院。郭一凡根本就不吃她这一套，根本不予理睬。他知道她在炒作，这对他并没有坏处，也是在帮他做宣传。她不傻，知道这个官司不可能赢，她也从没想过打官司，就是炒作！她还知道他不会回应，更不会反告。事情在网上发酵后，这个七八线的模特一夜之间窜到了二三线，出场费暴涨。郭一凡的知名度也大增，以前只是圈内人知道他，现在圈外人都知道了，他的画价也随之飙升。

　　这事最后不了了之，唯一的结果是，他们双赢。

　　半路上，一车人在服务区吃了顿饭。下午四点多钟我回到了十八梯，小溪抱着安妮在院子里悠闲地看书，居然是我再版的《禁忌之恋》——她早就在报上看过连载。摆龙门阵时，她跟我说过，喜欢把纸质书捧在手心里看，这跟在网上看的感觉很不一样，也跟在报上看连载不同。这是一种古老的阅读方式，有质感，能充分调动自己的视觉和触觉，还有听觉——翻书的声音就像风吹过安静的树叶。对了，味觉也会被调动起来，书是有香味的，树皮和芦苇制作的纸张有香气，还有从文字深处传过来的幽香，在鼻孔里，在灵魂中，绵延不绝，萦绕不散。书上的文字也是有味道的，酸辣苦甜都具备。如果是写战争年代的书，会有硝烟味；如果是爱情小说，会有柠檬味、苹果味，有时，还可能是多巴胺和荷尔蒙的味道。这些感觉，隔着电脑或手机的屏幕是找不到的，偶尔有，也是失真的。

回来啦。小溪抬眼看见我，放下了小说。

安妮"嗖"的一声从她怀里蹿出去，溜到了黄桷树上。

抱歉啊，走得急，没提前给你打招呼。我在她身边坐下来。

她笑了，您又不是我男朋友，不用事事都向我汇报。

我应该尽量待在阁楼里，至少要待在十八梯，这是我免费住在这里的条件。

我无条件欢迎大作家入住寒舍。她嗔道，我都说几遍了，您住这里是帮我升值房子。

我心中一动，不知为何，我喜欢她娇嗔的样子。

哎呀，你眼里好多血丝，是不是没睡好觉？小溪关切地问。

不是没睡好，是一夜没睡，路上脑袋昏昏沉沉的。

那去补个觉吧，醒了一块儿吃饭。小溪的眼神柔得像水草，我再看会儿书，第三遍了，每次看都有不同的感受。

不睡了，一看见你就清醒了。

话刚出口，我就意识到有些轻薄的意味，我耳根有点发烧。

她似乎没觉察出我的调笑，那你去洗洗吧，精神会好点儿。

我确实需要洗漱一下，整天没刷牙，还抽了那么多烟，口气能熏死蚊子。刷牙、洗澡我花了半个小时，似乎要把绿皮火车和鹤松古镇留给我的气味全都洗刷干净。但我知道，自己无能为力，那些气味不是残存在我身上，而是盘旋在脑海中。从里到外，我把穿过的衣服都脱下来，扔进洗衣机内。我换了一身衣服，吹干了头发，但并没有马上下楼，我站在主卧窗口俯视小溪。

她还在看书，好像快看完了。安妮又回到了她怀中，小小的脑袋紧贴着她饱满的乳房，像个吃奶的婴儿。尽管抱的是一只猫，她身上却散发出一股母性的气息。我又想起了郭一凡，如果他来画这个场面，说不定能成就一幅经典之作。小溪是很适合做模特的，不是那种T台走秀的，而是生活中的。或坐或行，都有画面感。我之前说过，我还想象过她睡在那张雕花大床上的样子，如麦浪起伏，极具美感。

此刻，女人与猫、书、长椅、树、花草，还有傍晚的阳光，和谐地融为一体，从任何一个角度来审视，都是一道不可分割的黄金比例。

准备出门时我才注意到，在我回来前她已经将阁楼打扫得一尘不染。我感觉到阁楼里多了一种热乎乎的生气，从一个成熟女人的身体上传过来的，虽然她坐在外面。

去吃饭吧。我走到她面前。

她合上书本，安妮又一溜烟跑了。

这次没有去"胖哥饭店"，我们心照不宣地找了家背街的餐厅，要了个小包厢，点了两荤一素三个菜。小溪说老板是她以前的邻居，我一点都不惊讶，从某种意义上来说，整个十八梯就是个大家族。

谈谈读后感吧，又有啥子心得。菜上齐后，我笑着说。

她欠身给我添饭，怎么说呢？

随便说。我往嘴里塞了块回锅肉，又不是给领导写发言稿。

书中的女性角色，结局都很悲催。她看着我，你不会有性别歧视吧？

绝对没有，我没得恁个阴暗。我矢口否认。

那你为啥子要恁个写，就不能把女性的命运写得美好点？她颇为不满。

越是美好的东西，越是容易受到伤害。比如水晶，比如花，都特别脆弱。

好吧，理由勉强成立。她无可奈何地笑。

就这些？我飞快地往口里扒饭，的确有点饿了。

还有，书里有不少带颜色的描写。她夹了一筷子空心菜，以前我觉得是性，现在明白了，你写的其实是人性。

两者是有本质区别的。我停下来喝了口鱼汤，以免噎着。

书里的男主人也叫秦川，你老实说，是不是以你为原型创作的？里面的两个女人都爱你爱得死去活来，最后一个进了精神病医院，一个在枪战中死了，还是为了从毒贩手中救你，你太自恋了你！

书中男女主角的名字只是一个符号，叫啥子都可以，跟我没关系。我又添了碗饭，艺术来源于生活，但高于生活，不能对号入座。

她撇撇嘴，肯定还是有你的影子的，我就不信都是无中生有。

这个问题就不要纠结了，我笑着耸鼻子，还是让一个推理作家保持点神秘感吧，不然我的粉丝会越来越少。

矫情！她也笑了。

我开始叙述去鹤松镇的情况，从深夜上绿皮火车说起，一路的鸡零狗碎。然后我说到了古镇的老街、老房子、老井，跟十八梯做了一个横向对比。接着我又说起了自己的奇遇——碰到了正在那里写生的著名青年画家郭一凡。我还说起了他的那幅名作《被侮辱的青春》，以及背后的故事。

好多年前看过，还有点印象。小溪端着碗，细嚼慢咽地说，您对那幅画是怎么看的？

画中的少女很漂亮，很性感，这跟她身上的伤痕形成强烈的反差。她饱受折磨，却强忍悲伤，她心里一定有很多想说的话，但说不出来。她在用沉默来反抗迫害，用无声的伤口来控诉施暴者。她的眼睛是清澈的，能看见干净的灵魂。我一点都不觉得她脏，龌龊的是侮辱她的那个人。

我突然看见小溪的眼里像是涨潮了，泪水涌动，我似乎听见了海的声音。

你怎么啦？我放下筷子。

我觉得画中的那个女孩挺可怜的，她不晓得遭了多少罪。小溪说，看了那幅画后，我做了很长时间的噩梦。

我抽出一支烟，我刚才跟你说过，越美好的东西越脆弱，容易被摧毁。

小溪抬头望着天花板，努力不让自己的眼泪掉下来。

我说，你这个法子挺管用，以后我悲伤的时候就抬起高傲的头。别人问我干啥子，我就说看飞碟，外星人可能要入侵地球了，格老子的，快抄家伙！

小溪忍俊不禁，她再看我时，眼里的那片海已经退潮了。

在那边都有啥子发现？她终于切入正题。

我把遇见周队的经过说了一遍，还转述了钱币博物馆馆长和姚老师的话。

周队认为齐唐在案发前就晓得劫匪要抢银行，对吗？小溪问我。

我点了一下头，周队的看法跟我之前分析的差不多，现在更明确了一些。

打那个报警电话的男子是齐唐吗?

可能性比较大,劫匪恁个隐蔽的计划不可能有很多人晓得,齐唐是知情者,当然嫌疑最大。

小溪倒了两杯茉莉花茶,说道,那时候齐唐刚进报社,很年轻,可能害怕打击报复,所以不敢承认是自己报的警。

问题的关键不在这里,而是他怎么晓得劫匪要抢银行的,这太费解了。

他都不在了,也没地方问去,我就等着他托梦给我好了。

我突然忘了香烟还夹在手指间没有点燃,我摁下打火机,一团橘黄色的火苗蹿出来,像烟花一样。

劫匪改变作案目标后,齐唐为啥子不再报警?小溪提出了新的问题。

我分析说,劫匪放弃抢劫青鱼镇的商业银行后,车子往鹤松镇的方向开去,齐唐怀疑劫匪可能会以鹤松镇为作案目标,但又不能确定,所以他骑摩托车抄小路,提前赶到鹤松镇蹲守。他本来想等劫匪动手前再报警,但劫匪动作很迅速。齐唐刚到蹲守位置,劫匪就开始抢银行了,他根本没有报警的时间。

他有时间拍照,怎么没时间报警?小溪的脸上满是狐疑之色,他身上有手机,动动指头就可以报警的。

第一次报警,他用的是磁卡电话,说明他不想暴露身份。我用茶水漱了漱口,他是不会用自己的手机报警的。

还是因为胆小,换了我,可能也怕。她给齐唐找了个台阶。

我觉得,不一定是这个原因。

在烟雾中,我看见墙上挂着一幅画,署名是郭一凡,但一看就是伪作。

那您觉得是啥子原因?小溪给我续满茶水,包厢里一股茉莉花的香味。

我沉默地抽着烟,又用余光瞟了一眼包厢门,是关着的。隔壁的包厢传来阵阵喧哗声,没有人会关注我和小溪的对话。

小溪问,秦老师,您是不方便说吗?不方便就算了。

我怕你听了不舒服。

您想多了,我不是那种小肚鸡肠的人。她莞尔一笑,您不是作家吗,我要是听着不爽,我就当您讲故事好了。

我看着小溪脸上的酒窝，盛满了真诚。她是个典型的山城妹儿，又兼具江南女孩的某些气质。这也不奇怪，山城本来就是个移民城市。明末清初和抗战时期，都有大量的外来人口涌入这座山城。很多本地人都有外省血统，真正的土著已经难觅其踪了。齐唐和她相遇是足够幸运的，他们拥有让许多人羡慕的美好爱情。但也是不幸的，因为这种幸福没有天长地久，我相信齐唐最后告别人世时想起的肯定是她。带着这种不舍和不甘，齐唐必然承受了万箭穿心的痛楚。

从鹤松镇回来的路上，尽管我已经窥破齐唐内心的部分秘密，我却没有告诉周队。因为我并没有证据，只是推测。而且，我想先得到小溪的认可。如果小溪极力反对，我会保持沉默。把没有证据的推测到处张扬，是对齐唐，也是对小溪的伤害。

您老看着我干啥子嘛？

小溪不好意思地避开我的视线，低头喝茶。

我又点着了一支烟，其实我烟瘾并不大。很多时候，我只是借这种淡淡的烟雾来掩盖自己的内心。这会让我产生安全感，不是跟别人，而是跟自己保持一种距离。

那起抢银行的案子，对齐老师来说是个机会。

我把这句话和烟圈一起吐出来。

我不懂您的意思。小溪抬头看着我。

你和姚老师都跟我说过，那个时候齐唐老发不出稿子，见习期就要结束了，他可能会被报社扫地出门。

确实，那段时间他经常失眠，大把大把地掉头发。

他在黑暗里摸索了很久，面前突然出现了一扇门，推开门就是光。

她说，我好像听懂了一些。

这扇门很沉重，一面是黑暗，一面是光明，推开它需要很大的力气和勇气。我直白点说吧，这扇门就是那个案子，因为某种机缘巧合，齐老师掌握了劫匪抢银行的秘密。

酒精炉散发出的热量使包厢里有些闷热，小溪脱下外套，两只大鸟在叶绿色的雪纺衫里躁动不安，她关掉酒精炉，秦老师您继续说。

齐老师很可能在案发前两天就晓得了劫匪要抢银行的秘密，他去鹤松镇就是为了这件事。

我没听他说过。

小溪看着墙上那幅拙劣的画，似乎在回想当时的情景。

这种事他肯定不会跟你说，他甚至不敢面对自己，我想，他内心一定很挣扎。一方面，他不想歹徒抢劫成功；另一方面，他又想做这个稿子，大稿子。

小溪沉默了，视网膜浮上了一层雾。

齐老师在歹徒即将抢劫前报案，这样的话，歹徒抢劫时就会被赶来的警察当场抓获，齐老师也可以写一篇具有轰动效应的现场报道。

小溪眼里的雾气更浓了。

但他没料到警察反应恁个快，在劫匪还没出现时就封锁了青鱼镇商业银行，劫匪肯定不会自投罗网，所以改变了抢劫目标，去了鹤松镇，后来发生的事你都晓得了。

我感觉小溪的身子有些微微发抖。

你没事吧？我问。

没事，有点凉。小溪重新穿上外套，您的意思我全懂了——齐唐太想留在报社当记者了，如果他报道了这个大案子，反响一定很大，他转正就没有问题了。

这是改变他命运的机会，抓住了，他的人生就会从荆棘小路转向另外一条轨道，通往诗意和远方的轨道。我扔掉烟头，喝完了杯子里的茉莉花茶，他以为一切都在自己的掌控当中，但没想到出了意外，

出乎我意料的是，小溪对我的推测并没有表现出反感。她甚至不反对我把这种推测告诉警方——只要有利于破案，能尽快抓到杀害齐唐的凶手。

但看得出，她的心情还是很沉重。

到现在为止，我还是不敢保证齐唐的被害一定跟鹤松银行抢劫案有关。但这种可能性是存在的——也许齐唐掌握了劫匪的某些信息，招来了杀身之祸。顺着这条思路，有可能拔出萝卜带出泥，把两个案子一起破了，那就是最好的

结果。当然，对于我这个推理作家来说，这也是最劲爆的题材，我的书会火的！

夜幕降临时，我送小溪到较场口地铁站，她的车送去做保养了。看着她被那个半透明的容器带走，我身体里好像被抽走了一些物质，一种由奇特元素构成的暗物质。

回到阁楼我什么都不愿意再想，倒头就睡。这个夜晚我睡得特别沉，直到安妮"喵呜"一声把我叫醒——阳光已经以一个45度的夹角照在我的床头。这是我第一次听到安妮的叫唤，它趴在窗台上，我发现它看我的眼神不再那么阴郁了。

我靠近窗台，安妮没有躲闪，只是目光变得有些疑惑。我得寸进尺，慢慢伸出了手，它还是没有任何反应。我胆子大了起来，一把将它抱在怀里。让我惊讶的是，安妮完全没有挣扎，还闭上了眼睛。

安妮身上的气质，就是阁楼的气质，十八梯的气质。我甚至觉得，安妮当初流浪到十八梯来就是故意的，这里才是它的家，是它灵魂的乌托邦。

我正在梳理安妮的毛发时，罗拉拉的电话打过来了，安妮很知趣地从我怀里跳到窗台上，继续享受春光的抚摸。

电话刚接通，罗拉拉就问我现在忙不忙。我说刚起床还没吃早饭，她要我先吃，一会儿她过来找我。听上去，她的语气有点急切，像是突然从巴山下过来的一场雨，一路马不停蹄。直觉告诉我，应该有事。

我就近在"胖哥饭店"吃了碗炸酱面，还没走进院子，就听到罗拉拉在后面叫我，今天她穿的是便衣。我们坐在长椅上，一半在阳光里，一半在阴影中，我感觉到安妮就在头顶俯视。

说吧，啥子事？我口里还是一股炸酱味。

那起银行大劫案发生前的报警录音还在，经过声纹鉴定，基本能确定是齐唐的。不过，这种鉴定属于前沿学科，在刑侦实践中应用不多，没有DNA鉴定那样高的准确率。

我坐在阴影中，说道，这个我晓得，声纹鉴定现在还只能当作破案的辅助手段，并不能作为指控犯罪的证据。

要是十年前做这个鉴定就好了。她有些遗憾。

这个疏忽是可以理解的。我看着墙角的一丛木槿，十年前，谁也不会想到报警人是齐唐。

他肚里到底唱的啥子戏？罗拉拉很不解。

周队长没跟你们说吗？我习惯性地去摸烟，发现忘了带出门。

说了，我们都很惊讶，不敢相信。

他怎么说的？

周队说，齐唐早就晓得了劫匪的阴谋，他没有在第一时间报警，是想做一个有轰动效应的新闻，好留在报社当记者。

跟我想的差不多。

你也恁个想？罗拉拉歪头看着我，阳光打在她脸上，细细的汗毛清晰可见。

我点点头，这种解释是最合理的。

那齐唐也太那个啥了吧。

现在罗拉拉坐到了阴影中，我被阳光罩住了。

做任何事情，先从自身利益来考虑，是人之常情。我们现在是从局外人的角度去审视这件事，如果是当事人，我们也有可能做出跟齐唐一样的选择。

不，我不会！罗拉拉嚯地站起来，这太自私了，是放任犯罪的发生。

我想齐唐也不愿意看到这个结果，现在你应该晓得了，他为啥子要把那份剪报，还有那五张照片藏在镜框里。

罗拉拉重新坐下来，等着我往下说。

刚看到时，我以为齐唐是把这些东西当作荣誉来收藏，这是他新闻事业的起点，一个光辉灿烂的起点。现在我才晓得，他其实是把这个当耻辱，记者的耻辱。他每天看着那张剪报，就会想到那起悬而未破的案子，想到那三条鲜活的生命——他本来可以阻止这一切发生，如果第一时间报案的话。他用这种独特的方式来铭记耻辱，来鞭策自己，也诅咒自己。我相信这十年他活得并不轻松，他很自责，他的内心是痛苦的，波澜起伏的。没有人能理解他的痛苦，宋小溪也不能。因为他根本就不敢把这个耻辱告诉任何人，尤其是他爱的人，这是他的秘密。一旦这个秘密公开，他身上的光就会立即变成黑色的污水，他的命运就会再次逆转，甚至万劫不复。他只能把秘密藏在镜框里，任其生霉。

罗拉拉几次想插话，但忍住了。

可以这样说，这些年他忘我地工作，就是在赎罪。十年前的那个选择是把双刃剑，如果不是那么拼命，他也许不会染上艾滋病，他最终为自己的选择付出了生命的代价。

我不想站在道德高地去评判齐唐的选择，他不是圣人，只是芸芸众生中的一员，有着世俗的情感。就像十八梯一样，最美的是这里的人间烟火味。但换个角度，人间烟火也意味着落后和贫穷。把任何一个伟人从神坛上拉下来围观，都会发现其身上有许多凡人的缺陷。

你准备把这些都写进他的讣闻中吗？罗拉拉问我。

肯定的！一个人活着的时候可以撒谎，但去世以后必须说真话。历朝历代的墓志铭，包括史书，都遵循这个标准，哪怕贵为皇帝，后人评价他时也必须实事求是。当然，粉饰也会有，但就事论事，一码归一码。如果实在不想让我揭短，那就不要告诉我太多——就像我给那个大领导的母亲写讣闻一样，通篇都是溢美之词，因为我根本不知道她还有什么故事。

话说回来，那件事是齐唐的一个心结，折磨了他十年之久，他的灵魂也因此戴上了枷锁，沉重如铁。作为讣闻师，解开逝者的心结，把他获得自由的灵魂摆渡到彼岸，是我的职业道德。

不管你怎么为他辩护，我都不会原谅他。罗拉拉说，我也不能违背自己的职业道德。

我没有为他辩护。我凝视着老街上青石板的反光，我只不过是从世俗角度来看待这件事，而不是从法律角度。

用世俗的眼光来看，他也应该受到谴责。

人都已经死了，就不要鞭尸了，多想想他留下来的那些美好的东西吧。

至少在我眼里，他的光环已经黯淡了。罗拉拉强调说，不，是完全熄灭了！

当警察不能感情用事，要理性。

说得好像你当过警察似的，警察也是人，怎么会没有感情？

她呛得我哑口无言。

你是作家，有那些想法也正常。罗拉拉掏出手机当镜子，拢了拢头发，写书是要讲究卖点的，怎么煽情怎么写，这才卖得火。

我从她的话里听到了奚落的意味，我心里苦笑一声。

齐唐的死可能跟银行抢劫案有关，你们应该往这方面查查。

周队也是恁个认为的，这十年来，齐唐可能一直在秘密调查鹤松银行抢劫案，想赎罪，有可能他发现了啥子线索，结果被劫匪灭口了。罗拉拉突然惊呼道，哎呀，我跟你说得太多了，你千万要保密。

我跷着二郎腿，笑道，对我来说这不是秘密，如果齐唐被害，就一定跟他的调查有关。要是这都想不到，我还当啥子推理作家。

那也不能说出去，连宋小溪都不能说！罗拉拉郑重提醒我，不是所有的人都是推理作家，都能想到这一点。

对宋小溪保密也是没有意义的。我被阳光照得有些燥热，解开了衣领，说道，她比任何人都更了解齐唐，她和警方互相信任，更有利于破案。

好吧，你勉强说服了我。她无可奈何地耸耸肩。

罗拉拉走后，我又听到安妮"喵呜"一声，抬头看见它蹲在屋脊上，像一尊守护神。

刚走进阁楼，身上燥热的感觉顿时荡然无存，我被一种温柔和惬意包裹着，同时包裹我的，还有那种从四面八方弥漫过来的神秘气息——它们都是有意识的生命体。我惊奇地发觉自己渐渐地跟阁楼融为一体了，似乎我本来就是这里的主人，而不是租客，每一块地板，每一朵雕花，每一件家具，都是我亲自打造的。安妮也是我收养的，它似乎从来没有离开过我，是我曾经离开了我自己。

在书房默然坐了几分钟，我起身摘下了挂在墙上的小提琴。我母亲是中学音乐教师，业余的小提琴家。从小耳濡目染，我多少会拉几支曲子，还在女同学面前卖弄过。把小提琴拿到手里的时候，我就知道它不便宜，上面还刻有制作者的名字，好像是意大利文，我不认识。这把琴很可能是齐唐的父母跑船时从海外买回来的，质地和音色都很好。如果杀害齐唐的凶手真的是为了劫财，不带走这把小提琴真是愚蠢透顶。

在小提琴奏响的瞬间，安妮像一道白色的光，从窗外飞快地蹿进来，趴在书桌上，瞪圆了眼睛望着我。也许，它以为齐唐回来了。

很多年没有拉过琴了,我的手法有些生疏,甚至一开始并不成调,像锯木头。但我很快找到了感觉,我闭上眼睛,似乎看到了齐唐,我身体里的音乐细胞一下子就被唤醒了。

我拉起了《野蜂飞舞》,这是经典歌剧《萨旦王的故事》中的插曲——歌剧则是根据普希金的同名诗作改编的。

很不可思议,有时把自己当成另外一个人,会有一种特别新奇的体验。比如说,想象自己是爱因斯坦,做物理测验时会比平时更容易;想象自己是柏拉图,看问题真的会深刻一些。按照科学的解释,这是一种心理暗示,能调动人体潜能的暗示。

我之所以把自己当成齐唐,是想融入角色。我塑造人物时经常这么做,写警察时就把自己当警察,写凶手时就把自己当凶手,这样写出来的人物才会真实可信,更接地气。我以齐唐的视角来审视他的生活时,我可能会更接近真相。尤其重要的是,齐唐无疑会成为我下一部小说中的灵魂人物,我必须仔细揣摩这个角色。

在小提琴曲中,我似乎看到齐唐坐在黄桷树下安静地读诗,看见他和小溪牵着手从胡子昂的故园前走过,还看见他在滴滴答答地发报……当我完全融入角色时,就更能体会到齐唐那种背负枷锁的痛楚。整整十年,他把自己钉在荆棘做成的十字架上,每天都在拷问灵魂。

我听到有个声音在说,我不配当无冕之王,我是新闻败类!

那个声音是从我的身体里面发出来的,却是齐唐的口音,带着一种排山倒海的悲怆,似乎整个十八梯都能听见,不,是整个世界!

我又好像回到了那个恐怖的晚上,我的脖子被自己的领带勒得紧紧的,完全无法呼吸。勒住我脖子的是一个男人,另外一个男人则死死扭住了我的双臂,我根本就无力反抗。在生命的最后一刻,我想到了小溪——往后余生,她将孤独终老,不是肉体,是灵魂。

安妮是眼睁睁地看着我死去的,它躲在一个角落里,什么忙都帮不上。我看见它的眼泪,像秋天芭蕉叶上的雨珠,像冬天的早晨,十八梯青石板上凝结的水汽。

手机响了,我的身体刹那间一分为二,齐唐走了,只剩下我。

来电显示是白宇,这让我有些诧异。因为他从没主动给我打过电话,如果有业务,都是沈秘书联系我。我总共见过他三任女秘书,个个年轻漂亮,还都是名校毕业。传闻他换老婆比换秘书还勤,目前正在跟第四任筹办婚礼,是个空姐。

在我放下小提琴的同时,安妮起身蹿出了书房,消失在了窗外,就好像她刚看完了一场演出。

我接听了电话,白总咋咋呼呼的:你娃在干啥子?

在家里宅着,白总有何指示?我把小提琴挂回原处。

格老子的,那破房子也能叫作家?

白总知道我以前在菜园坝租房住,上次去缙云寺烧香,就是他亲自来接我的,开车要经过一个菜市场,差点把他的大奔刮花了。

我说,我已经不住菜园坝了。

我晓得,你娃现在住十八梯,被富婆包养了。他笑得怪里怪气。

我笑着纠正,不是富婆,是富姐。对了,白总是怎么晓得的?

别废话。他说,到王老五饭庄来,赶紧的!

这是十八梯比较上档次的一家饭店,我不到十分钟就到了。服务员把我领到一个很私密的包厢,我推开门,里面只有白宇一个人,菜却点了满满一桌。

白总,还有人呢?

我以为他是请朋友吃饭,把我拉来作陪的。经常有本地人陪外地朋友来十八梯观光,顺便在这吃几个特色菜。

没别个,就咱哥俩。白总拉着我坐到他身边,来来,坐近点,我也沾沾大作家身上的文化气。

我连忙说,不敢不敢,我是无名小辈,跟白总平起平坐,是我沾光了。

客套了几句,我们开始推杯换盏。白总声称,自己在十八梯有个表嫂,听她说最近有个作家住进了一栋凶宅,是写推理小说的。白总猜到是我,今天正好有事路过十八梯,他就过来看看我。白总还说,齐唐他认识,很有才华的一个记者，以前报道过他提倡的"绿色殡葬"理念。

白总怎么没跟沈秘书一起来？我开玩笑说，怕空姐吃醋？

不就是个飞机上的乘务员吗，居然找我要588万的彩礼，被我一脚蹬了。白总唾沫飞溅，格老子的，最烦女人跟我谈钱了，庸俗！这种女人娶回家，迟早头顶一片大草原，把我当哈儿嗦。

我奉承了一句，那倒是，白总是个有情怀的人。

你娃这话说对了，我以前算得上是半个诗人，在省报发表过诗歌，没考上大学是因为数理化太差。他得意地说，不过考上了又咋的，我公司里985出来的有一个排，见了我都点头哈腰的。

英雄不问出处啊。我恭维道，白总是逆袭的典范。

白总笑眯眯地看着我，跟哥哥说实话，你娃是不是被那个女房东包养了？

哪有！我就是个租房的。房东是齐唐的未婚妻，我跟齐唐也算是朋友，我怎么能挖他墙脚？

还不好意思，有啥子嘛。白总跟我碰了一下杯，齐唐已经死了，你这不叫挖墙脚，叫挖矿，不挖是浪费资源。

我呵呵一笑，这种话题不能纠缠，越描越黑。

白总甩给我一包"天之骄子"，比我抽的二十块的"红娇"贵多了。他换了副文艺青年的面孔，说道，住十八梯挺好，有生活，有历史。

我说，我搬过来，主要是因为免房租。

不要惦记着那点房租，格局要大！他谆谆教导。

我晓得，白总做得恁个成功，就是因为格局大。

你是作家，考考你，十八梯最像啥子？他的目光穿过透明酒杯看着我。

我不知道白总问这句话的确切含义，如果单纯就形状而言，从高空鸟瞰十八梯，如同一个从长江里爬上来的巨大水怪。也有人说像八卦图，还有人说像一个写满象形文字的龟壳子。如果从哲学的角度来看，我觉得十八梯像生活，岁月的麻辣烫和世俗的贪嗔痴，这里全都有。

都不对！我告诉你，十八梯最像下半身。白总喷着酒气说。

我听岔了，以为他说的是"下半城"，就说，十八梯本来就是连接上下半城的通道。

是下半身！他刻意强调，不是下半城。

我愕然。

为啥子好多人都喜欢到十八梯来耍？因为这里不用装，大家可以现出原形，轻松愉快——这里是平民消费，有钱也没地方装去。上半城到处是高楼大厦、香车宝马，个个都装得很牛的样子——就跟上半身一个样，嘴巴是用来唱高调的，西装革履是穿给别人看的。但下半身是装不了的，是人都要上厕所，都要繁衍后代，裤子脱了，都一个样！十八梯是山城最接地气的地方，当然也最脏。你想嘛，人最脏的部位在哪里？肯定是下半身了。

这是我第一次听人如此形容十八梯，虽然有点粗俗，但也不乏道理。

我在白总身上看到了诗人天马行空的想象力，来，我敬您。

他打着哈哈，你这不是给我敬酒，是灌蜂蜜水啊。

我说，我是实事求是。

我确实没想到白总曾经是个诗歌爱好者，据说他发迹之前，在一个卖殡葬用品的店里打工，扎过花圈和纸人纸马，印刷过纸钱，连女朋友都找不着。他不甘久居人下，后来借钱创立了星河殡葬服务公司。他改革陋习，推陈出新，提出"让每一个人都走得有尊严"。从接到遗体的那一刻开始，他的公司就以最高礼遇善待逝者，一路鲜花护送，还伴随低回的音乐。灵车随行人员清一色的黑西服、白手套、墨镜，不知情的还以为去世的是某位江湖大佬。

直到逝者家属领走骨灰盒，走出殡仪馆，公司的服务才算完成。如果哪位工作人员在服务过程当中不严肃、说说笑笑、接打电话，就会立马被开除。正是因为这种人性化的服务，让星河殡葬服务公司异军突起，成了行业里的翘楚。再后来，白总又提出了"绿色殡葬"的理念，在媒体上火了一把，赢得了社会的广泛尊重，他也当上了政协委员。

住在凶宅里，有没有啥子灵异事件？白总剥着基围虾，笑着问我。

我给他斟满一杯酒，白总，您是干殡葬行业的，还信这些。

怎么不信？我跟你说，我在这一行遇到的灵异事件多了去了，能写一部新《聊斋》！我亲眼看见过尸体在火化的时候突然坐起来，不是一两次，是好多次。

我看过报道，这不是迷信，是一种正常现象——当火焰达到一定摄氏度时，尸体手臂上的肌肉会收缩，手指也会缩成拳头状，头部会翘起，类似于拳击手双臂护头。这主要是因为皮肤、肌肉、脂肪和骨骼燃烧不均匀造成的。

牵强！我刚创业时，为了省钱，经常自己搬尸体。有一天半夜，我接到家属电话，去太平间搬运一个刚刚得白血病死的女人，才二十多岁。恰好那天晚上停电了，我打着手电进太平间，发现本来躺着的女尸突然睁开了眼睛，直勾勾地盯着我，还流眼泪。格老子的，吓得我魂都快没了。我连滚带爬跑出去，花钱请了两个保安跟我一块进去，那具女尸的眼睛又闭上了，你说怪不怪？

也不奇怪。我给白总敬了支烟，您当时太紧张了，产生了幻觉。

绝对不是幻觉！超自然现象肯定存在，你娃别不信。

那就只有一个解释了——您的善举惊天地、泣鬼神。

不信拉倒。白总朝我脸上喷了一口烟，晓得你娃胆子大，凶宅都敢住。

我是为了生活，不像白总家大业大，做啥子都讲究品位，是为了快活。

说说，住凶宅是种啥子体验？他表现得很好奇。

人死了，就成了一把灰，留下的东西跟死者已经没啥子关系。博物馆里恁个多稀世珍宝，有几件不是死者留下的？谁害怕了？还有我们生活的地方，存在多少年了，死的人数都数不清，我们还不是照样在上面吃喝拉撒，谁撞鬼了？就说十八梯吧，这些老房子，哪一栋没死过人？还有路边那些上了年头的树，种树的人早死了，在树下乘凉也没见哪个怕。我慢条斯理地喝着甲鱼汤，所以，根本不存在所谓的凶宅，住里头跟住普通的房子没啥区别。

看来你娃是个唯物主义者，我就不跟你讨论科学和神学的问题了。白总拿起一根黄瓜蘸了蘸芝麻酱，齐唐那个案子有没有啥子八卦？听说他未婚妻长得很漂亮，搞不好是情杀。

肯定不是，他未婚妻不是那种随便的女人。

这才搬进去几天呢，就开始护着那娘们。白总嘴里发出咀嚼黄瓜的清脆声，你们俩肯定有一腿。

我用毛巾擦了擦手，她是白富美，我这只癞蛤蟆要是没有自知之明，妄想吃天鹅肉，还真可能被她一腿踢废了。

你娃好歹是个作家，别把自己说得恁个不堪，我看好你！

多谢白总抬举，我就假装信以为真。我举起酒杯，来，再喝一个，一口闷。

这顿饭从上午十一点吃到下午两点，白总仍未尽兴，后来的对话只好转移到阁楼里进行。安妮很认生，一见到白总就蹿到了黄桷树上，目光充满敌意。

我把上次跟小溪喝剩下的普洱泡了一壶，在客厅里继续和白总摆龙门阵。

这是熟普，有点年份了，不错！白总摇头晃脑地说。

白总见多识广啊，这茶的年份比我的岁数还大。

我知道成功人士都有个标配——会品茶。

白总边品茶边环顾屋子，你娃别不爱听，我觉得这楼里有股阴气，死过人的房子就是不一样。

我不以为然地笑笑，阴气总比穷酸气好，住这里好歹能省房租。

白总又把话题转移到齐唐身上：

不是情杀，那齐唐是怎么死的？不会真的是劫财吧？听说他被杀后，屋子里丢了些现金，好像是几千块。我就纳闷了，为了这点身外之物杀人，至于吗？

案子还没定性，报复杀人的可能性比较大。

警方说的？白总问我。

我想起了罗拉拉的交代，于是敷衍道，我自己瞎猜的。

你是写推理小说的，瞎猜也不会差到哪里去。白总剔着牙缝，我不是介绍你认识了那朵警花吗，长得挺乖的，叫啥子来着？哦，想起来了——罗拉拉。你们还有联系没，她有没有跟你说齐唐案子的事？

白总怎么关心这个案子？我问。

我关心啥子，死的又不是我亲戚。我是想从你那里弄点内幕，跟别人摆龙门阵时好吹牛。在山城，齐唐也算个人物。

罗拉拉是找过我几次，但都是她问我，不是我问她，我晓得的就恁个多。

白总大手一挥，那算了，不提他了。你也老大不小了，要不要我给你介绍个妹儿？晓得你娃为啥子还没火吗？

晓得，还没写出一部伟大的作品。我谦虚地说。

错！白总振振有词，女人是创作的源泉，身边没个女娃，你一辈子都写不出伟大作品！

我笑了，难怪白总恁个成功，原来是因为红粉成群。

白总以过来人的口吻点拨我：你娃要再不耍朋友，别人会说你要么生理残疾，要么心理变态。

等我写完下一部小说再说吧。

又在写新书？白总吐掉牙签，对了，昨天我也来十八梯了，陪歌乐山的一个朋友，经过你住的那栋破房子，叫了你两声，你不在，你娃不会是出去采风了吧？

还真是，我去鹤松古镇了。

那里跟十八梯差不多，有啥子好写的？

十年前，鹤松镇发生过一起银行大劫案，白总应该听说过吧？

恁个大的案子当然听说过。白总的目光在茶杯上游离，回忆道，那时候，我还在打小工呢，天天卖花圈。听说银行被抢了四百多万，格老子的，卖几辈子的花圈都挣不了恁个多钱。

这是一个很好的写作题材，我实地走访一下，想找点灵感。

这个案子不是一直没破吗？白总抬头看着我。

是没破，我在那里碰到几个警察，也在调查。

白总吞云吐雾，警方有线索了？

不晓得，这个不方便打听。我喝了口茶，压抑着胃里翻涌的酒气，他们找他们的线索，我找我的灵感。

这个案子影响太恶劣了，拖了恁个久都没破，说不过去呀。警方该给公众一个交代了，纳税人的钱不能白花。白总还恁个关心民生。我由衷地说，我以茶代酒，再敬您。

白总和我碰了碰茶杯，我这个人做事就是喜欢较真，不搞虚的。

我早就看出来了。

我的酒劲上来了，头有点晕。我打开半扇窗户，院子里花花草草的气息涌进屋子，酒立马醒了许多。

我也承认，我私德不太高尚，这是我的个人生活方式，不妨碍谁。白总说，但我讲公德，作为一个公民，要有良知，有正能量。

那是，如果都像白总这样讲规矩讲原则，社会就和谐了。

你又没有银行抢劫案的线索，怎么能把案子写成小说？白总笑话我，不会跟那些写抗日神剧的脑残编剧一样，胡编乱造吧？

我只是以那个案子为原型，做些艺术加工。我很谦虚地说，肯定不会写得太离谱，我还是一只小小鸟，刚长出几根羽毛，得爱惜才行。

你不是会推理吗，你觉得抢银行的是啥子人？

智商高、反侦查能力强、胆子大、缺钱。我列出了几点。

这算啥推理，是个人都晓得！

我尴尬地说，读者往往比作者高明。

劫匪抢银行时采取声东击西的战术，把警察耍得团团转，智商肯定高；作案不留痕迹，十年了，警察都没摸清劫匪的底细，他们的反侦查能力绝对强大；胆子不大，谁敢开枪杀人，其中一个还是警察，据说是刑侦队的大队长；人都是被逼上绝路后才铤而走险，抢银行的有富二代吗？有土豪吗？当然是穷人干的。

您分析得都对，白总也可以去写推理小说了。

白总爽朗地大笑，我就不跟你娃抢饭碗了，好马不吃回头草，我的作家梦早就破灭了。

殡葬行业有很多故事，生和死的故事，都是大命题，等您有闲了，可以好好写一写，说不定能传世。

再说吧。白总油腻的大饼脸闪闪发光，我这个人屁股坐不住，天生是个冒险家，喜欢干点刺激的事。

我又聊起在鹤松镇巧遇著名画家郭一凡的事，说后悔没找他搭讪一下，如果请他为我的新书画几幅插图，书一定很好卖。

你请得起吗？白总嗤笑一声，我本来想买他那幅《被侮辱的青春》，挂在我的办公室里，龟儿子要价太高了，没谈拢。格老子的，他哪是画画，是印钞啊！

想想也是，我一本书的版税还买不了他一平尺的画。

下午三点多，白总终于摆完了龙门阵，起身告辞了。临走时，他非要给我留下一条"天之骄子"，说先存我这儿，以后还会来拜访。他还说今天自己很尽兴，是我让他找到了久违的诗人的感觉。

我讨厌当商人。他眼神真诚地拍了拍我的肩膀，我骨子里还是个诗人，龟儿子骗你！

我靠在沙发上，有点累，就好像刚才摆的不是龙门阵，而是大破了天门阵，在千军万马中厮杀了一回。我静静地喝着茶，还点了支"天之骄子"——我觉得这不是烟，是钱。我抽到烟蒂部分才舍得扔，土豪抽这个简直就是烧钱。中午一大桌菜还剩三分之二，有的根本没动过筷子，这也是钱啊，虽然是白总买的单。我有点后悔没打包带回来，晚上热热还可以吃。当时我倒是起了这个念头，但当着白总的面不好意思，人家请客，我吃不完还要打包带走，脸上挂不住。

不知不觉，我靠在沙发上睡着了，醒来时已经是傍晚，天色半明半暗。我走到窗前伸了个懒腰，赫然发现有个男人就坐在院子外面写生，画的就是我住的这栋阁楼。更让我吃惊的是，那个写生的男人居然是郭一凡！

我朝他走过去，还没开腔，他就朝我抱歉地笑笑，不好意思，打扰到您了吧？

没有！我是个闲人，您随意。对了，我们见过面。

是吗？在哪里？啥子时候？他问。

昨天早晨，在鹤松古镇，你在老牌坊下面写生，我正好经过，瞄了几眼。我看过报道，你是郭一凡，著名画家，没想到我们在这里又见面了。

我昨晚回来的，鹤松古镇和十八梯我都经常来，有时候一个人，有时候带几个学生。郭一凡侃侃而谈，这两个地方的民居和街道很有特色，而且有深厚的历史文化底蕴，是美术创作难得的素材。

我看见他已经完成了写生，阁楼在画纸上古意盎然，有种卓尔不群的气质。安妮居然也在画里面——它蹲在长椅上犹如门神，虎视眈眈地盯着写生者，似乎在捍卫自己的家园。这是我第一次从平面的角度来看这栋阁楼——它不光是一个砖木结构的房子，还是一个文化载体，上面沉淀着岁月，是有思想的，有灵魂的。虽然这些东西肉眼不可见，但我能感觉得到。

我深有感触地说，画得真好，我要是有钱，就收藏了。

晓得我为啥子要画这栋楼吗？他眉毛很浓，睁着大眼睛看着我。

我把我刚才的理解说了一遍，又加了句：在十八梯，这是保存最完好的一栋老式建筑，除了留有岁月沧桑的痕迹，几乎没有别的硬伤。

你说对了一部分，但不完整，让我最感兴趣的是，这栋楼里面发生过命案，是凶宅。

我第一次听到有人对凶宅感兴趣。

凶宅里都发生过惊天动地的故事，这种故事很容易用文本表现出来，当然，音乐和戏剧也可以。但是，用绘画的形式来表现就非常困难，因为绘画是无声的。我想打破这种局限，做一个大胆的尝试，用无声来表现有声。

我再次审视那幅素描，竟然觉得透着一种阴森和诡异，跟刚才看的感觉完全不同。难道这就是郭一凡所说的——无声的语言？

他接着说，我并不是第一个吃螃蟹的人，米开朗琪罗的《末日审判》、达·芬奇的《最后的晚餐》、鲁本斯的《阿马松之战》，用的都是这种表现手法。但在国内，还很少有画家这样做。

不知道是不是因为心理暗示，现在，我的确从这幅素描里读到了隐藏在斑斓色彩中的故事，似乎看到了齐唐痛苦的表情，看到了杀戮和死亡。甚至，还听到了齐唐的呼救声。

不过，我还是觉得郭一凡太重口味了，竟然把一栋凶宅画在纸上，一般人可是避之唯恐不及。

你比我更惊世骇俗。他似乎看出了我的心思，居然敢住在凶宅里面。

对我来说，这就是个房子，没有凶和不凶之分。我递给他一支烟，何况还免房租，不住白不住。

郭一凡抽烟的样子很帅，有一种电影镜头的画面感。

他说，你住这里写小说很合适，特别是写那种有神秘感的推理小说。

你怎么晓得我是写小说的？但旋即我就觉得自己问了个愚蠢的问题，他经常来十八梯写生，听说过我很正常。

果然，他说，十八梯的人都晓得，我就晓得。

是啊，神秘主义向来是创作的源泉，比如《西游记》《红楼梦》，还有《巴黎圣母院》《基督山伯爵》，等等，这些伟大的作品有神秘主义的影子。

他说，绘画也一样，比如《蒙娜丽莎》《向日葵》。

我点点头，每个人都会对神秘的事物存有好奇心，都有一种强烈的窥探欲，这也是社会进步的原动力。

性感就来源于神秘感，衣服不光是为了保暖的，还有增加神秘感的作用。一个裸奔的人很难引起异性多巴胺的分泌，但穿上衣服反而更性感了。郭一凡满脸深沉地说，生活也一样，一眼能望到头的人生是乏味的，只有充满了不确定性才有探索欲，才有惊喜。

我非常认同他的观点，严格来讲，悬疑小说也是神秘小说。先抛出一个谜团，把读者笼罩在云雾当中，然后步步推理，抽丝剥茧，直到云开雾散，让读者读完后豁然开朗。

我读过你的小说《禁忌之恋》。

我也看过您的画《被侮辱的青春》，到现在还记忆犹新。

多年前的旧作了。他把烟圈缓缓地吐在画纸上，每部艺术作品都有自己的时代，是不可再生的。那时候我正年轻，现在已经画不出那样的作品了。

我说，每个时代有每个时代的经典，现在也是你创作的黄金时代。

他在画上重重地盖上自己的印章，然后递给我：送给你。

哎呀，不行不行！我大惊失色，您的画怎个值钱，我怎么好意思白得？我拍张照留个纪念就行了，您自己拿回去收藏吧。

有些东西是不能用物质来衡量的，我们聊得很投缘，这很难得。这样吧，以后送一本有您亲笔签名的书给我就好了。

郭一凡不由分说，把那幅素描塞到我手里，我只得收下。

那我请您吃饭，地方您随便挑。我心里祈祷，他千万别说去上半城的那种豪华餐厅，我心疼不说，卡里的钱还不一定够。

他说，就在十八梯找一家吧。

我领他去了那家临江的吊脚楼——我跟罗拉拉在这里吃过火锅，老板娘跟我许诺过，如果再来，会打一个比上次更低的折扣。我并不觉得日子过得如此抠门很悲催，一个经常跟死亡打交道的人，对生活的索求是很低的。想到自己还能看到明天的太阳或者雨水，我就觉得足够幸福。

我们坐在最方便看江景的一个卡座上，郭一凡吸引了不少人的注意——主要是女性。他一头披肩长发，还有俊朗的面孔和艺术家气质，对女性很有杀伤力。当然，也有人关注我，但不是关注我的外表——我长相平平，而是关注我的身份。现在整个十八梯的人可能都知道了，我就是那个住在凶宅里的作家。

我开了两罐啤酒，你恁个受关注，出门被人围观会不会有点烦？

不会啊，我为啥子要在意别人的目光，人是为自己活着。他说。

我有点感慨，你活得比我洒脱，物质基础决定上层建筑，你财务自由了，所以精神也自由了。

这也是人类的悲哀——精神要被物质所左右。

我看过一本讲宇宙文明的书，说地球人之所以不能进入高维空间，就是因为被物质主义束缚。精神体被禁锢在肉体里面，只能带着沉重的枷锁飞行。

其实我也没你说的恁个洒脱，现代人都住在钢筋水泥的笼子里，做着身不由己的事，说着言不由衷的话，像行尸走肉。郭一凡潇洒地甩了下长发，从这个意义上来说，现代人住的都是凶宅。

一针见血！到底是大画家，有真知灼见。

我喝了口啤酒，发现都是泡沫。

他有些遗憾地笑道，我们应该早点认识，昨天在鹤松镇，我没注意到你。我写生的时候，很少注意旁边的人。

这很正常，文艺创作不仅需要忘我，也需要忘掉身边的世界。

他夹起一片羊肉在火锅里涮了涮，你去鹤松镇干啥子？那地方适合写点抒情文章，比如诗歌和散文，好像不适合写悬疑推理小说。

我采取拿来主义，把中午回答白总的那番话，照搬给了郭一凡。

他说，每次去鹤松镇，我都会在被抢劫过的那家银行门口坐一会儿，抽根烟。

为啥子？我有点纳闷。

他点着了一支烟,目光忧郁地望着江面的血色残阳,就好像他已经坐在银行门口一样。他问我:听说过《马拉之死》吗?

我当然听说过,这是世界美术史上的不朽名画,作者是雅克·路易·大卫。马拉是法国大革命时期的风云人物,他被一个出身于没落贵族家庭的女刺客杀死。画作中,马拉倒在浴缸里,头后仰,表情安详,鲜血从胸口涌出,带血的匕首掉在地上。他的一只手无力地垂在浴缸外,另一只手还拿着字条,木箱的便笺上写着——请把这法郎纸币给一位养育五个孩子的母亲,她的丈夫为祖国献出了宝贵的生命。画风沉郁压抑,既渲染了大革命的恐怖、血腥,又充满了激情燃烧的理想之火。马拉的死如同殉道的圣徒,悲壮而仁慈,洋溢着一种动人心魄的信仰的力量。

我想画一幅像《马拉之死》那样的经典之作,但构思还不成熟。这几年来,我画废了很多稿,都不满意。可能我还没找到感觉,需要再酝酿一段时间。

我捞了一勺鹅肠在他的碗里,说道,可能是我孤陋寡闻,我觉得,至少在国内,还没有人把刑事案件当作绘画的素材。这个太前卫了,可能还会引起很大的争议。有争议也是好事,如果画作都是一种风格,那还不如看照片,看印刷品。

我不是为了争议故意标新立异,这不是我构思这幅画的初心。郭一凡微笑道,说实话,到了我这个段位,没必要再去迎合市场。为了多卖几个钱,去炒作,牺牲艺术品位,太 low 了!

那您的初心是啥子?我又开启了两罐啤酒。

银行抢劫案枪杀了两个人,一个是出纳,另一个是警察,他们都是为了保护人民群众的财产牺牲的,是英雄!

你是想表现英雄主义吗?我递给他一罐啤酒,他们的死确实很悲情。

这太单一了!当死神来敲门时,会有很多人性的东西在挣扎,我想全部表现出来。

我对他肃然起敬,举起啤酒罐说,干杯!

他跟我碰了下啤酒罐,又吃了块毛肚,然后说,我想把这幅画叫《荣誉之死》——这两位烈士在平常的生活当中,也是很普通的人,走在大街上没人会多看一眼。但在生死瞬间,他们突然光芒四射,成了荣誉的捍卫者。

我明白你的意思,小人物在大事件中的悲壮选择更能引起共鸣。公众能从他们身上看到自己的影子,会不由自主地审视自己的灵魂。

《马拉之死》里面并没有那个女刺客,看不见谋杀。我的《荣誉之死》也一样,凶手并不出现在案发现场,只有倒卧在血泊中的尸体,还有散落在地上的钞票、惊恐的银行工作人员、奔跑尖叫的行人。用可怕的犯罪现场来表现罪犯的残忍和疯狂,更能激起公众的义愤。很遗憾,鹤松银行大劫案被尘埃掩埋了十年之久,罪犯一直逍遥法外,我希望我这幅画能推动案子的侦破。

这是个绝妙而深刻的主题,充满人文主义关怀。我赞叹。

郭一凡叹了口气,当初第一个报道银行劫案的记者齐唐被害了,我怀疑,他的死可能跟这个案子有某种联系。

火锅里溅出的汤汁烫到了我的胳膊。

我问他,你怎么晓得的?

他惊讶地看着我,难道警方不是恁个认为的吗?

警方怎么想的我就不晓得了,不过,我也觉得齐唐死得很蹊跷。

他说,警方去鹤松古镇,肯定就是为了调查这个案子。

我愣了一下,我并没有把在鹤松古镇遇到警察的事情告诉他,当时警察也没有穿制服。

他一句话就解开了我心中的疑惑:

我在那里看见周队了,偷鸡摸狗的案子,他不会到现场。

我夹了块莴笋,问他,你认识周队?

两年前的一个夏天,我有一幅参展的画被盗,跟他打过交道。只用了四十八小时不到,他就把画追回来了,是画廊的保安监守自盗。

我说我就是坐周队的车回来的。

周队出马,必有大案、要案,去年嘉陵江边的一桩无头女尸案就是他破获的。郭一凡问我,你们坐同一辆车,他就没跟你透露点啥子?

白总也这样问过,看来人类的好奇心是相似的。

我找了个很合适的借口——我晕车,没跟周队说几句话,本来也不熟。

这次消费，老板娘没有食言，给我打了个八五折。酒足饭饱后，我和郭一凡往阁楼方向走。他缓缓而行，玉树临风。即使在光线不太明亮的夜晚，这位高颜值的画家也频频引起女性小心翼翼的偷看，果然是自带光源。我曾经看见他在接受采访时说，自己喜欢一个人生活，没有结婚的打算，这不知伤了多少妇女同胞的心。

难道是初恋失败使他对婚姻产生了恐惧，或者，是生理取向与众不同？我有个表姐，就是因为失恋，认为天下都是渣男，四十岁了还是个老姑娘。其实她自身条件挺好的，个子高挑，长相出众，还是公务员。

听说你是独身主义者。

在回去的路上，我隐晦地探询。

没错，我喜欢安静地思考、创作。灵魂独处才会有香味，伟大的哲学家和艺术家都是孤独的。亚里士多德、柏拉图、拜伦、莫扎特、贝多芬、凡·高，无一不是孤独症患者。结了婚，就会有肉体和精神的依赖，艺术创作就失去了自我，不再那么纯粹了。如果有了孩子，那就更可怕了。那种柴米油盐的家庭生活，会消耗掉我的创作激情。

他的见解虽然有些偏颇，但也不是没有道理。我也经常感到孤独，写小说和写讣闻既是为了糊口，也是我排遣孤独的一种方式。

到了家门口——我已经习惯把阁楼当成家了，我邀请他进去坐一坐。他说就在院子里吹吹风吧，刚刚喝得有点多。路灯的光影居高临下地投射过来，是那种梦幻般的橘黄色，照着坐在长椅上的两个中年男人，形同布偶。孤独是可以互相传染的，有几分钟我们都没说话，只是默默地抽着烟，看着灯火阑珊的十八梯。

安妮躲在阴暗的墙角里，蓝幽幽的眼睛像两团萤火。对一切不速之客，它都是如此冷淡。安妮也是孤独症患者，我从没见它跟哪只猫一起玩耍过，总是独来独往。一旦有别的猫靠近——不管是家猫还是野猫，它浑身的毛发就会一根根竖起，摆出一副迎战的姿态，很有点宁死不可辱的高贵。

想到这里，我突然联想到了郭一凡的天价之作《被侮辱的青春》，关于这幅画的争议，问画家本人肯定是最权威的。

第二章　被侮辱的青春

《被侮辱的青春》画的到底是谁？我问他。

你觉得呢？他反问，烟头在他指间一明一灭。

初恋、情人、被拐女？还是问题少女、流浪女、失足女？

都是，又都不是。他像在念绕口令。

啥子意思？难道是一个精神分裂症患者，有多重人格？

是一个虚拟的人，在她身上，综合了我对女性和青春的理解。他把长发扎成马尾辫，说精神分裂症患者也没错，每个人其实都有多重人格，三分之一是天使，三分之一是魔鬼，另外三分之一，可能是法官和强盗，也有可能是贵妇和妓女。

我琢磨着他的话，充满了哲学的思辨色彩。

你肯定去过寺庙吧？大师塑造的菩萨，不管信徒从哪个角度看，都会跟菩萨慈悲的目光对视，就好像菩萨只注视他一个人。

我的确有过类似的经历。

我明白了，不同身份的女性看你的那幅画会有不同的代入感。她们会把自己的经历投射到画中的少女身上——失足女、问题少女都觉得那就是自己。甚至，职场女精英也有强烈的代入感，她们一路磕磕碰碰地走来，职场的钩心斗角、潜规则、性骚扰，都像鞭子一样抽打在身上，让她们伤痕累累。伤害、羞辱、挣扎、绝望、无助、坚忍，这就是你想要表现的命题，一个关于年轻女性和成长代价的命题。

你可以恁个理解。郭一凡的眼神有些迷离，这让他看起来很性感。他说，人们都习惯把痛苦藏着掖着，独自忍受，但我想把血淋淋的伤口撕开给大家看。这个世界比我们想象的还要残酷，这才是生活的真相。

这种残酷不仅仅是针对女人，对男人也是一样的。我问道，你选择女性作为表现对象，是觉得女性更容易引起悲悯吗？

侮辱是不分性别的，但在艺术表现上，女性的身体因为有曲线，更具备一种美感，更有生命的张力。打个比方吧，失手摔碎一个陶器我们可能会无动于衷，但摔碎一件瓷器我们肯定会心疼，因为瓷器比陶器更漂亮更精致。

我很认同他的观点，对美好的损害是触目惊心的，他以女性视角来诠释自己要表达的主题，确实很睿智，也很讨巧。

你是真正读懂了这幅画的人！我很久没有跟别人这样交流了，这个世界上，争议总是比共鸣多得多。他望着夜空，很开心，我们今天共鸣了一次。

我被他的真诚感染，说道，希望你看了我的新书后，也能有所共鸣。

新书叫啥子名字？他把目光转向我。

我想了想，然后笑道，要不，也叫《荣誉之死》吧。

他也大笑，安妮似乎受到了惊吓，从角落里蹿出来，像一道撕裂夜空的闪电，迅速跳上了屋脊。

郭一凡回家后，我一个人在院子里坐了很长时间。不对，还有一只波斯猫——安妮从屋脊上溜下来，蜷缩在我旁边。我们互不打扰，相对无言。一种孤独感如同夜雾把我紧紧包裹其中，它不是无形的，而是有形的，像一根绳子勒住了我。从肉体到灵魂，我都被捆得结结实实。我想呼喊，却发不出声音。我想挣脱，却无能为力。

这种感觉在安妮发出一声"喵呜"的瞬间消失了，我意识到自己陷入到了迷乱的精神状态中。我被那些乱七八糟的信息绑架了，我需要把自己解救出来。回到书房，我又拉了段小提琴，思绪才慢慢沉静下来。

把小提琴放回原处时，我感觉挂钩有些松动。我想要拧紧螺丝，却发现怎么也拧不紧。我取下螺丝，竟然看见挂板后面有东西——是一个火柴盒大小、折叠了多层的纸块。

我展开纸块，是三张A4纸。

应该藏在挂板后面很久了，白色的纸张已经被时光染黄。

三张纸的正反面都是密密麻麻的数字，四个阿拉伯数字构成一组，像是池塘里的一群小蝌蚪。

不用猜，我就知道这是什么。

是莫尔斯电码！

虽然我不知道电码是什么意思，但藏在这里的意思很明显——齐唐不想让别人看到。

很明显，跟那五张照片一样，这又是齐唐的一个秘密。

"火腿族"之所以喜欢这种交流方式，一个很重要的原因是觉得神秘，有当特工的感觉。如果你有足够多的耐心，又懂莫尔斯电码，每天都可以在电台里听到很多发烧友在摆龙门阵——基本都是八卦。

　　用密码交流的当然有，那也是为了增加神秘感，让自己更像一个隐蔽工作者。

　　我凝视着电码，它们像经书上那些表意不明的宗教符号，让我顿生朝圣之心。

　　我早就说过，我是个解密控，我天生对未解之谜感兴趣。

　　我毫不怀疑这些电码的重要性，它藏匿得比镜框里的照片更隐秘。如果我不会拉小提琴，可能住到退租都发现不了。齐唐如此小心谨慎，必然事关重大。

　　很可能电码里的秘密也跟十年前的那起银行大劫案有关。

　　我把写满电码的三张 A4 纸铺在桌上，在长久的注视下，我似乎走进了一个迷宫，既找不到入口，也找不到出口，里面连道微弱的光都没有。

　　我一路摸索着，像个盲人。

　　我索性闭上眼睛，迷宫消失了。当我再次睁开眼睛时，目光落在电台上——电码就是从这个绿色的"魔方"里跑出来的。

　　我想起了那个如同哥德巴赫猜想的问题——齐唐是怎么知道劫匪抢银行的秘密的？我觉得不太可能是线人提供的信息，当时齐唐还在报社见习，手上没什么社会资源。而且，这么重要的情况，除了劫匪自己知道，不可能有其他人知道。

　　我突然想到了什么。

　　没错，一定就是这样！

　　秘密来源于电台。

　　齐唐在电台里听到了劫匪的计划。

　　劫匪当时用的是密码，以为没人会听到。

　　即使听到了也不会知道他们在聊什么。

　　但齐唐恰好听到了，又破译了！

　　说"恰好"可能不太确切，齐唐应该是早就注意到了劫匪的聊天内容，发现异常后才开始记下电码。否则，电波稍纵即逝，他不可能根据记忆默写出电码，没有谁有如此惊人的记忆力。

就算密码没有破译，这也是一个巨大的发现，可以证明劫匪是无线电发烧友。"火腿族"是一个很小众的圈子，而且使用电台需要登记注册，排查起来很容易。

我感觉已经嗅到了犯罪嫌疑人身上的气息。

我看着电台闪烁的金属光泽，点上一支"天之骄子"，在脑海里大体还原了齐唐发现劫匪秘密的大致过程——

鹤松银行大劫案发生前，齐唐因为发不出稿子，心情很郁闷，他经常在电台里跟人聊天解压。某天，齐唐在使用电台时，偶然收听到了一组电波信号。

一开始他没在意，因为这种情况太常见了。

然而，当齐唐发现对方使用密码时，他就产生了强烈的好奇心。

还有一种可能——发送电波的人以前跟齐唐聊过天。

当齐唐突然发现对方由明码改成密码时，他有些困惑，对方为什么要鬼鬼祟祟的？难道在说见不得人的事？这就好比你原本在一个群里，某一天突然被群主踢出去，或者，群里的成员开始私聊，把自己撇在一边。你必然会心生疑惑，想知道到底发生了什么。

在这种心态的驱使下，齐唐开始监听对方的聊天内容。正好那些天，劫匪每天都用无线电交流，这给了齐唐破译的时间和机会。

齐唐曾经跟劫匪交流过，了解他们的一些情况，这对破译很有帮助。当然，那时候他们还不是劫匪，聊天的内容也很正常。无线电发烧友即使密聊，也不会把密码设置得过于复杂，这没必要。

通过齐唐的不懈努力，在银行大劫案发生前夕，他成功破译了密码，掌握了劫匪的整个计划。

之后，齐唐借口散心去了鹤松镇，其实他的真正目的地是青鱼镇。

那是劫匪最初决定作案的地点。

案件以齐唐不可控制的方式发生后，他非常自责和后悔，却不敢把这个秘密告诉警方。

但他没有销毁这些电码，他选择了隐瞒。搬到这栋阁楼里面后，他把写有电码的三张A4纸折叠好，藏在了放置小提琴的挂板后面。

就像他保留的那五张照片一样，这些电码也是他不堪触碰的一部分，他引以为耻，他要铭记一生。

时间一天天过去。

他原以为岁月的流水可以洗去自己的愧疚和痛苦，没想到恰恰相反。在时光的打磨下，那种羞耻感越来越强烈，最后变成了刀子，不断切割着他的灵魂。

他不堪忍受这种疼痛，为了求得灵魂的安宁，他开始了调查，但他不敢声张，只能秘密地调查。

这一查就是整整十年！

在调查过程中，齐唐肯定经历了许多波澜曲折，却无处倾诉，这是他的隐痛。他卖掉自己在十八梯的老屋，有可能是为了筹集调查的费用。电台很可能是齐唐追踪劫匪的重要工具，也许，他还在这个看不见的世界里再次遇见过劫匪。齐唐的调查应该还没有结果，至少没有掌握劫匪作案的确凿证据。那些电码，是无法作为指控劫匪的证据的，所以他没有报案——报案也不会被受理。

齐唐是经验丰富的记者，以他强大的调查能力，历时十年居然查不出劫匪的确切身份，说明劫匪隐藏得非常深。但调查还是越来越接近犯罪嫌疑人，他们被惊动，感到了恐慌。经过一番谋划，他们决定杀人灭口。案发那天晚上，凶手在阁楼里四处翻找，有可能是制造劫财杀人的假象，也有可能确实在寻找什么——比如泄露他们身份信息的电码，他们一定很想知道，齐唐是怎么查到他们头上来的。逼问无果后，他们勒死了齐唐。

齐唐的死，让原本露出一线曙光的鹤松银行大劫案再次沉入海底。

我给小溪发送了一条信息：

如果你明天有空，我们见一面。

留言后我把手机调静音睡觉，已经是凌晨了。整个山城都睡了，只有十八梯还在半睡半醒之中——夜宵摊上传来阵阵喧哗，喝醉的男人脚步踉跄，失足的女人东游西荡。我像一个刚刚获取了某份重要情报的地下党员，带着满足的

091

表情进入了梦乡。

我是中午醒来的——在某种目光的注视下，身体产生了一种条件反射。睁眼一看，是安妮在床头凝视我，它湿润的鼻息就吹在我耳朵边。发现我醒来，安妮立马跳到地板上往外走，还回头看了我一眼，似乎要把我引领到某个地方。

我起床跟着安妮来到楼下，它在厨房门口停了下来。这时，我听见里面有动静。我以为来了小偷，悄悄探头一看，竟然是小溪在煮面条！锅碗瓢盆在小溪的手里如同七巧板，什么叫上得厅堂，下得厨房，这就是！我没有惊动她，就那样悄悄地凝视她的背影——似乎那是一棵树，而我是一只在恶劣天气里飞得太久的鸟，突然有了在树上筑巢的念头。

来得真及时，正准备去叫您起床呢。她背后像长了眼睛。

不好意思啊，让你当了回保姆。我伸了个懒腰，掩饰自己的窘迫。

别介意啊，简单了点，没吃饱再去吃串串香。

她解下围裙，端着两碗榨菜肉丝面走进饭厅。

面的味道很巴适，手艺一点都不逊于外面的小馆子。不过我并不奇怪，十八梯的人都是饮食男女，从小就帮着父母煮饭、烧菜、洗衣裳、倒马桶，没有一个娇生惯养的。他们血液里都流淌着坚忍的基因，看多了人间凉薄，知道生存比什么都重要。

面碗底下还埋了个香椿煎鸡蛋，我的唇齿间有一股浓浓的春天的气味，故乡的气味。我的老家门口就有一棵很粗壮的香椿树，每到春天，母亲都会用一根很长的竹竿，打落树梢上的嫩芽，煎鸡蛋给我吃。

我离开故乡很多年了，父母也去世多年了。尽管我后来吃过很多次香椿煎鸡蛋，但都是在饭馆吃的，再也没有尝到过故乡的那种味道。今天，小溪就像一个高明的催眠师，不仅唤醒了我对香椿、对故乡和母亲的记忆，还打开了我内心深处一扇尘封的窗户——在某处异常隐蔽的角落里，藏着另外一个我，还有一个女人——她也曾经带给我温暖如春的感觉。

叫我来有啥子事吗？

小溪的话把我从臆想中拉回来，我们都吃完了面，她在冲泡咖啡。

坐在客厅的沙发上，我把自己昨天晚上的发现告诉了她。

啥子东西？她端来两杯加了糖的咖啡，一杯递给我。

全是莫尔斯电码。

小溪在我对面坐下来，问道，电码你能看懂吗？

暂时不能，不过破译只是时间问题，密码应该不会太复杂。

咖啡像装在透明杯子里的夜色，我喝了一口，有夜的味道，很风情。

他到底瞒着我在阁楼里藏了多少东西？小溪显得很无语。

案发后，书房里丢了啥子东西吗？

她摇头，书房里除了书、一部老掉牙的电脑，没有啥子值钱的东西。

我端着玻璃杯，在这个阳光灿烂的正午摇晃着夜色，说道，我问的就是书。

又不是可以卖钱的古籍善本，你问书干啥子嘛？

她用勺子搅拌着咖啡，有些迷惑不解。

你先回答我的问题。

小溪啜饮着咖啡，想了想，然后说，我记起来了，齐唐被害后，我把他平时看过的一些书烧了，想让他在那边继续读，但有一本书，我到处都没找到。

啥子书？我精神一振。

《猫王传奇》。小溪缓缓地说。

我告诉她，很多东西都可以用来做密码的底本，比如乐谱、棋谱、方言、戏文，等等，但应用最普遍的还是书籍。齐唐要想破译劫匪聊天的密语，就得知道对方是按照什么规律将电码排列组合的。找到密码底本，是最快捷的解锁方式。

我相信齐唐很早就对密码有所研究，而不是在银行大劫案发生前夕，一时心血来潮才去学习破译。他的父母都在远洋轮船上工作，对一个懂无线电知识的孩子来说，密码是很有诱惑力的。每一个少年的脑海里都有一个奇幻世界，在这个世界里，他可以像变形金刚一样任意变形，有时候是国王，有时候是将军，有时候是公主或者海盗，甚至还可以变形成一只甲壳虫、一块黑水晶，只要他愿意。密码就能带来这种奇幻效果，它能把生活变得更加隐秘而荒诞，给坐在电台前的人一个无限想象的空间。这种跟世界交流的方式充满诡异和快感，就像降灵仪式上手握魔杖的巫师，如果不能自我约束，很容易陷入谵妄之中难以自拔。

喝完咖啡，小溪跟我进书房看了那三张写满电码的A4纸。

就是这些东西？她惊疑地问。

在战争年代，如果这是情报，价值有可能抵得上一个坦克师。

《猫王传奇》是齐唐十年前买的，当时我很奇怪，问他为啥子要买这本书，因为他并不喜欢摇滚，嫌吵，他更喜欢抒情点的音乐。

他怎么回答的？我问。

他说猫王的故事很励志，他想看一看，受点启发。他那段时间确实很颓丧，我就信了。后来我也看过，里面写了猫王的一生，还介绍了他的一些经典歌曲，我没觉得有啥子特别的，不晓得是不是你要的密码底本。

我也不确定，可能是，可能不是。但书房单单丢了那本书，有点奇怪。

凶手为啥子要带走那本书？小溪还是不明白。

当然是心虚，不想让警方晓得他们用《猫王传奇》作为密码底本，策划了那起银行大劫案。

幸亏我还记得这本书！小溪补充了一句，我和他一块去买的。

我揭开覆盖在电台上的红纱巾，齐老师被害后，电台有人动过吗？

我就擦了下上面的灰。她说，没移动过位置。

我说的是频率和波段。

那是啥子？

看到小溪一头雾水的样子，我放心了，电台的频率和波段应该是齐唐生前设置的。就像手机族习惯在哪个群里聊天一样，"火腿族"也有自己喜欢去的地方——在某个波段和频率上畅所欲言，把这里当成他们经常摆龙门阵的"茶馆"。进入这家"茶馆"，就可能碰到认识齐唐的朋友。

也许，能从他们那里得到一些有价值的线索。

我没有马上把这件事告诉罗拉拉，现在还只是一些碎片化的推理，我需要把这些碎片拼接成一个完整的形状。只要缺失了一块，推理的房子就会坍塌。而且，由我自己，而不是由警方来完成这项拼接工作，会让我的多巴胺分泌得更加旺盛。

东西藏在恁个隐蔽的地方，你怎么发现的？小溪问我。

我闲得无聊，拉了会儿小提琴，放回原处时看到的。

您也会拉小提琴？小溪很讶异地看着我，您在好多方面都跟齐唐很像。

我只是懂点皮毛，能拉完整的曲子不超过十首，还经常走调。我很坦率地说，是为了追班花才学的。

追到手了吗？她憋着笑，很认真地问我。

没有，她更喜欢会打篮球的男生。

那你为啥子不学打篮球？她又问。

我不喜欢那种枯燥的运动，跑来跑去，累得像头牛，就为了把一个篮球投到筐里面去，太没意思了，也太没智商了。

小溪没忍住，笑得花枝乱颤，继续问，后来呢？

后来她考上了北京的一所大学，就没联系了。

我从小就不喜欢会打球的，觉得他们四肢发达头脑简单，还喜欢欺负人，特招人烦。小溪深情地回忆道，齐唐一直文质彬彬的，很有教养，他还会拉小提琴，好听得不得了。在他面前，我会很安静，有种很舒服的感觉。哦对了，班花上大学后没回头找过你吗？女生成熟后都喜欢文艺点的男生。

她怎么会联系我这种穷人？我苦笑一声，她在北京上大学时，我在开出租车。有一年春运期间，我在江北机场拉客，她上了我的车，但没认出我。当时我有点感冒，戴了口罩。全程我都没敢跟她说一句话，怕她听出我的声音。下车后，她多给了我二十块钱车费。

为啥子？小溪问。

她在车上跟我说话，我一直没吭声，只能用肢体语言回答，她以为我是哑巴，同情我。当天晚上，我去了磁器口，用那二十块钱买了一瓶劣质白酒，把自己喝醉了，把我的梦想全部吐了出来。

你会拉小提琴，还懂无线电，恁个聪明，怎么没考上大学？

小溪对我的过去表现出很大的兴趣。

我望着墙上虚无的一点，说道，考上了，是山城本地的一所大学，财会专业。

你上过大学，怎么去开的士？小溪刨根问底。

算了，不自揭老底了，都过去了。听说那个班花大学毕业后去了美国，嫁了个华尔街上市公司的老总，经常满世界旅游。

不就是有点钱吗？小溪轻哼一声，您现在是作家了，也不差。

我更换了话题，我在网上没找到那本《猫王传奇》，缺货了，你还记得是在哪里买的吗？

记得，观音桥的一家旧书店。小溪的眸子里有一种光在闪烁，我现在就去看看，不晓得还有没有。

小溪走后，我也出了门，在十八梯闲逛。

已经是春夏之交了，阳光开始强烈，似乎要把山城那些潮湿发霉的角落全部晒干。在太阳的烘烤下，各种植物散发出好闻的气息。我走一会儿就有点热了，抬头看见路边有家"董师傅理发店"，就在小溪家老屋的斜对面。十八梯的很多店铺都以姓氏命名，比如"李孃孃串串香""刘二麻子茶馆""陈哥烟酒店"，等等。这是草根文化的特色，既好记又亲切。

那家理发店里正好没有顾客，只有一个大叔在看报，应该就是负责剃头的董师傅。满地的碎头发，像是铺了一层沥青。

我走进理发店，说想采耳——山城的很多小理发店都有这种服务。董师傅扔下报纸，安排我躺在一把老式的理发椅（那种可以旋转和调节高低的椅子）上。采耳的工具放在一个木匣子里，有十几种，这完全就是在螺蛳壳里做道场。

董师傅知道我就是那个住在凶宅里的作家，他跟我摆起了龙门阵，说自己是看着齐唐和小溪长大的。两个人都是十八梯的骄傲，一个有才，一个有钱。这是世俗评价成功的标准，当了讣闻师之后，我觉得这种标准就是扯淡。很多才华横溢和身家亿万的人，终其一生都在迷惘与焦虑中挣扎。他们的爱情是破碎的，亲情是扭曲的，他们拥有的精神和物质有时反而成为一道锁链，将自己的灵魂紧紧束缚。普通人经常仰望这些所谓的成功者，觉得他们是自由的飞鸟，其实，很多时候，他们不过是趴在玻璃穹顶上的昆虫，战战兢兢，如履薄冰。

以我个人的观点，成功就是经常有点小钱和小闲，去路边摊吃个串串香，在茶馆里看看川剧、打望美女。偶尔去寺庙里烧烧香，抽支上上签。或者坐在树下发发呆,用诗人的眼光望着教堂屋顶上的野鸽子飞来飞去。我能躺在理发椅上舒舒服服地享受采耳,至少在这一刻,我觉得自己是成功的。

董师傅告诉我,齐唐的命不好。读初中的时候父母就不在了,在的时候,一年也难得回来一次,抚养他长大的外婆眼睛不好,耳也背,好多事得靠他自己做,他跟个孤儿似的。我想这应该也是齐唐隐瞒劫匪罪恶的原因之一,他太想改变自己的命运了。我记得郭一凡说过,每个人都有多重人格。十年前的多雨之秋,在齐唐做出那个选择的时刻,他的灵魂里分裂出了一头小兽,他成了半人半兽的异形。但这不是一头张开血盆大口的猛兽,而是一头温驯的食草动物,它所做的一切,只是出于一种生存的本能。

董师傅认为齐唐八字不好,他说善果巷里的章半仙给齐唐算过卦,凶得很,但章半仙没说,这种话说不得。我觉得有点好笑,每条老街上似乎有一个行走在阴阳两界的通灵人物,他们是提着灯笼的先知,他们神通广大到可以不受时空的限制,随时穿越到过去和未来,获取人们需要的各种信息。但对于自身的苦难,他们往往无能为力。

董师傅还认为,我住的那栋阁楼风水不好,死过很多人——他说。那个青衣其实算不上第一任主人,阁楼是一个钱庄的老板请人盖的,但刚盖好人就被仇家杀了,尸体扔在十八梯的一口古井里。后来那口井被封了,没人再敢喝里面的水。青衣是抽大烟死的,尸体生了蛆才被人发现。董师傅说这都是老辈人口口相传的故事,千真万确。但我对这种故事嗤之以鼻,写讣闻的经历告诉我,真相往往在看不见的月亮背面,那些最本质的东西总是在隐秘的、幽暗的、不为人知的角落里悄悄生长。

在董师傅的叙述当中,小溪发迹之前的命也不好。她爸妈是开理发店的,她爸是个赌鬼,也是个酒鬼,夫妻俩经常吵架。小溪十二岁那年,她爸贩毒被抓,判了死缓。她妈把理发店卖了,到处请律师打官司,帮丈夫申诉。母女俩寄住在弹子石的一个亲戚家,一住就是好几年,可怜啊。后来山城警方打掉了一个犯罪团伙,抓获了头子,证明她爸是在不知情的情况下帮毒贩带了"货"。这些毒贩太坏了!

原来这才是小溪母亲卖房的原因!

在小溪的身上，竟然发生过如此惊天动地的事情，这是我没有想到的。躺在理发椅上，我看着斜对面的那家纸扎店——那栋小溪住过的小小阁楼，晦暗地矗立在一棵高大的刺槐树下。即使在这种阳光很好的天气里，它也被树荫笼罩着。纸扎店里的纸人纸马，更是让阁楼显得毫无生气。

董师傅继续说，小溪她爸无罪释放后，得到了国家赔偿，好像有七八十万。要这些钱有啥子用嘛，她爸的身体在监狱里垮掉了，出来没几个月就死了。她妈受了刺激，疯了。听说小溪给她妈治病花了一百多万，还是没治好。大前年夏天，她妈跳了江，捞了一个礼拜才把尸体捞上来，那天正好是她爸的忌日。

从理发店出来，我去纸扎店买了一些纸，又买了两瓶酒。我在野渡口把纸烧了，把酒倒在江水中。然后我捡起一块古陶片，学着罗拉拉的样子打水漂，直到筋疲力尽才瘫坐在地，点了一支烟。

一股很浓的鱼腥味扑面而来，在生活的大江大河中，我们都可能是咸鱼，被一场意外的风暴抛掷在沙滩上。在烈日的暴晒下，那些理想和梦幻，连同我们的肉体都会被慢慢地蒸发殆尽。在风暴面前，没有什么幸运者，我们只是幸存者。

在我抽完第二支烟的时候，听见身后有脚步声。

我回头一看，是小溪，她手上拿着一本《猫王传奇》。

你怎么在这里？她说，我找了你好久，打你电话也不接。

我看了一下手机，有好几个小溪的未接电话，江边风有点大，我可能没听见。

没事闲逛，看看风景。我起身拍了拍裤子上的沙粒，说道，哪天我到这儿来钓钓鱼，就在江边烤着吃，肯定比菜市场买的养殖鱼巴适。

好啊，我陪你一块过来钓。我小时候钓过鱼，齐唐教我的。

她站在江边，像一座小巧的灯塔。

书买回来了？

她点点头，把书递给我，那家旧书店还在。老板从库房里找到的，说是绝版了，收了我三倍书价的钱。

我翻了翻书，五成新。我有些感慨，那起银行大劫案的秘密竟然就藏在这本并不算厚的传记里，如果不是偶然发现了那些电码，估计谁也想不到。

小溪看见了地上的纸灰和两个空酒瓶，问道，给先人烧纸呢？

走走吧，我说。

我们朝一条搁浅在岸边的挖沙船走去，应该已经废弃多年了，船体锈迹斑斑，船舱里还长出了一些野草。在挖沙机的横梁处，居然有一个硕大的鸟巢。我们坐在甲板上，江面的漩涡一个接一个，像是有许多水怪在下面作妖，看着触目惊心。

你还没回答我刚才的问题呢。小溪说。

风扬起她的长发，她的脸在阳光下显得异常明媚。我有点不忍心破坏这种明媚，但又不愿意撒谎。当讣闻师的经历，让我对逝者心怀尊重。

你怎么不说话啊？小溪用奇怪的眼光打量我。

我终于开腔了，对不起，小溪，不是我八卦，是我无意中听到的，关于你家以前的事。我想给你爸妈烧点纸，酒是给你爸喝的，我晓得他好这口。你爸妈要是晓得你现在过得恁个安逸，肯定会开心的。

小溪脸上的明媚陡然消失了，似乎刚刚吹来一片云朵，遮住了阳光。

我没有别的意思，就是想跟你爸妈说一声，叫他们放心。哦，我是写讣闻的，习惯了跟逝者对话，你别介意。我还跟你爸妈提到了齐唐，我说一定会帮警方把这个案子破了。

谢谢！小溪抬头看着天空，我晓得，我能有今天，都是他们在保佑我。

你母亲很伟大，为了证明你父亲的清白，奔走呼吁，不惜把房子卖掉打官司，太不容易了。不过这种办法不可取，让你吃了很多不该吃的苦。这个代价太大了，对你也不公平，特别是，你那时还恁个小。

没啥子公平不公平的，十八梯的女人都是这样，一根筋。小溪平视着江上往来的拖船，别看我妈经常跟我爸吵架，说自己当初瞎了眼才会跟他结婚。其实，人生要是真的可以重新开始，我妈还是会找我爸。

这才是真爱！他们虽然中年早逝，但爱了一辈子。

也许吧。小溪撩了一下被风吹乱的头发，有时，我就当他们是出去旅游了。

我的目光像只好奇的水鸟，在江面追逐着小溪的视线，你爸不吸毒，怎么会认识毒贩？

小溪说，我爸认识一个叫豹哥的人，后来才晓得他是毒贩，坏事做绝。这家伙有个怪癖，就喜欢到小店子里来理发，觉得舒坦，一来二去他就跟我爸混熟了。我爸这个人，只要有人请他喝酒，他就把人家当兄弟伙。有一天，我爸要去忠县一个远房亲戚那喝喜酒，豹哥晓得后，就说自己也有个朋友在忠县，让我爸帮他捎点特产过去，他那个朋友会到汽车站来接。

豹哥把毒品藏在特产里？我已经猜到了毒贩的套路。

小溪点点头，从包装上看是酒，牌子我不记得了，有三瓶，里面都是毒品。那时候安检还不像现在恁个严，我爸上下车都没有被查获。出站的时候，他不小心把酒瓶掉地上，有一瓶摔碎了，这才发现里面装的不是酒，而是粉状物。

我叹了口气，帮熟人带"货"，最终把自己带进监狱，这种事屡见不鲜。

小溪继续说，在车站巡逻的民警看到后，怀疑是毒品，就把我爸带到了派出所，经过鉴定，酒瓶里装的全是海洛因，有两千克，我爸当时就瘫倒了。

运输恁个多毒品，难怪要重判。我问，豹哥那个接站的同伙呢？

跑了，豹哥倒是找到了，就住朝天门，但他不承认让我爸带毒品，酒瓶上也没提取到他的指纹。小溪又抬头看了下天，视网膜上都是水汽，我爸浑身长嘴都说不清楚。

我想两千克海洛因只判了死缓，警方应该也是出于谨慎考虑。

认识我爸那会儿，豹哥还只是个毒贩，后来生意越做越大，成了犯罪团伙。小溪的嘴角突然露出一丝快意，几年前，警方捣毁了豹哥领导的犯罪团伙。根据他的交代，警方才晓得我爸是冤枉的。豹哥被枪毙那天，我就在你刚才坐的那个地方，放了一个下午的烟花。

我想象了一下那个场面，烟花漫天飞舞，色彩缤纷，如同下了一场流星雨。小溪用这种方式告诉整个十八梯的人，她父亲是清白的，也用这种方式祭奠自己黯淡无光的少女时代。

人生就是一列火车，要想去看远方的风景，都会经过一些隧道，只是长短不同而已。我的嘴里突然冒出这样一句颇富哲理意义的话。

你的隧道呢，能告诉我吗？

她扭头看着我，视网膜上的水汽已经蒸发掉了。

我怕毁了你的三观。

我可不是被吓大的。

大一那年冬天，男澡堂的下水道堵塞了，暂停使用，但女澡堂是好的，可以照常使用。偏偏我有点洁癖，三天不洗澡，浑身就像爬满了虱子，难受得要死。到第四天下水道还没疏通，我忍无可忍了。

你可以到宾馆开房洗澡啊。小溪说。

当时穷学生一个，怎么舍得嘛。

那倒也是。

我偷偷潜入学生会办公室，拿了演话剧用的假发和裙子，冒充女生，进了女澡堂。我是早晨六点前进去的，平常这个点都不会有女生来洗澡，偏偏那天不凑巧。有个女生神经短路，一大早也跑过来洗澡。

你被发现了？

一开始还没有，我听到动静后，立马躲了起来，大气都不敢出。

然后呢？

她看见了我脱下的衣服，就跟我打招呼，我哪敢答应啊。看见我没吭声，她担心我出了啥子事，就走过来看，结果，她发出了一声凄厉的尖叫，我感觉我的耳膜都快被震破了。

小溪笑得揉着肚子，连连说，不行了，我阑尾都快笑穿孔了。

我笑不出来，这次意外改变了我的人生，就跟那次选择改变了齐唐的人生一样。我笃信性格即命运，我从小就有强迫意识，我喜欢解谜就是这种意识的典型反应，洁癖也是。每一个看似偶然的事件都有必然的因素——苹果不会自己从树上掉下来，是因为有地心引力；寒武纪生命大爆发不是随机的，是生命结构体经过漫长的演化，从量变到质变，从隐性到显性的一次必然飞跃。

你被学校处分了吗？小溪笑得眼泪都出来了，这件事是不是给你留下了心理阴影？

保安赶过来，发现了假发和裙子，人赃并获，我被当成偷窥女生洗澡的流

101

氓遣送保卫处。不管我怎么解释，保卫处都不信。他们还检查了我的手机，发现有浏览不良网站的记录——那个真不能怪我！我经常在网上找小说看，有时会误进一些不良网站。结果，我成了全校师生眼里的变态狂，我可比窦娥冤得多！顾及学校名声，校方没有报案，但我被开除了。我不敢跟家里说，就留在山城打工，最开始还当过棒棒，寒暑假我照常回家。我爸妈直到过世，也不晓得我只上了半年大学。

你爸妈都不在了吗？小溪脸上的笑容收敛了。

我望着江对面的南滨路，几年前的清明节，他们去乡下扫墓，我表哥开的车，在半山腰出了车祸，车翻山沟里了，摔成了一堆废铁，人都没了。

说完这些，我打了个寒战，突然感觉有些冷，好像落在身上的不是阳光，而是雪。

啊呀，我们今天这是怎么啦，老说不开心的事。小溪站起来，走，我带你去个地方。

去哪里？我跟着起身。

到了就晓得了。她跳下驳船，回头说，那是我和齐唐经常去的地方，他走后，我再没去过了。

离开驳船，来到防洪堤下面。我跟着小溪从一个几乎被灌木丛完全覆盖的洞口钻进去，她在前面带路，说这是防空洞，跟较场口的防空洞串联在一起。小时候她听老人说，防空洞一直通到解放碑，整个十八梯的人塞进去都不嫌挤。

洞里面太黑了，我们用手机照明也看不太清楚，只能摸索着往前走。洞壁长满苔藓，滑溜溜的。偶尔能听到水滴声，像是从时间缝隙里传出来的。

小溪边走边跟我讲防空洞的传说——山城大轰炸时，里面死过很多人，他们的怨气盘旋不散，变成了绿毛鬼，最喜欢吃小孩子；有只小狗钻进去了，在里面只待了两天，出来后就变成了老狗，很快就死了。

怎么晓得就是原来那条狗？我觉得传说太不靠谱。

脖子上系着一个铃铛，狗主人认出来的。小溪说。

洞里比外面潮湿得多，而且热烘烘的，空气中弥漫着霉味、腐臭味。

小溪说，还能闻到一股硝烟味，是大轰炸时留在里面的。

我觉得太扯淡，但使劲闻了闻，好像还真有点。

突然耳边扑棱一声，吓了我一大跳。

小溪说是蝙蝠，在饥饿的年代里，有人会捉来烧菜吃，她外婆就吃过，据说味道有点像腌过的牛肉。

我问小溪怎么带我来这里？

小溪告诉我，她难过的时候就会钻防空洞。长时间在黑暗中行走，人会恐慌、焦躁，感觉四处碰壁，好像到了世界末日。然而，一旦走出防空洞，重见天日，心情就会豁然开朗，什么都不怕了。

她说，世界从来没有所谓的末日，只有明日。

我想起罗拉拉跟我说过，她难过的时候就打水漂。

每个女人解忧的方式都不同，而男人大同小异，不是酒精就是烟草。

小溪突然尖叫一声往后退，撞到了紧跟在后面的我。

前面不远处，蓝幽幽的眼睛在盯着我们。

小溪整个人都往我怀里钻，像是要一直钻到我的身体里面躲起来。

我没有丝毫犹豫就拥抱了她，我感觉到了她的体温，闻到了从她的发梢、唇齿间、皮肤上，以及每一个毛细孔散发出来的气息。她现在是一棵成熟的果树，血液瞬间被加热到了沸点，我似乎听到了沸腾声。尽管黑暗中我根本看不清她的五官，但此刻，我感觉她的眼睛闭上了，浑身软软的，不，很可能是我自作多情，她闭眼也许是因为害怕看见那双阴森恐怖的眼睛。

"喵呜"一声。

我和小溪都听真切了，是安妮的叫声！

它不知什么时候也钻进了防空洞，也许是跟着我们进来的。

我们的身体迅速分开，就像一对偷情的男女突然被熟人撞见。

小溪蹲下来，叫了声安妮的名字，它奔跑过来，钻进了她的臂弯里。

我觉得挺诡异，这果然是一只有灵性的猫，在四通八达的防空洞里，它居然准确地捕捉到了我们的气息。

两个人、一只猫，继续往前走。

我的心跳和呼吸恢复了正常，血液也从沸点降到了常温状态。走了没多远，黑暗中有什么东西在闪闪发光。我上前查看，发现地上有一堆金属工艺品——盘子、单筒望远镜、座钟、茶具五件套、咖啡壶——里面还有淡淡的咖啡味。

我用手指敲打了一下工艺品，应该是银质的，上面都雕满繁复而精美的花纹，有浓郁的西洋风格。谁会把贵重的银器扔在这里？我突然想到了什么，回头看着小溪——她正在我身后盯着银器看，眼睛和嘴巴都张大了。安妮也显得躁动不安，不断在小溪的怀里发出"喵呜"声。

是齐唐收藏的银器！小溪失声叫道。

我立即把手缩了回来，避免在银器上留下我的指纹。我现在明白安妮为什么钻进防空洞里了，很可能它早就嗅到了银器上残留的齐唐的气息，它跟踪而来，每天都会在这里守护，就像以前守护主人一样。杀害齐唐的凶手很可能是从防空洞钻进来的，又从防空洞离开，所以避开了十八梯的监控。他们把银器扔在这里，说明根本就不是为了劫财，他们进入阁楼的目的只有一个——置齐唐于死地！

我拨打罗拉拉的号码，但里面根本没有信号。小溪说这个地方她记得，出去后再报警。我们一分钟都没有耽搁，赶紧往出口走，一路上都没再吭声，连安妮也沉默不语，就好像我们仨同时患上了严重的扁桃体炎。

约莫半个小时后，走出了防空洞，出口就在清真寺附近。

我再次拨打了罗拉拉的电话，把我和小溪的发现叙述了一遍。罗拉拉的声音听起来很兴奋，说马上报告周队，叫我保护好现场，他们随后就到。

小溪说，我觉得，是齐唐带我们来的。

不知是不是被洞里的蒸汽熏染的缘故，她原本白皙的脸上一片潮红。

想起她扑在我怀里的那一幕，我的耳根开始发烧。

刚才安妮真是把我吓到了。小溪的话给了我一个台阶下，她说，幸亏你在，不然，我可能直接晕菜了。

我心虚地岔开话题，说起了昨天跟白宇和郭一凡的偶遇，还特别提到郭一凡送给我的那张素描，画的就是那栋阁楼。我笑着说，哪天我要是江郎才尽，一个字都写不出来，就指望变卖那幅素描过日子了。

小溪说她不认识白宇，但在我上午还没起床的时候，她来过卧室，看到了放在桌上的那幅素描，从印章知道是郭一凡画的。她没觉得画得有多好，画面上透出来的那种气息是她不喜欢的，都是冷色调，太阴郁了。她希望这栋阁楼以后是阳光的，鲜花满屋的，充满生命活力的。

我本来打算把那幅素描装裱好，挂在书房里。听小溪这么一说，就打消了这个念头。我差点忘了我住在阁楼里的目的——我是来"洗屋"的。小溪是要我洗掉凶宅里的晦气，不是要我来玩小情调的。

我应该摆正自己的角色，我只是一个租客，她才是房东。

闲聊中，我把郭一凡在《被侮辱的青春》中真正要表现的主题告诉了小溪，她听得有些心不在焉。我突然意识到现在说这些不合时宜，她的心思应该还在那几件银器上——那是齐唐的遗物，上面有他们爱情的味道。

我突然发现安妮不见了，它的消失跟它出现在防空洞里一样神秘，好像它是一个魔术师，在众目睽睽之下把自己变到了另外一个空间。

这时，我听到了由远而近的警笛声，我回头望了一眼幽深的防空洞，仿佛那是一个秘密的入口，关于齐唐的秘密，乃至十八梯的秘密。我又想起了《被侮辱的青春》，我终于明白，那天谈起这幅油画时，小溪的瞳孔里为什么会涨潮了。她的青春也曾被生活极度侮辱，这幅画就是一面逼真度极高的镜子，她在里面看到了自己。

第三章 荣誉之死

周剑辉亲自带队,来了乌压压的一群人。小溪简单地介绍了一下情况,周队意识到防空洞比他预想的要大得多,他立即呼叫增援。我和小溪在前面领路,强光手电筒把洞内照得如同白昼,幽闭环境形成的诡异气氛荡然无存。我发现人类害怕的其实不是黑暗本身,而是那种隐藏起来的不确定性。当自己置身在一个无法用感官去认知的空间时,就会恐慌、不知所措,总觉得危险无处不在。这就跟战争年代一样,敌我双方最警惕的不是身穿军装的对手,而是潜伏在自己身边的间谍——这些看不见的刺客如同一把悬在头顶的达摩克利斯之剑,随时可能发动致命的袭击。

把警察领到堆放银器的位置后,周队叫技术人员现场提取了我和小溪的鞋印,然后说可以走了。离开前,罗拉拉叫我就待在十八梯,回头她会过来给我做笔录。往回走的路上小溪话很少,她似乎还沉浸在回忆中——这是她和齐唐的隐秘天堂,一定留下了两人许多甜蜜的片段。齐唐就是一束光,没有任何东西可以屏蔽的光,照亮了她生命中的至暗时刻。或者说,她就是为这束光而生的。

从防空洞出来,小溪径直回到了她在江北的家。我坐在阁楼书房里看那本《猫王传奇》,安妮又神秘地出现了,趴在窗台上看着我。按图索骥自然是事半功倍,在天黑之前,我基本摸清楚了那些电码的排列组合规律,的确不复杂,密钥就是猫王的那些歌曲。

我没有急着破译密码,生活是需要仪式感的。好比我在写讣闻之前,会沐浴更衣,点燃一炉香,这会让我跟逝者的对话更默契。每天写完小说后,我会泡上一杯茶或者咖啡,慢吞吞地喝下,不然就可能失眠,第二天灵感全无。仪式感跟古代的祭祀非常相似,古人通过祭祀祈求风调雨顺,现代人通过仪式感让自己平安喜乐，是硬币的正反面，本质上没有什么不同。

今天很有收获，我打算犒劳一下自己。我在"胖哥饭店"点了两荤一素，又要了一小壶米酒，正准备坐下来享受美食，罗拉拉的电话打过来了。

你在哪儿？她的语音里透着一股疲惫。

胖哥饭店，我住所的斜对面，菜刚上桌，要不要过来一块吃？我提出了邀请。

她同意了，说道，打包回你房间吃吧，有些话我要问你。

我要胖哥加了一荤一汤，让胖嫂打好包，帮我一起把饭菜和米酒送回去。天已经完全暗下来了，阁楼里黑灯瞎火，乍一看，有点像博物馆里展览的那种黄肠题凑规格的巨型棺木。走到门口，胖嫂就踟蹰不前了，似乎很害怕"凶宅"里突然窜出一头怪兽，她借口店里忙，转身匆匆走了。

饭菜重新摆上桌时，罗拉拉过来了。今天她穿的是警服，英姿飒爽。她的体香跟小溪是很不一样的，仍带着一种少女的芬芳。当她靠近的时候，像是一阵风从春天的原野上吹过来，那种气息让人心旷神怡。

点恁个多菜，今天很开心是吧？罗拉拉边吃边问，脸上没有任何表情。

警花光临寒舍，陪我吃饭，是给我面子，我当然开心。我开了句玩笑。

她吃着酸辣土豆丝，哟，都把这当自己家了。

我突然从罗拉拉的话里听出了意味深长，明白她误会了我和小溪的关系。两个成年男女大白天钻防空洞，的确有点暧昧。

租房期间，这也算是我的家，不一定非要房产证上有我的名字才算。我故意用一种抒情的口吻笑着说，假如背井离乡了，山城就是我们的故乡，我们的家。但山城并非我们个人所有，而是三千多万常住人口和一千多万流动人口共有的。

她撇撇嘴，问我，你和宋小溪去防空洞做啥子？

安妮不见了，就是那只猫。我喝了口米酒，我和小溪到处找，没找着，就去防空洞看看在不在里面。

要说实话！罗拉拉抬头看着我，待会儿你要在笔录上签字，要对自己说的每一句话负责。

这有啥子好撒谎的，我又不是涉案人员。

我觉得她的话有些莫名其妙。

她默默地吃着饭，似乎把我当成了一个犯罪嫌疑人，在考虑采用什么样的审讯技巧让我坦白交代。

不是找猫，进那种黑咕隆咚的地方能干啥子？听说里面死过很多人，还有绿毛鬼。

谁说防空洞里只能找猫？难道丢失的宠物都是在那里找到的？罗拉拉看了一眼蹲在饭厅门口的安妮，说道，很多见不得人的事情就是在黑暗中发生的，国外有个调查统计数据，晚上的犯罪率远远高于白天。为啥子？因为夜幕能掩盖罪恶，让坏人有安全感。黑暗还能刺激人的犯罪欲望——这可能跟人的进化有关，人身上还残留有动物的本能，而动物喜欢在夜间活动。

真的就是找猫！我一口咬定。

我总不能跟她说——小溪把我带进防空洞，是为了让我忘记过去的那些悲伤吧？那更说不清楚了，谁会相信黑暗能治愈痛苦？但我信，当进入一个伸手不见五指的空间时，自己身后的阴影就会随之消失。

你丢了打火机吗？罗拉拉没再纠结那个隐晦的话题。

没有。我敏感地意识到，警察在防空洞里可能发现了一个打火机。

我掏出自己的打火机放在桌上，这是我的。

一个黄色塑料外壳的气体打火机，里面的液化气快见底了。

在遗弃的银器附近发现了这个打火机。她掏出手机给我看照片，说道，有可能是犯罪分子留下的。

这是一个金属外壳的打火机，看上去很高级，牌子我不认识，我平时只买一块钱一个的。可能因为防空洞里光线太暗，发现银器的时候，我并没有注意到附近有这个打火机。

还有别的发现吗？

我觉得这个新发现太有象征意义了，齐唐被害案一直让警方困惑，找不到突破口，突然出现的打火机宛如在黑暗中点亮了一盏灯。

无可奉告。她居然来了句外交辞令，不该问的不要问。

我被噎住了，有些尴尬地点了支烟，慢慢地喝着最后剩下的那点米酒，饭也吃得差不多了。安妮不知什么时候跳到了黄桷树上，蹲在那里犹如一个白色的灯笼，透过窗户，罗拉拉也看到了安妮，但安妮跟她的目光一对视，就跳下来消失在黑夜中。

罗拉拉比我先吃完，她就在饭桌上给我做笔录。

我把进防空洞的前后过程陈述了一遍，当然，有些细节我没说——比如跟理发店董师傅的对话、在江边烧纸、防空洞里和小溪搂抱在一起。

米酒喝完，笔录也做完了，我在上面签了字。

有没有发现别的异常情况？罗拉拉问我。

我说出了昨晚在书房里的发现，然后告诉她，我还需要时间破译。

她激动起来，眼睛亮得像夜航船上的探照灯，让我感觉有些炫目。她急不可耐地说，还等啥子，那些电码呢？赶紧交给我，干这个，警察比你专业多了！

这种古老的通信密码已经没有几个人会破译了。我慢悠悠地说。

我们破译不了，可以交给有关部门。她的语速很快。

我不能确定破译出来的内容跟案子有关。我又找了个借口。

我的磨磨蹭蹭让罗拉拉有点恼火，她说，有没有关，警察说了算！

她越着急我越觉得她可爱，她还欠缺当一个警察应该具备的沉稳和老练，太急躁，容易做出非理性的判断。我不慌不忙地弹着烟灰说，等你层层汇报，再转到有关部门手里，我已经破译完了。

她似乎被我说服了，不再那么咄咄逼人。

她问我，那你需要多长时间？一天，还是两天？

我忍住笑开始发号施令：你把碗筷收拾一下，装酒的锡壶是"胖哥饭店"的，那个装剁椒鱼头的青花盘子也是，你洗干净了，帮我送到饭店去。哦，还有，今天忘了给花浇水，麻烦你当一回园丁，我大概需要两个小时。

这是你破译密码的条件吗？她一脸不悦，我可不可以理解为是趁火打劫？

请不要曲解我的善意。我狡黠地说，我是怕你等待的时候太无聊。

罗拉拉一脸无可奈何。

她的这种表情让我颇为享受，她太年轻了，需要一些历练。我起身上楼，碗筷在背后哗啦作响,她的脾气还不小。想到那天她在江边打水漂的样子,我的心脏莫名地悸动了一下,好像突然有点自主神经紊乱。

掌握了密钥,就等于锁匠拿到了钥匙的模子。接下来要做的,就是用各种工具把模子打造成一把真正的钥匙,这并非什么高科技,需要的只是技巧和耐心。

我用一个半小时完成了这项工作。然后,我长吁一口气,站在窗前拉起了小提琴,是沃恩·威廉斯的《云雀高飞》。这首充满浪漫主义的作品写于1914年,灵感来源于英国诗人乔治·梅雷蒂斯的同名诗作。当时一战爆发,人们的警惕性很高。沃恩是在军队穿越英吉利海峡期间完成初稿的,被一个小男孩看见,以为他在记录密码,报告了警察,沃恩因此被当成间谍被抓获。

听到曲声,罗拉拉跑上楼来,手里拿着抹布,她正在撸起袖子干家务。

她很诧异地说,我还以为你放的是音响呢。

我放下小提琴,感觉浑身轻松了许多。

我说,我破译完了。

恁个快?我看看。

罗拉拉拿起我破译的内容浏览,跟电码一样,也是三张A4纸,但正面才有文字,实际上比电码占的版面要小。纸上是两个人的聊天记录,确实提到了劫车和抢银行,但只有寥寥几句,其他内容都是鸡毛蒜皮的事,看上去像在摆龙门阵。

她显然很失望,就这些?

就这些。我擦了擦小提琴上的浮尘。

犯罪嫌疑人没有在里面透露自己的身份,尽说一些废话。而且,这个又当不了证据,有用吗?

我示意罗拉拉在藤椅上坐下来,然后在留声机里放了张唱片,音乐有时是一种润滑剂,让两个人面对面交谈时不那么拘谨。

好听吗?小约翰·施特劳斯的圆舞曲。我问罗拉拉。

她说,听不太懂,我妈喜欢听民乐,我也喜欢。上初中的时候,我还学过弹琵琶,但没坚持多久,功课太多了。

第三章 荣誉之死

你要是用心感受，会发现音乐里面有一种真挚、深沉的感情，但不是爱情。它是河水流过村庄，是飞鸟回到森林，是月光照在井台上，是袅绕的炊烟，是温暖的壁炉，是守望麦田的稻草人。它宁静而美好，天地万物似乎浓缩成了一个小小的火柴盒，咔嚓一声，就把你潮湿的心点燃了，把整个世界照得亮亮堂堂的。

你跟我说这些干啥子？罗拉拉纳闷地看着我，这跟破译的内容有关系吗？

如果你能从圆舞曲里听出母爱，就会对小施特劳斯的身世有所了解。

他父亲老施特劳斯好像也是一位音乐巨匠。罗拉拉说。

没错，但这首圆舞曲里只有母爱，说明小施特劳斯的父爱是缺失的。我凝视着转动的唱片，他的父亲成名后就抛弃妻子，跟情人生了七个孩子。

我还是不懂你的意思，怎么突然说起施特劳斯来了？罗拉拉很困惑。

我想告诉你的是，不管是音乐还是文字，都是一个信息的综合体。每个人的文化背景、性格、阅历、生活习惯都不同，所以行文风格和聊天内容也不同，就跟指纹一样，是具有排他性的。英国有部著名的历史剧《爱德华三世》，作者不详，大部分学者认为是莎翁的作品。伦敦大学维克斯利用"语言指纹"进行鉴定，确认是莎士比亚和同时期的另一位剧作家基德共同创作完成。

我明白你想说啥子了——"语言指纹"也能运用到破案当中。可是，也得看具体情况吧，莎翁的历史剧体量恁个大，信息量当然丰富了。这才三张纸，都是闲聊，能看出啥子？

锁定一个犯罪嫌疑人是否到过案发现场，只需要一个小小的指纹，或者一滴血，不需要更多的痕迹。我听着舒缓的音乐说，语言也一样，提取指纹，有时只需要几句话，不需要长篇大论。

那你到底看出啥子来了？罗拉拉显得有些焦虑。

无线电发烧友都有个呼号，类似于驾驶证，有唯一性，全球没有两个相同的呼号。获得呼号，要向当地的无线电运动协会申请。没有呼号，随意使用电台是非法的。呼号由英文字母和阿拉伯数字组成，不会用汉字。这两个人一个叫"二少爷的枪"，一个叫"鬼门吹针"，一看就不是登记注册的呼号，只是自己取的代号，类似于网名。所以，通过正规途径是很难查清他们的身份的。但不管是笔名、艺名、网名，还是代号和外号，都会透露出一些身份信息。比如外号叫"猴子"的人，一般很瘦。叫"大熊"的，一定很强壮；网名叫"轻舞飞扬"的，应该比较浪漫。

罗拉拉似懂非懂地点点头。

我继续说，相传扁鹊创立了一套针法，在人体的鬼宫、鬼市、鬼心、鬼枕等十三个穴位扎入银针，叫"鬼门十三针"，能治癫痫。医术精湛的郎中甚至能把银针用嘴吹到病人的穴位中，称为"鬼门吹针"。

哎呀，太玄了！罗拉拉像在听天方夜谭，她忍不住问道，叫"鬼门吹针"的那个人会不会学过中医？

这个可能性是存在的，至少他有中医背景。我起身换了张唱片，还是小施特劳斯献给母亲的圆舞曲——《安娜波尔卡》。我说，这套针法快失传了，现在没几个人晓得。

我告诉罗拉拉，在对话中，"鬼门吹针"和"二少爷的枪"用的是山城方言，还出现了市区的几个地名，比如曾家岩、九龙坡、杨家坪，他们应该是本地人。

"鬼门吹针"跟"二少爷的枪"说——他爸快下夜班了，最多还能聊五分钟。前两天他爸的手被开水烫伤了，一会儿他要去给他爸做夜宵。等他爸睡了后也不能再用电台了，要是把他爸吵醒，他会挨揍的。有一回他爸觉得他使用电台的时间太长，耗电，一怒之下把他的集邮册烧了，里面有好多珍贵邮票。他还说，他爸下手没轻重，曾经把一个贼打断两根肋骨，要不是领导出面跟派出所所长说情，就被拘留了。

我跟罗拉拉说，这些话里面透露出几个信息。

"鬼门吹针"的父亲从工作单位到家里，大概要五分钟。父亲的手烫伤了，肯定不能开车或骑车，所以五分钟是步行的时间。

他给父亲做夜宵，说明他家里没有女人，他应该是单亲家庭。母亲改嫁了，或者去世了。

他使用电台的时间长了一点，父亲就心疼用电，说明他家境不好。但他有集邮的爱好，而且有很多珍贵邮票，说明邮票不是他自己买的，很可能是从特殊渠道获得的，他母亲在邮局工作。

他的父亲能把珍贵的邮票付之一炬，说明文化素质不高，缺乏艺术鉴赏力，而且性格暴躁。

他父亲要上夜班，很可能在厂矿之类的单位工作。他父亲打伤贼后，单位领导会出面跟派出所协调，抓贼应该是职务行为，他父亲要么在保卫处工作，要么是保安。

他在跟"二少爷的枪"聊天时，还说过一句话——刚才吓了一大跳，一只萤火虫飞进来，他还以为是鬼火。这说明他家周边绿化不错，如今想在山城市区看到一只萤火虫比买彩票中大奖还难。他能把萤火虫比作鬼火，他可能亲眼见过真正的鬼火。

在聊天中，"鬼门吹针"说他上班时无聊，就到门口算了一卦——最近运势大吉。

我对罗拉拉说，这里面有个关键的信息点要注意——算卦看相的，一般在寺庙、道观，以及殡葬服务店附近活动，"鬼门吹针"的上班地点很可能就在这些地方，因为他出门就能找到人算卦。而且他迷信八字，对鬼火也感到害怕，说明他是个有神论者。

我简直要仰视你了！三张轻飘飘的纸，你居然看出了恁个多的名堂。

罗拉拉一度黯淡的眼神又波光潋滟起来。

"鬼门吹针"留下了恁个多的信息，查出身份应该不难。"二少爷的枪"说话就比较谨慎，隐晦得多，不过，查出他的身份会更容易。

不对吧，应该是更难才对啊。罗拉拉一脸疑惑地望着我。

我笑了，你掉进了"语言陷阱"，这是人经常犯的错误。你换个思路想一想，如果警方抓到了"鬼门吹针"，"二少爷的枪"的身份还是秘密吗？

她恍然大悟，但又提出了一个问题：

就算查出这两个人是谁，他们也不会承认这些话是他们说的。这不是照片，不是视频和录音，也没有DNA信息和真正的指纹，根本当不了指控他们犯罪的证据。找到他们有啥子用呢？抓又抓不得，只能给自己添堵。如果他们反告，说警方为了侦破积案，故意捏造事实，炮制伪证，滥用职权，警方会很被动。

这确实比较棘手，司法实践中讲究疑罪从无。单凭这些，没法给他们定罪。

罗拉拉眼睛里的光又熄灭了，就像一盏接触不良的路灯。但这盏路灯很快再次闪烁起来，她说，齐唐之所以被害，很可能是因为他发现了足够指控劫匪犯罪的证据，让劫匪感到了害怕。既然如此，这些证据肯定是存在的，齐唐单枪匹马都能找到，警方更应该能找到。为了破解这个悬案，齐唐调查了整整十年，我们警方也不能急于求成，先把犯罪嫌疑人找到，再深入调查也不迟。

望着在留声机里旋转的黑胶木唱片，我的脑子也在飞速转动着。

我觉得这起悬案中最难找到的不是犯罪嫌疑人，而是证据，可以定罪的证据。

罗拉拉突然想起什么，问道，不是有三个劫匪吗，怎么聊天的只有两个？

这两个是主犯，还有一个应该是在银行门口开车望风的，他可能不会用电台。我揉了揉太阳穴，继续说，三个人总共抢走了四百多万，如果他们选择创业的话，这很可能是第一桶黑金。找到嫌疑对象后，查查他十年前的账户，看看有没有一笔突然出现的巨额资金。不过，也不能太乐观，在那起银行抢劫案中，犯罪嫌疑人表现出了很强的反侦查能力，所以，我相信他们早就想好了借口，对这笔资金的来源有一个看似合理的解释。

你等我一下，我现在就把这个情况跟周队汇报。

罗拉拉掏出手机，起身准备走出书房打电话，但被我叫住了：

你就在这说吧，我到楼底下抽支烟。

我坐在院子里抽着白宇给我的"天之骄子"，我刚才脑神经有点痉挛。

破译和推理很伤脑细胞，它是一个去伪存真的过程。就像木匠要先把原木揭掉树皮，剖成木板，刨去粗糙的纹理，再做成漂亮的家具。难度最大的不是体力活，而是怎样辨识木材，怎样审美加工。有的木头适合做太师椅，有的适合做茶几和衣柜，有的适合做百工床，有的只适合做门槛或者小板凳，这种考量是很耗费心血的。

十八梯的风跟山城其他地方的风都不一样，很旧，好像是从旧时光里吹过来的。特别是夜晚，吹在身上，心率和脉搏都变慢了。所以在这里很适合养老，适合回忆。生活在这里没有五颜六色，只有一种原色，很温暖的原色。我回想今天发生的所有事情，感觉有点困惑——凶手具有很强的反侦查能力，为什么会犯如此低级的错误，把那些银器丢弃在防空洞里？要知道，这很容易被人发现。如果发现者不是私吞，而是报案，那凶手所谓的劫财杀人的动机就不成立了。

还有，经验丰富的杀手，外出行凶杀人，一般不会携带容易滑落在案发现场的私人物品，为什么凶手身上有打火机？就算凶手一时疏忽，随身携带了打火机，当他发现打火机不见了，没有理由不回来找。在防空洞这种如此隐秘的地方，寻找打火机并不会暴露他的身份。

另外，从照片上来看，打火机很干净。齐唐遇害已经一个多月了，防空洞里非常潮湿，还经常有地下水渗出，掉在地上的打火机不太可能保持这么干净。难道打火机不是凶手的，而是别人掉在防空洞里的？但这又解释不通——从打火机的清洁度来看，应该掉在那里没多久，绝对不会早于凶手遗弃银器的时间。那么问题来了，掉打火机的人应该看见那些银器才对，如此贵重的物品，他为什么不带走也不报案？

也许，确实是高智商的凶手犯了一个低智商的错误。

生活总是充满悖论，这种情况屡见不鲜。或者说，生活也是一个多重人格患者，集善与恶、高尚与卑鄙、真诚与伪善、天才与白痴于一身。

再次点燃一支烟时，我脑海里突然划过一道火光，我给小溪打了个电话：

你睡了吗？

还没有，在做面膜，啥子事？

她的声音很慵懒，全身应该处于放松的状态。

我问小溪，丢弃银器的现场发现一个金属打火机，有没有可能是齐唐的？

她断然否认，齐唐没有那种打火机，我以前想送他一个，他不要。他都是用火柴，他说他喜欢闻硫黄的味道，要是在战争年代，他肯定会去做战地记者。我就喜欢他这种血性，看上去很斯文，骨子里很狂野。

阁楼里的确有齐唐留下的火柴，客厅、书房、卧室都有。

给小溪打这个电话，我觉得有些唐突。不过，询问打火机的事也许只是我的一个借口，我更想知道的，是她此刻的心情。下午在防空洞里的那一幕仍然让我不能释怀，我担心她会生气。但刚才，至少我没有从她的声音里听出恼怒，我安心了许多。

那本《猫王传奇》您看了吗？她问我，能不能照书破译那些电码？

我告诉小溪，那些电码已经破译出来了，而且报告了警方。我描述了"鬼门吹针"的大致情况。说查出他的身份不会要很久，现在大数据这么发达，可能也就几天时间。我安慰她，杀害齐唐的凶手已经露出狐狸尾巴了，破案指日可待。

她开心地说，我前天刚去龙隐寺烧了香，没想到菩萨恁个快就显灵了！等那三个劫匪全部抓到后，我再去庙里还愿，到时，齐唐就可以入土为安了。

又不咸不淡地聊了几句，小溪说我今天肯定累惨了，叫我早点睡。挂了电话，我彻底释然，看来小溪已经忘记了防空洞里的尴尬。不过，也有可能她当时太惊惶，根本就没有感觉到我身体的异常。那好吧，就让这成为一个秘密吧，消失在防空洞的黑暗当中。

安妮无声无息地蹲在我旁边，我不知道它什么时候来的，它总是这样，来无影去无踪，像位女侠。我发觉自己慢慢地喜欢上这只波斯猫了，它特立独行，是一个神秘的存在。我感觉它也是有秘密的，秘密就像一种水果，能散发出我能闻到的气味。

有时我也能从自己身上闻到这种水果味，嗯，没错，我也有秘密。但我不能告诉你们，我把自己的水果味隐藏得很好。

终其一生，谁能保证自己没有一个秘密呢？

夜色是件最好的隐身衣，让人面目模糊，但也容易露出真实的自己。我开夜班出租车的时候，耳闻目睹了许多秘密。有一次，我在青年路的万豪酒店门口载了一个少妇。透过大堂的旋转玻璃门，我隐约看见一个男人向她挥手告别。半路上，少妇的丈夫打来电话，问她怎么还没回家？她娇滴滴地说闺蜜生日喝多了，在黄桷坪的一家KTV拿着话筒不肯放手，不过现在她已经快到家了。

黄桷坪和青年路是截然不同的两个方向。

我提醒那个少妇，她身上的烟味儿太重，要不要在衣服上洒点香水？她愣了一下，然后默默地拿起我放在中控台上的香水，往自己身上喷洒了几滴。到目的地后，我看见她丈夫在路边等待。她下车挽着丈夫的胳膊往家里走，那是一种从内心袒露出来的亲昵，毫无生硬感。

还有一次，一个中年男人把我的车从凌晨一点租到凌晨五点，哪里都没去，就停在山城大剧院附近的寰宇天下小区门口，准确地说是大门对面的一棵法国梧桐树下。他在车上跟我摆龙门阵，说自己以前是商报记者，纸媒萧条后被裁员。但他不敢告诉妻子——无冕之王曾经带给他的光环，让他无法直面失业的耻辱。

调查是他的特长，他瞒着妻子应聘到了一家信息公司，其实就是当私家侦探。他做了个假单，对公司谎称受人委托，调查某某女士是否有出轨行为。当然，委托金是他自己汇入公司账户的，为了获得老板信任，在公司站稳脚跟，他不惜自掏腰包，他调查的那个女士其实就是自己的妻子。

你是真的怀疑她出轨吗？我问那个男人。

不，我从没怀疑过我老婆。尽管在跟我说话，他的眼睛一直盯着小区门口，我只是想走个程序，其实我的损失并不大，我还可以从那笔委托金里拿到部分回扣。

我很理解他，很多保险公司员工在刚入职时，也是找自己的亲朋好友做单，老不开张，可能就被辞退了。

他手里拿着有夜视功能的单反，笑着说，我拍摄一些照片，再截屏几张微信聊天记录就可以了。

拿不到出轨证据，你怎么跟公司交差？

通过后视镜，我看着坐在后排的他。

很正常啊，相当一部分委托人都是捕风捉影，啥子也查不出来。

他点了支烟，也扔给我一支。

你就不怕你老婆晓得了，跟你闹离婚？女人最讨厌男人疑神疑鬼。

当然怕，所以我不敢开自己的车，只能租你的车。他说，我老婆是公务员，长得也漂亮，结婚前追她的人能坐满一辆大巴。

你恁个晚不回家，你老婆不怀疑你？

我跟她说我出差了，她对我很信任，我从没做过对不起她的事，外面那些花花草草我压根儿没兴趣。

他的语气中充满了对妻子的深情。

我去方便一下，他下了车，朝路边的绿化带走去。

但我看见他突然站住了，整个人像石化了似的，目光直直地看着小区门口。

我顺着他的目光望去，一个少妇从一辆刚停稳的劳斯莱斯上下来，一个儒雅的男人给她开的车门。夜色中，少妇的五官看不太清楚，但从举手投足可以感觉到她很有气质。身材也很好，至少有一米六五，细腰丰臀。那时大概是凌晨三点，四周寂静空旷，两人站在车旁深情吻别。

缠绵了几分钟后，少妇进了小区。

劳斯莱斯走了。

他没有方便，回到了我的车上，就好像刚才看到的那一幕把他膀胱内的液体都蒸发掉了。他默默地抽着烟，整个人毫无生气，似乎是从火葬场里跑出来的孤魂野鬼。

我知道那个女人是谁了。

那个凌晨他把我当成了倾诉对象，他告诉我，他是怎么跟老婆认识的，恋爱期间发生了多少浪漫感人的故事。他说他还有个八岁的儿子，跟爷爷奶奶住在一起。说到后来他痛哭流涕，还自己抽自己的耳光，说大学毕业后他本来可以去某机关单位当秘书，但因为热爱新闻事业，他选择了当记者，他咒骂自己当时脑袋被门板夹了。

天渐渐地亮了，但我知道他心中的那个世界已经熄灯了。我劝他回家好好跟妻子谈谈，他摇摇头，说自己会当做什么都不知道，家庭需要延续，生活也是。

把这个秘密交给黑夜吧。

这是他下车前对我说的最后一句话，至今音犹在耳。

我看见他背着包朝小区里面走去，脚步矫健，精神抖擞，还点了支烟，很有点《英雄本色》里小马哥的潇洒，似乎刚过去的那个黑夜中什么都没发生。他现在是一个刚"出差"回来的丈夫，他要在黎明时分给自己的妻子一个惊喜。也许，他还会和妻子共浴爱河——虽然这条河流里刚刚有另外一个男人泡过脚。

后来那个男人再也没有联系过我，在这之前他跟我说过，还会租我的车，走完整个程序需要三五天。我不知道他有没有继续调查下去，会不会去查跟妻子凌晨吻别的男人是谁。总之，他从我的客户名单上消失了。

我一度想要主动联系他，但最终还是放弃了。也许，正是因为我知道了他和他妻子的秘密，他才选择疏远我。

每个人都喜欢躲在真相后面窥视别人，却不喜欢被人窥视。

那次的经历让我非常感慨，其实很多人都生活在真相之外。他们看到的，只是这个宏观世界让他们看到的。在某个隐秘的角落里，还有一个他们永远无法窥探到全貌的微观世界。

大部分人都会忽略那个微观世界，有时是无意，有时是故意，更多的是后者。拿着显微镜去观察床单时，会发现许多螨虫在蠕动，有谁还会愿意在这张床上睡觉？所以，眼睛被蒙蔽不一定都是坏事，有时能帮我们过滤掉面包上的口水、西装上的虱子。

我又闻到了水果味，那是从自己身上散发出来的。我总是被各种秘密包围，我身披厚重的盔甲——这套盔甲也是秘密锻造的，坚硬无比。我拿着马刀左砍右杀，却始终冲不出埋伏圈。但我喜欢这种战斗，我喜欢做自己的英雄。情到深处人孤独，军人也一样，战斗到最后，会发现身边只有自己一个人，连敌人都看不见了，只能跟自己的影子决斗。

安妮"嗖"的一声蹿上了墙头，我知道，罗拉拉过来了。

汇报完了？我看见她直接坐在了安妮坐过的地方。

她点点头，周队已经安排人手连夜开始排查。

那你怎么没去？我略微有点惊讶，这种事，一般都是交给你们这种刚入职的菜鸟来做。

她没有回答，眼睛盯着不断扑向路灯的飞蛾，似乎是在欣赏一场舞蹈。

我这才发现她有些不对劲，脸上的神情跟夜色一样黯淡。

出啥子事了？

周队不想让我去。她的声音也像是从黑暗深处飘过来的。

他这是怜香惜玉，关心女同志。

不，他是怕我感情用事。

啥子意思，怕你没有证据就把犯罪嫌疑人给抓了？

目前还处在秘密侦查阶段，他怕我控制不住自己的情绪，惊动了犯罪嫌疑人。罗拉拉的目光仍旧停留在那些飞蛾身上，我没他说的恁个脆弱和冲动。

我看这只是个借口，周队的真正目的还是关心你。

她低头看着暗影里的花朵，我确实很恨劫匪，做梦都想抓住他们！十年了，噩梦终于快结束了。

十年前你才多大？我认真打量着罗拉拉，仿佛刚刚认识她，恁个小你就疾恶如仇？

他们杀了我父亲！

我差点被烟头烫到了手，你父亲是那个被害的私家车车主？

不是，是那个警察。

我惊得五官都错位了，不敢置信地问，啥子，你父亲是当年刑侦队的大队长丁海山？

没错。她的脸上夜色弥漫。

你不是姓罗吗？我还是半信半疑。

我随我妈姓。罗拉拉补充道，爸妈离婚时我还在上小学。

我看着她，不像在开玩笑。没有人会拿死者取乐，尤其是烈士。

我爸比我妈工作更忙，一个月大部分时间都不在家，两人的感情慢慢地就淡了。有一次，我爸好不容易有空带我去游乐场玩，结果为了抓一个小偷，差点把我弄丢了。我妈忍无可忍，跟他大吵一架，家就散了。

罗拉拉主动说起了父母离婚的原因。

我终于知道，她为什么经常打水漂了。

那你妈还让你去当警察？

我偷偷填的志愿，拿到录取通知书才告诉她。罗拉拉把目光投向蹲在墙头的安妮，为了这件事，我妈半年没跟我说一句话。

我掏出一支香烟，放在鼻子底下闻了闻，你怎么想当警察？

第三章　荣誉之死

罗拉拉沉默了一会儿，缓缓地说，是因为，齐唐写的那篇报道。

关于银行大劫案的？

罗拉拉点点头，在齐唐笔下，那个牺牲的警察，跟我妈痛恨的那个男人，完全不一样。

我了解丁海山的一些事迹，在工作中他是一个拼命三郎，他亲手抓捕的犯罪嫌疑人，能从十八梯排到解放碑。黑道上曾有人扬言，要花五百万买他的人头。

那篇报道就好像打开了一扇门，让我看到了父亲的另外一种形象。罗拉拉黑色的瞳仁里星光灿烂，后来，我又上网搜索了我爸的许多资料，把他的形象拼凑完整了。就是在这种拼凑过程中，我重建了父亲的形象，对他有了一种新的审读——他不完美，但很高大。我妈总说他缺乏责任感，这是不对的。我爸其实非常有担当，只不过，他把警察的荣誉看得比家庭更重要。

我突然想到了郭一凡说的那幅画《荣誉之死》。

他说得没错，丁海山就是为了捍卫警察的荣誉而死的。

可能是从小缺乏父爱吧，我有一种恋父情结。罗拉拉说，我当警察，就是想体验父亲的人生，感受他的气息，品尝他的酸甜苦辣。虽然他不在了，但我觉得他的影子还在。只要穿上这身警服，我就觉得他还在我身边。他只是去抓捕歹徒了，会胜利归来的。

怪不得这次周队不让你参加排查。我望着夜色中脸模糊不清的男男女女，现在是最接近犯罪嫌疑人的时刻，周队怕你一时冲动，打草惊蛇。

其实我很冷静，比任何时候都冷静，真的。她说，正因为我比谁都想抓到劫匪，所以我在努力克制情绪，不断地告诉自己，要理智，一定要拿到确凿的证据，将劫匪绳之以法。这一天我等了整整十年了，不能功亏一篑。

我靠在椅子上，把一句话从肺里吐出来，这个案子，成了很多人的心结。

秦老师，我要谢谢你，带我接近了真相。罗拉拉说，等破了这个案子，你也给我父亲写篇讣闻吧，我想还原一个真实的父亲。我觉得我爸就像一本书，而我妈是从一个妻子的视角去读，她从来没有读懂过。

我明白，就像一本欧美小说，如果以东方人的思维去解读，会觉得枯燥乏味，不知所云。我使劲嗅了一下院子里漂浮的暗香，你父亲这本书，不是以婚姻为主题的，写的是大情大爱。

所以，我想让我妈重新读一遍，换个视角。罗拉拉说。

如果读懂了，对她可能是一种残忍。我有点担心。

我想起了那个在我的提醒下，往身上喷香水的少妇，如果她丈夫知道妻子是在万豪酒店跟别人开房，会不会抓狂？那个中年失业的落魄记者，如果不是偶然发现妻子出轨，他对生活的热爱会不会更深一点？还有齐唐，如果没有在电波里发现劫匪的秘密，他是不是还活着？有时候，真相远比假象更残酷，追求真相的过程，就是一个自我折磨的过程，就是在自虐中寻找快感。

让我妈一辈子生活在怨恨当中，对她来说更残忍。

罗拉拉的语调像黑夜一样深沉。

我会给你父亲写讣闻的。我强调说，免费。

你会把他写进你的新书中吗？她看着我，目光里有种期待。

我迎接了她的目光，肯定的，你父亲还会是小说中的一个重要角色。如果不写他，这部小说就缺了一种力量。

啥子力量？她问。

怎么说呢？这种力量是由很多情感组成的，很复杂，也很难准确地定义。它会让读者疼痛，甚至泪流满面，但又不是悲剧。

我从来没觉得我爸是一个悲剧式的人物。

他当然不是，尽管他的婚姻是失败的，但人生并没有失败，他还是一个不折不扣的英雄。

你会把我也写进小说中吗？她很好奇。

如果你不介意，我会的，也许还会把你母亲写进去。要想完整地展开这个故事，这个延续了十年之久的故事，最好每一个细节都不要缺失。作家是生活的忠实记录者，正是这些记录构成了波澜壮阔的历史。

那你可要把我写得美好点。罗拉拉脸上的夜色消散了，有了少女的娇羞，那也是白天的颜色。

必须的。我笑了。

秦老师，问你一个隐私的问题，你要是介意，可以不回答。

问吧，我一个大男人能有啥子隐私。我看着喧嚣渐渐消退的十八梯，轻笑道，就算有，在黑暗中你也看不到我的尴尬。

怎么没看见过你女朋友？

我一个写字的，没车没房，也没钱，居无定所。我把一口烟圈长长地吐进了夜色中，而且，我是个跟死亡打交道的人，一身晦气，谁会做我的女朋友？

我觉得你说的那些都不是缺点，你晓得你最大的缺点是啥子吗？

我很感兴趣，说来听听。

你太会推理了，女人在你面前没有任何神秘感，在你身边待久了，就会担心你厌倦她，没有安全感。

我琢磨着，可能有这个原因。我就像一个医生，总想把患者的病情搞清楚。但是，这种每天暴露在CT下的被审视感，可能会让患者感到很不舒服，总觉得自己是个不健康的人。

罗拉拉看了一眼手机，惊叫道，哎呀，都恁个晚了，公寓肯定关门了。

她告诉我，她住的那栋公寓楼每晚十二点锁大门。门房是个退休的老工人，特别讲原则，回去晚了，六亲不认，死活不开门。

我站起来，抖落身上的夜色，我楼上还有间客房，你要是不怕，可以睡在那。

我有啥子好怕的？罗拉拉跟着我往阁楼里走，不就是凶宅吗，我可不信那些神神道道的东西。

我故意吓她，当心拐角遇到鬼，双腿是悬空的。还有，半夜三更的时候，你可能会听见耳边有哭泣声。睁开眼一看，有张脸倒挂在天花板上，像蝙蝠一样，正在跟你对视。慢慢地，你会发现悬浮的其实是你自己，你看到的那张脸是在地板上。而且，那张脸的五官跟你一模一样，你搞不清楚哪个你才是真实的。

大半夜的，你能不说这些吗？

她加快了脚步，紧跟着我上楼，生怕拉开了距离。

床单、枕头、被套、睡衣都在柜子里，桌上有一次性的牙具，应该是齐唐出差时从宾馆带回来的。卫生间出门右拐，灯在进门的左手边。

把这些告诉罗拉拉后，我们互道晚安。

但是，这个春夏之交的夜晚，我心里就像有一片沸腾的海，完全安静不下来。

我走进书房，坐在黑暗中。我什么都没有想，我只是想让那片海寂静下来。我脑袋里一片空白，我想放空自己的身心。其实放空比填充更加困难，就像一片荒地，很容易被野草覆盖。要想清除干净，达到寸草不生的目的，几乎不太可能。因为记忆跟野草一样是有根的，在不经意的时候，就会爬满大脑沟回。

我不知道自己是什么时候回到卧室睡觉的，黑暗不仅会模糊视线，也会模糊时间。躺在那张雕花大床上，我梦见自己出现在那起银行大劫案的现场，我看见了齐唐，看见丁海山，还看见了钱币博物馆馆长的新婚妻子。吊诡的是，坐在作案车辆上望风的不是别人，正是我！我亲眼看见了同伙抢劫杀人，我驾驶车辆一路狂奔。但开着开着，我发现周围越来越空旷，越来越寂静，看不见任何车，看不见一个行人。路边的景色也变了，刚才还是白天，现在却一片漆黑。我打开车灯，照到了前方的一块路牌，上面居然写着"黄泉路"三个大字。而且，路两边都是荒草萋萋的坟地。我手一哆嗦，方向偏了，车辆冲出路面，撞开了一个坟堆。一具棺材裸露在眼前，我听见两个同伙发出毛骨悚然的叫声——棺材里爬出的竟然是那个被杀害的私家车车主！

我被惊醒了。起床打开窗户透了透气，天边已经露出微光。我想可能是因为整天琢磨那个案子，我把自己代入到了犯罪情节中。写作时也经常有这种现象，没有代入感，就很难把笔下的人物写得活灵活现。比方说写一个军人，我会设想那就是自己，当他中弹时，我也会感觉到一种鲜血喷溅的痛苦。一部小说中有多少个人物，我的灵魂就必须分裂成多少瓣，所以作家容易患上精神分裂症。

安妮起得比我还早，它蹲在院子里的长椅上，我在看它，它也在看我。我跟它说早安，它"喵呜"一声回应了我。我突然想到一个很有意思的问题——猫也会做梦吗？如果会，它会梦见什么？它的梦是有颜色的吗？是不是也有美梦和噩梦的区别？它知道区别梦和现实世界吗？

第三章 荣誉之死

安妮一定亲眼看见了齐唐被害，它最清楚凶手是谁。每一个罪案现场都有动物的存在——宠物、飞鸟、甲壳虫、苍蝇、蚂蚁，都是见证者。如果动物与人之间没有语言障碍，就不会再有什么悬案了，甚至不会再有犯罪。

动物比人类更了解这个世界的真相，它们都是沉默的证词。

我正在脑洞大开之际，房门被"咚咚咚"地敲响了，我听到罗拉拉在叫我，声音很急促。我觉得有趣，难道她也做了个噩梦？

我刚打开房门，罗拉拉就迎面扔过来一句话：

秦老师，出事了！

她头发散乱，趿拉着拖鞋，身穿一件紫罗兰色的真丝睡衣——应该是小溪穿过的。她眼神惊惶，嘴唇哆嗦，像是刚刚从梦魇中醒来。

做噩梦啦？我笑道，凶宅可不是人人都敢睡的。

比噩梦还可怕，人被杀了。她的语调仿佛经过了变声处理，听起来有点怪异。

谁被杀了？我有点怀疑她在梦游，进来说吧。

罗拉拉没有进来，她仍旧站在门口，刚刚接到周队电话，白宇被杀了。

星河殡葬服务公司的那个白宇？

我发现自己的语调也变了，像是从沾满灰尘的唱片里发出来的。

就是他！

我想起前几天还在跟白宇吃饭、喝茶，他送给我的那条"天之骄子"还没拆封。现在突然说他死了，而且是被杀，我怀疑这又是另外一场噩梦。

我问罗拉拉，是你在说梦话，还是我在做梦？

我们都没有做梦。她看着地板，梦是没有影子的。

走道上的感应灯亮着，我在地板上看见了自己的影子，跟她的影子重叠在一起，很像一棵倒映在水面的树。

怎么死的？我清醒了一些。

不晓得，法医正在尸检，周队要我去趟现场。她边说边挽发髻，太巧了，我们刚开始调查，嫌疑人就死了。

啥子，白宇是嫌疑人？我很震惊。

你说的那些信息他都符合。

我哑然，刚刚清醒的脑子又起了一场雾。

他母亲是邮递员，很早就因病去世了，那时他才上初中；他父亲是北斗无线电厂保卫科的科长，性格暴躁。这家厂以前是军工企业，主要生产电台，后来转为民用，很多被淘汰的电台被当作废铜烂铁卖掉，有一些流入了本厂职工家里，当成收音机使用；他家住在歌乐山脚的一条老街上，附近植被茂密，有萤火虫。从无线电厂到他家，走路五分钟左右；他爷爷和太爷爷都是中医，哦，都不在了；他高中没毕业就辍学了，在一家卖殡葬用品的店里打过工，店子就在龙隐寺附近，那里有很多摆摊算命的；十年前，他从打工仔变成了老板，自己开了一家殡葬用品店，资金来源不明。

我的脑袋里大雾弥漫，混混沌沌的。

罗拉拉说，白宇跟我们局有合作，好多人都认识他。我把你说的有关嫌疑人的信息报告给周队后，他立马想到了白宇。连夜调查，发现越来越像！

我迅速回忆了一下，白宇确实有很多疑点。特别是上次他屈尊来十八梯找我，有点莫名其妙，似乎是在打听案情。但我没有细想，准确地说，是我还没有来得及细想。昨晚破译完密码，我有点累，后来罗拉拉的一番话又把我带进了恍惚状态中。而且，我和白宇虽然没见过几次面，谈不上是亲密的朋友，但也认识多年。推理案件时，在没有确凿证据的情况下，我不会把身边的朋友当成犯罪嫌疑人。否则，会显得自己很不厚道。

罗拉拉回房间换衣服，我紧跟过去，但被门阻隔在外面，我的鼻子差点撞到门上。

尸体啥子时候发现的？我问。

半个小时前。她的声音穿透房门传出来。

在哪里发现的？谁发现的？

在歌乐山南麓的一个防空洞里，离林园大概两公里，是一个流浪汉报的警。罗拉拉换衣服时发出窸窸窣窣的声音，她说，具体情况我还不清楚，可能是我们的排查惊动了白宇的同伙，为了灭口，就把他杀了。

我能去现场看看吗？

这个我可做不了主，按规定是不允许的。不过，犯罪嫌疑人的信息是你提供的，情况比较特殊，我跟周队汇报一下，他也许会考虑。对了，你为啥子想去现场？又是想给小说增添素材吗？

不是所有的作家都有机会观摩案发现场的，纸上谈兵跟亲临其境完全是两码事。去看看警察如何勘查现场，以后我在小说中写到类似情节时会更生动。

我说，你可以恁个认为。

我听到她在房间里按电话键，我转身去卫生间洗漱，然后回卧室简单地整理了一下。十几分钟后，罗拉拉也洗漱完毕，走过来对我说：

周队答应了，走吧。

出门时碰见刚刚拉开饭店卷闸门的胖嫂，看见我和罗拉拉在一起，她眼神有点异样。我心里苦笑，只要一个上午的时间，整个十八梯的人都会知道我昨晚和一个女警察睡在凶宅里。到下午，就可能衍生出更多的版本。博大精深的民间文学就是这样创作出来的。

我们打了辆的士，坐在后排，罗拉拉悄悄跟我说：

周队要是问起，就说我从解放碑过来，顺道接的你。

我明白她的潜台词——不要告诉周队，她昨晚住在我这里。

看着车窗外越来越明亮的天色，我说，放心吧，我又不是哈儿。

半个小时后，我和罗拉拉到达了歌乐山南麓一个很隐蔽的防空洞前。洞口已经拉起了警戒线，白宇的尸体正被两个警察从洞里面抬出来，后面跟着周队和法医，都穿着雨靴。尸体浑身上下湿漉漉的，水还顺着担架往下滴。

我能看看尸体吗？我问周队。

周队示意担架停下来，我走过去近距离查看——确实是白宇，像是刚从水里捞出来的，裸露的皮肤泡得发白，平常他皮肤比较黑；他的脖子上有道勒痕，显然是机械性窒息死亡；尸体没有明显的外伤，现场应该没有发生过打斗；从尸斑和尸体僵硬程度来看，死亡时间在五个小时以上，但不会超过八个小时。

差不多了。我往后退了两步。

周队叫手下把尸体抬走，送到星河殡仪馆的法医鉴定中心去。

我觉得奇怪，他身上怎么是湿的？

防空洞里有积水。周队说。

既然有水，那个流浪汉怎么会睡在里面？我更疑惑了。

周队解释说，洞里面本来没有水，但里面的消防栓不知被谁打开了——应该是凶手，现在地上已经有半尺深的积水。那个流浪汉住在一个支洞里面，半夜地铺被水淹了。他起来查看，在一个消防栓附近发现了白宇的尸体，他用白宇身上的手机报了警。

放水可以破坏现场，作案地点是凶手精心挑选的。

是啊，防空洞里的好几个消防栓都被打开了，却没有从上面提取到任何指纹。

案发时，那个流浪汉没有听到动静吗？我看了一眼黑黝黝的洞口，隐藏在树丛中，很像一条绿色森蚺的血盆大嘴。

洞里面很大，流浪汉睡觉的地方离白宇被害地点至少有一公里，他啥子都没听到。周队打了个哈欠，眼睛里都是血丝，显然一宿没睡。

案发现场被水淹过，我觉得进去查看的意义已经不大了。我环顾四周，这里地处荒郊野外，一栋房子都看不到。

周队明白我的心思，他说，周边没有监控，凶手一定很熟悉这里的地形。

我突然注意到洞口附近散落着一些红薯和玉米棒子，上面有野兽啃咬的痕迹，地面也有动物留下的大量脚印。我只认出了野猪的，还有几种动物的脚印没见过。

歌乐山上经常有野生动物出没，凶手故意把红薯和玉米棒子扔在这里吸引野兽，避免被警方发现鞋印。

周队往地上啐了一口，龟儿子反侦查能力不弱，暂时没有发现有价值的线索。

我扔给周队一支"天之骄子"，他看了看烟标，有点讶异。我知道他在想什么，我给自己也点了一支，说道，白宇给我的。

你跟白宇交情不浅啊。

周队在一棵被白蚁蛀倒的树干上坐下来，并示意我坐在他身边。

我把白宇前几天来找我的经过叙述了一遍，然后问：

第三章 荣誉之死

你们是怎么锁定他为犯罪嫌疑人的?

周队说,把法医鉴定中心设置在星河殡仪馆之前,他了解过白宇的背景,并无任何违法犯罪记录。当周队从罗拉拉那里听到我对劫匪特征的描述时,他觉得跟白宇太像了。而且,从案发时鹤松银行的监控来看,白宇的身高也跟那个穿迷彩服的劫匪的身高一致。深入调查后,他发现白宇符合我说的所有特征。

在工作中,周队跟白宇打过很多次交道。在白宇办公室的书柜里,他见到很多道学和医学方面的书籍,白宇说是祖上留下来的老古董。其中有一本线装书叫《鬼门十三针》,因为书名有点瘆人,他对这本书印象深刻。

就在周队秘密调查白宇之际,他接到出警指令,在歌乐山南麓的防空洞里发现了一具尸体,赶到现场后,发现居然是白宇。他马上知道坏事了,白宇很可能是被同伙灭口的。

周队还说,在十八梯的防空洞里,除了银器和那只打火机,并没有其他收获。里面过于潮湿,地面还有各种小动物跑来跑去的痕迹,现场早就被破坏了。不过,在打火机上提取到了三枚指纹。当时在数据库中没有比对出结果,把白宇锁定为嫌疑人后,通过技术手段,秘密提取了白宇的指纹,这才比对成功。

关于鹤松银行大劫案,现在还没有任何证据显示白宇参与,对他的怀疑都基于推理。齐唐被害案也同样如此,那只打火机并不能证明白宇就是杀害齐唐的凶手。如果白宇还活着,他可以狡辩说,打火机是别人扔在那里陷害他的。也可以说,他曾经去过十八梯的防空洞,打火机是自己不慎遗落的。

从某种意义上来说,白宇被害提供了一个契机,到他家搜查的契机。

案发现场的勘查基本结束,周队要罗拉拉回局里开具搜查证,然后和几名刑警到白宇位于鹅岭公园旁边的豪宅搜查。他自己则驱车前往法医鉴定中心,正好我也想到星河殡仪馆找沈丽聊聊。

在路上,从周队那里,我了解到了关于白宇的更多情况。

十年前的那个秋天,也就是在鹤松银行大劫案发生后不久,白宇从打工的那家殡葬用品店辞职,开了现在的这家星河殡葬服务公司,注册资金是十万元。当时,白宇声称是找亲戚朋友借钱开的公司。他脑瓜子活,又能说会道,很快就在竞争激烈的殡葬行业中杀开一条血路。有了钱之后,他到处做慈善——捐建希望小学和养老院，关爱留守儿童，资助贫困学子，还多次为灾民捐款捐物。特别是他倡导的绿色殡葬理念获得社会各界一致好评。

白宇唯一受到外界诟病的是作风问题。十年间，他离了三次婚，每次离婚都是因为小三上位，据说每任女秘书都是他的情人。也许是长期沉湎于女色消耗了他的身体，他有弱精症，一直没有孩子。

两年前，他父亲因为肺癌去世，从此他更加无所顾忌，女友走马灯似的换。

白宇确实爱好过诗歌，在他办公室的书柜里有不少诗集——海子的、顾城的，还有日本和欧美一些诗人的作品。少年时代，白宇就在省级报刊发表过诗歌。上课的时候，他经常望着窗外的嘉陵江出神，就像一个诗人。他还给心仪的女生写过很多情诗，但并没有打动女生的芳心。因为他数理化和英语成绩都很糟糕，考大学无望，所以高中没上完就辍学了，诗人梦也随之破灭。

他的第一任妻子是一位真正的女诗人，后来他又爱上了一个川剧花旦，再后来，又娶了一位舞蹈演员。但他的花花肠子依然没改，一年前又离婚了。

白宇的三任妻子都是文艺工作者，很显然，他骨子里还是有一颗文艺心。他不像别的诗人那样清高自恋，他很清醒，也很现实，知道诗歌只是虚无缥缈的空中楼阁，既住不进去，也收不了门票。他把诗人的智慧用来经商，大获成功。物质的丰富可能造成了他精神的塌陷，所以他不断用情欲来填补这种空洞。就跟吸毒一样，纵欲也会上瘾。肉体的快感能麻醉心灵，把生活的重负转化为美丽的幻象。他在发泄欲望的同时，很有可能也是在给迷路的灵魂寻找出口。

白宇创立殡葬服务公司固然跟他之前的打工经历有关，或许，也跟他爱好诗歌有关。"死亡的诗意"是个古老而永恒的美学命题，诗人都是美学家，喜欢从衰草枯杨和落日残阳中寻找诗意。那些不可逆转的时光，那些不堪回首的往事，还有幻灭的理想和爱情，都暗含着死亡的诗意，都是诗人热衷表达的内容。殡葬行业充满死亡气息，人们以各种方式告别世界。这种告别方式具有深刻的诗意哲学——或感人、或残忍、或高尚、或卑劣。

每天面对死亡，白宇一定有很多人生感悟。他可能觉得把逝者送进焚化炉，只是在终结肉体，迎来的是一个新的生命，是灵魂的轮回。他是另外一种意义上的诗人，他的绿色殡葬理念就是一种很先锋的表现形式——不立墓碑，不筑坟头，把逝者的骨灰埋在树下，只在树上挂一块写有逝者生平事迹的铭牌。既环保，造福后代子孙，又具有美感，让生者长相忆。

《鬼门十三针》也暗含着"死亡的诗意"，"鬼门"和"十三"都代表死亡，针灸却代表新生。所以他把"鬼门吹针"当作自己电台的代号，希望在毁灭中实现灵魂的涅槃。

到了星河殡仪馆，周队进了法医鉴定中心的那栋小楼。其实，他也是个跟死亡打交道的人。我找到沈丽——她正在会客室接受警察的询问。她胸前戴着一朵小白花，远远看去，像是一座高耸的雪峰。她眼圈还是红的，显然刚哭过，她要我在白总的办公室稍等一会儿。

白总的办公室在四楼，有一百多平方米，里面装修得很豪华，墙上挂着白总和许多名人的合影。如果那些名人看见自己的照片每天挂在殡仪馆里，不知做何感想。

书柜占了整整一面墙，很是显眼。我看了一下，果然有周队说的那些书。

我拿起那本线装的《鬼门十三针》，已经是残卷了，还有虫蛀的痕迹。纸是宣纸，字是小楷，不逊于现代的任何书法大师。书籍编撰于乾隆年间，且不论医学价值，当古籍也能卖不少钱了。

让我有些惶然的是，书里有很多画，画的不是人，而是各种凶恶的小鬼，全都一丝不挂。男的青面獠牙狰狞无比，女的披头散发眼神怨毒。小鬼浑身密密麻麻都是穴位，其中十三个穴位名称都以"鬼"字开头。

这真是一本鬼气森森的书！

也许中医是用厉鬼来比喻疾病吧，人之所以生病，就是因为阴阳失调，邪祟入侵。特别是癫痫患者，胡言乱语神志不清，更像被鬼附身，是中邪了。针刺那十三个穴位就能把鬼从患者的身体内驱赶出来。

我又在书柜里找到了许多诗集，白宇似乎偏爱犹太诗人保罗·策兰，有好几本他的诗集，比如《骨灰罐里倒出来的沙》《罂粟与回忆》和《无人的玫瑰》等。从诗集名字就可以知道，都是充满死亡意象的诗。保罗·策兰的父母死于纳粹集中营，他亲眼看见了纳粹的大屠杀，时代的动荡和悲剧影响了他整整一生。

他的名字在拉丁文里的意思是"隐藏或保密了什么"。

他对死亡的想象力极为丰富，字里行间充斥着生命的破碎、绝望、孤独、撕裂、神秘和无尽的黑暗。他的每一行诗句都滴着鲜血，因此被称为"血滴诗人"。

当时西方学界流行一句名言——奥斯维辛之后写诗是野蛮的，也是不可能的。

保罗·策兰却以诗歌《死亡赋格》打破了这一魔咒，震动了世界文坛，成为"废墟文学"的代表作。他就像是远古时期的先知，语言来自一个地狱般的王国。他又像是冰川之上的舞者，有种雪崩似的沉重和极寒，压得人透不过气来。

后来，保罗·策兰患上了精神分裂症，在巴黎跳进了美丽的塞纳河中。在他的书桌上有本打开的荷尔德林的传记，他在其中一段文字上画了一条线——有时天才走向黑暗，沉入他心的苦井中。

我正在翻阅诗集时，沈秘书走了进来。刚坐下她就痛哭失声，我没有劝慰，坐在白总坐过的老板椅上，静静地观察着她。我甚至从桌上拿起白总没抽完的半支古巴雪茄，吞云吐雾起来。她的悲伤不像是装出来的，白总的灵魂若是还有感应，也许会有一丝欣慰，不是每个人死后都会有人痛哭的。死亡分为三种形态——"生理性的死亡"，也就是失去一切生命体征；"社会性的死亡"，即开完追悼会后火化或下葬；"完全死亡"，被人彻底忘记，仿佛从来不存在过。这是绝大多数人必然要走的过程，不管自己愿意不愿意。只有极少数人不会"完全死亡"，他们会由于某种特殊原因留在历史上，留在人们口口相传的故事中。

我想，白宇可能就属于这极少数人，鹤松银行大劫案成了一个经典的悬案，甚至上了刑侦学的教科书，白宇的名字也会因为这个案子经常被人提起。这种形式的"复活"，对白宇来说不知道是幸运，还是耻辱。

我点燃第二支雪茄的时候，沈秘书的情绪终于稳定下来。

对不起。她擦干泪水说，让您久等了。

沈秘书告诉我，昨天下午五点钟左右，白总开车离开了公司，没说去哪里，应该是回家了，如果是有应酬，他一般会叫上她。白总下班时没有任何异常，之后也没再跟她联系。她在金刚碑租房住，今天早晨接到警方电话，告诉她白总被害了。她说白总平时乐善好施，没有跟谁结过仇，公司也没有任何经济纠纷。她想不通白总为什么会被人害死，而且是死在那么隐蔽的一个地方。不过她又说，白总最近跟当空姐的女朋友分手了，那个空姐带着一瓶汽油到公司来闹过，要白总赔她两百万青春损失费，不然就跟白总同归于尽。白总没有妥协，叫保安把空姐轰走了，空姐也没敢真的往自己身上泼汽油。她说，有可能是空姐为了泄愤，雇凶杀害了白总。另外，她也觉得白总的三个前妻有嫌疑，离婚时，她们都嫌白总给的钱太少。

坐在从落地玻璃窗透进来的阳光中，沈秘书愤愤不平地说，她们太贪婪了，简直厚颜无耻，当初跟白总结婚，她们爱的就不是白总的人，而是钱！白总离婚，根本不是外界说的那样见异思迁，而是三个妻子都婚后出轨。一日夫妻百日恩，白总这个人重情重义，就没有把她们的丑事公之于众，宁愿外界误解他三心二意。

她的话并没有让我感觉意外，死亡是最接近真相的一种方式，甚至，真相和死亡往往是共生关系。

沈秘书起身给我倒了杯茶，说道，除了公司正常开支需要的款项外，白总的个人户头上其实没多少钱。他的钱大部分都用来做慈善了，就在昨天上午，他还给鹤松镇的福利院捐了五十万。

"鹤松镇"这三个字像银针刺了我一下，我杯中的茶水差点溢了出来。

她补充道，这几年，白总已经捐给鹤松镇几百万了。

我压抑着内心的波澜，不动声色地问她，白总为啥子对鹤松镇情有独钟？

我也问过白总这个问题，他说很喜欢鹤松的民居、民俗和山山水水，还说自己失恋的伤痛就是在那里治愈的，做人要懂得感恩，才会有福报。我也不晓得他是不是在开玩笑，白总这个人平时挺幽默的，说话特别风趣。对了，我也是鹤松人，我念高中和上大学的费用，都是白总资助的。

沈秘书的打扮很时尚，完全看不出她出生在一个贫困家庭。

她说，我姐出事后，我们家就垮了，要不是白总资助，我早就辍学了，现在可能是流水线上一个最底层的打工妹。

你姐出啥子事了？我慢悠悠地喝着茶。

被抢银行的坏人打死了。她的视网膜像是脱落了，眼里闪烁着血色。

我被一口茶呛住了，剧烈地咳嗽起来。

沈秘书以为我不信，开始讲述那段往事——十年前，她十三岁，还在鹤松镇上初中。她还有个姐姐叫沈洁，是纺织厂的出纳。在姐姐和姐夫准备去稻城度蜜月的头一天，三个劫匪抢劫了镇上的银行。当时她姐姐正在银行取全厂职工的工资款，为了保护公款，被劫匪枪杀。她的父母都是农民，姐姐是家里的顶梁柱。姐姐被杀后，父母相继病倒。姐夫虽然很爱姐姐，没有再娶，但他只是个收入微薄的镇文化站站长，也还有父母兄弟姐妹要接济，所以没有能力照顾她家。而且，姐夫特别喜欢收藏古钱币，有点余钱都花在收藏上面。她既要照顾父母，又要上学，根本吃不消。勉强读到高二后，她实在坚持不下去了，准备辍学去深圳打工。就在这时，白总主动找到她，表示愿意资助她上学，还一次性给了她父母五万块钱当医药费。那一次，白总资助了二十多个贫困学子，后来有十个考上了大学，她就是其中一个，而且她考上的是上海的一所名牌大学。

她在大学的整个开销，也都是白总承担，包括寒暑假的往返路费。白总甚至还买了一台两万多块钱的苹果电脑送给她，说是对她考上大学的奖励。大二上学期，白总又给她买了一部苹果手机，还是最新款式的。不知道内情的同学，还以为她傍了大款。大学毕业后，她本来有留在上海工作的机会，但为了报恩，她义无反顾地来到山城，加盟了白总的公司。白总很器重她，入职公司不到三个月，她就被提升为秘书，而且薪水是前几任秘书的两倍。

在她眼里，白总几乎就是完美男人的化身——精明能干、有社会责任感、有慈悲心。她觉得白总虽然在生活作风方面有瑕疵，是因为没有遇到好女人，是那些贪财的女人让白总对爱情失去了信心。

正因为她把白总当成了偶像，所以她至今都没有找男朋友。她相过几次亲，每次她都会不由自主地拿对方跟白总比较，结果是弱爆了，她完全看不上。

她一直暗恋白总，但从来不敢表白。她怕别人说她是觊觎白总的钱财，她尤其不想让白总有这种看法。她只能在白总面前充分展示自己的魅力——工作上的和生活上的，她等着白总主动追求她。白总有心脏病，她就拼命练酒，想在应酬的时候代他多喝一点。她一次次把自己喝吐了，心里却很舒坦，她觉得自己是在帮白总吐出那些乱七八糟的东西。

但白总对她的各种表现无动于衷，这让她有强烈的挫败感。

我突然有点怀疑沈秘书叙述的真实性，问道，白总才三十郎当，怎么会有心脏病？

沈秘书掏出一支薄荷烟，深吸了一口，白总经常梦见一个浑身血淋淋的女人掐他的脖子，久而久之，就神经衰弱了，后来引发了心脏病，还休克过好几次。医生说，做噩梦可能跟他的职业有关——殡仪馆经常会送来一些血肉模糊的尸体，由于各种意外事故造成的。白总这个人又有点迷信，所以容易受到不好的心理暗示。

我看到书架上摆放着一面八卦镜，还有一把古钱币串成的斩妖剑，它们像是从沉睡千年的地宫挖掘出来的，闪烁着幽冷诡异的光。

可能因为我是个所谓的作家，又认识白总，沈秘书把我当成了可以倾吐秘密的告解室，她就差手拿一个十字架和一本羊皮封面的《圣经》了。

她继续说，有一次白总应酬时喝醉了。她在香格里拉酒店开了间房，泡了个澡，躺在他身边。因为过于激动，她浑身颤抖。他被惊醒了，睁眼看到她，一度以为是酒后做的春梦，还使劲揉了揉眼睛，但他发现不是。窗户没有关严，外面是流光溢彩的山城，尽管房间是在二十多楼，还能闻到麻辣烫的气味。

真实得不能再真实了！

他又以为是自己酒后冲动，做了蠢事。他忙不迭地说对不起，正要翻身下床，却被她抱住了。这时，他才闻到她身上有股玫瑰花香，但他的身体就像被刺扎了一样。她一脸迷醉地看着他，就像一个圣徒在看自己的神。

她呢喃着，是我自愿的，今夜你就是我的王。

不，不行，我不能伤害你！

他根本不像王，反而紧张得像个见了大王的草民。

放心，我不会对你提任何条件。她说。

我不能做不负责任的事。

我不要你负责，我只想把第一次给你。

他感受到了一种沉重的恐惧。

她闭上了眼，等待着，他却跳下了床……冲进了淋浴间。那时候正是春天，乍暖还寒，他没有开热水，而是用冷水不断浇灌着自己滚烫的身体。

直到全身冰冷如生铁，他才裹上浴巾走出来。他突然发现，床上空空如也，她不见了！但他很清楚，刚才发生的一切并非幻觉，因为那股淡淡的玫瑰花香还在房间里萦绕。

他的这些私密感受，是她后来在他的手机里发现的。

他忙于应酬时，经常会让她代接电话。他手机文档里有个记事本，记载的大都是工作上的事，偶尔也会写下一些心灵独白，他的内心世界远比他看上去的更丰富。他在记事本里写道，在四十岁之后，要放下一切生意，远离城市，开着一辆吉普，带着心爱的女人满世界流浪，做一个行吟诗人。

他的梦想再也不能实现了。

说到这里，沈秘书泣不成声。

我在沈秘书的讲述中感受到了她对白宇深入骨髓的爱。

我没有告诉她，白宇就是鹤松银行大劫案的犯罪嫌疑人，噩梦中那个掐他脖子的浑身是血的女人，很可能就是她姐——被他亲手枪杀的。十年来，白宇之所以如此关心她，之所以不愿意接受她身体的献祭，是因为他想赎罪。

还是让她继续沉浸在迷梦中吧，失去爱人虽然是痛苦的，但也会带来一种"死亡的诗意美学"。她享受这种美学的时间已经不多了，一旦鹤松银行大劫案被侦破，她的迷梦就会破碎一地，每一块尖锐的裂片都足以将她的灵魂扎出血来。

透过落地窗，我看见一辆警车疾驰而至，停在了那栋绿色的楼房前面。罗拉拉从车上下来，走进了法医鉴定中心。

我起身告辞，临走时，我对沈秘书说，我想带走那本《骨灰罐里倒出来的沙》作纪念，问她是否合适？她点点头，把诗集交给了我，说谢谢我的倾听，她现在好多了。

但我的心情却更沉重了。

第三章　荣誉之死

离开办公楼，我怀揣着那本诗集走在阳光中。就像刚刚看完一场电影，以爱情为主题的电影，过了好一会儿，我才从观众的角色中抽离出来。追悼大厅那边传来声声哀乐和号哭，烟囱里吐出的青烟在半空中盘旋不散，如同一朵朵造型古怪的病毒毒株。白宇每天都把许多人摆渡到另外一个世界，现在，他自己也成了被摆渡的对象。尽管白宇坐拥亿万身家，但我想这十年他应该过得并不快乐，他经常被噩梦缠绕，他每天都把自己钉在十字架上，他的灵魂在鞭笞中四分五裂，他的痛苦一定有如烈火焚心。他得到的那些，最终也失去了，他其实是一个彻头彻尾的失败者。倘若说人间如戏，那死神就是一个黑色幽默大师，我们都是被他肆意捉弄的玩偶。

我走到那栋绿色的楼房前时，罗拉拉刚好从里面出来。

从清晨一直忙碌到现在，她鼻翼上沁出许多细密的汗珠，浑身往外蒸腾出一股热气，如同一株被太阳炙烤的美人蕉。

忙完了吗？我问。

罗拉拉示意我上车再说，我拉开警车车门，坐在副驾上。

她发动了车子，阳光照在她身上，像是披上了一套黄金锻造的盔甲。驶出殡仪馆后，她说刚跟周队报告了在白宇家的搜查结果，现在要把法医出具的鉴定报告送回局里，可以顺便把我捎回十八梯。

法医那边怎么说的？我问。

死亡时间是凌晨一点左右，确实是勒死的，身上没有其他致命伤。

我看着从车窗外掠过的一棵桫椤——这是侏罗纪时期的"活化石"。

我问她，案发现场找到凶器了吗？

没有，应该是被凶手带走了。罗拉拉把车载收音机调到音乐频道，然后说，白宇身材高大，如果凶手是一个人，想勒死他很不容易，必然会发生打斗，但现场没有打斗的痕迹，他身上也没有相应的外伤，很让人费解。如果凶手有两个人，他被其中一个人控制住了，身上也应该有挣扎伤才对，但也没有找到。

我想了想，说道，应该是先失去反抗能力，然后被勒死。

她立即否定了，不可能！想要让白宇在被杀前失去反抗能力，只有三种情况，暴力击打、致其昏迷，还有下毒和麻醉。但法医鉴定过了，他身上没有击打伤，血液和胃肠容物中也没有检验出毒物、麻醉物与镇静类药物的成分。

不，还有一种情况。我说。

啥子情况？她瞟了我一眼。

我听着收音机里的民乐，说道，白宇有心脏病，他可能在防空洞里遭到了强烈惊吓，休克过去了，凶手趁机勒死了他。当然，这种惊吓是凶手故意制造的，凶手应该很了解白宇害怕啥子。

罗拉拉很惊讶，你怎么晓得白宇有心脏病？

我把之前沈秘书跟我说的话告诉了罗拉拉，但我隐瞒了沈秘书对白宇的感情，而且着重删掉了她诱惑白宇的内容。那颗萌动的少女之心，还有那个春夜发生的故事跟案子无关，只跟爱情有关，我不想贩卖别人的隐私。

罗拉拉说，现在几乎可以肯定枪杀沈洁的就是白宇。在搜查白宇家时，不仅发现了一部北斗无线电厂生产的电台和天线，还在天花板里找到了一支单管猎枪和十几发霰弹，已经拿去做鉴定了。

在鹤松银行大劫案中，出纳员沈洁就是被凶手用单管猎枪打死的。

如果枪上提取到白宇的指纹，弹道检测又能证明这支枪就是杀害沈洁的枪支，那白宇涉案的证据就越来越多了。而这，几乎没有悬念。

但我知道，这种证据依然不能给白宇定罪，因为枪支有可能是他从别人手中买到的。

罗拉拉又说，查询白宇十年前的银行账户时，并没有发现资金异常——也就是说，没有一笔神秘的巨款突然汇入他的账户。我说这很好解释，为了掩人耳目，他没有把赃款存入银行，而是藏在了一个安全的地方。

我不想耽误罗拉拉的正事，没有让她把我送回十八梯，在沙坪坝地铁站，我执意下了车。其实我喜欢坐地铁，在风驰电掣中，每个人的五官是变形的，情绪是变形的，梦是变形的，甚至时间和空间都跟易拉罐一样被压扁了，也是变形的，这带来了一种新奇的体验——荒诞而魔幻。

在这个扭曲的时空里，我一直在思考，为什么恰好在警方调查白宇的同时，凶手将白宇杀害？仅仅是巧合，还是警方的行动走漏了风声？

但直到在较场口下车，我也没有找到标准答案。

回到十八梯，我刚进院子，就发现小溪已经来了——安妮蹲在那张白色长椅上，毛发湿漉漉的，正在晒太阳，它应该刚洗过澡。进入阁楼，我果然闻到了小溪的体香，尽管香味被空气稀释得很淡很淡，也许只有分子，但我还是嗅出来了。

一上楼，我就看见小溪在收拾客卧的床单被套。

从背后看，她的身体像一张拉满弦的弓。

我立刻产生了耳鸣，似乎里面钻进去了一只蝉。

我不知道怎么跟她解释。特别是，我刚刚注意到，床单皱得像腌菜，显然罗拉拉凌晨一直在床上翻来覆去没睡好。但看上去，就像是两个人滚床单造成的。

那张弓转眼变成了一株灿烂的向日葵，小溪回头朝我笑笑，回来了。

昨晚我跟罗警官谈事情，谈到凌晨，她回不了公寓了，就在这里借宿了一夜。

我感觉自己说话结结巴巴的。

没关系的，您留宿谁是您的自由。她边开窗边说，您不用跟我解释。

一大早出了命案，罗警官去了现场，来不及收拾屋子。对了，我也去了。

小溪"哦"了一声，没有任何表情。

你晓得是谁被杀了吗？

我急于把话题从留宿异性上转移开来。

不知道为什么，我很担心小溪误会我和罗拉拉的关系。

这个城市每天都有很多人死去，也有很多人出生。她把床单被套揉成一团，准备放进楼下的洗衣机里。她说，我关心这个干啥子？

我跟着小溪下楼，说道，死的就是那只金属打火机的主人。

她在楼道拐角处停下脚步，回头看着我，满脸诧异。

拐角处很窄，她离我很近，我感觉她就要碰到我胸口了。

我说，他就是"鬼门吹针"，我刚破译出电码，他就被灭口了。

他到底是谁？

一个你永远都想不到的人，我也没想到是他。不过现在想起来，他确实很可疑。我靠在楼梯扶手上，绕了一大圈才说，是白宇——星河殡葬服务公司的老总。

她的目光变得狐疑，上下打量着我，似乎在揣度我是不是在开玩笑。

千真万确，我在案发现场看见了他的尸体，被人勒死的。

说完，我从小溪的手中拿过床单被套，下楼扔进了洗衣机里。

当滚筒轰轰隆隆地转起来时，我转身上楼，在主卧里看见了小溪——她站在齐唐被害的地方，精神恍惚，跟魔怔了似的。我不知道她在想什么，但肯定跟齐唐有关。我站在门口，不知道该进还是该退。我担心她情绪过于激动，又害怕打扰她对齐唐的想念。

她环顾房间，仿佛在寻找齐唐留下的痕迹。她身体开始微微发抖，就像一棵风中凌乱的梨树。我和她似乎有一种神秘的量子纠缠，我的心也随之战栗起来。我不喜欢这种纠缠，转身想要离开，却被她叫住了：

你能抱我一下吗？

我感觉自己产生了脑雾，意识出现了短暂性的空白。

她又问了一句，声音很轻柔，能抱抱我吗？

我犹豫着，仿佛前面是一片海，跳进去需要奋不顾身的勇气。

她说，就像在防空洞里抱我一样。

这句话就像强力胶，把我和她的身体迅速粘到了一起。

那棵梨树像是找到了支撑，再也不摇晃了。

然而齐唐的痕迹无处不在，他的目光也无处不在，这些都好像是冷却剂，让我和小溪的情感无法升温。

我把今天在案发现场以及殡仪馆了解到的情况，都告诉了小溪。她说，昨晚做完面膜后就睡觉了，但怎么也睡不着——齐唐被害的当晚，她也是这样，有种莫名其妙的心慌。现在，她明白了，齐唐就住在她的身体里面，是他感知到了凶手的下场，他把兴奋传染给了她。她很开心，齐唐并没有离开她，一直都没有。

把那个晚上发生的一切都忘掉吧，你应该重新开始自己的生活。我在她的耳边说。

不，忘记过去就等于背叛。她伏在我肩上，轻摇着头，我做不到，永远都做不到。

生活需要继续，你还恁个年轻。

齐唐走了，我留在这个世界上，就不是生活，只是生存。

你执念太深了。我叹了口气。

每个人都会有执念，有的人是对物质，有的人是对感情，有的人是对事业，她说，你是对写作。

她只说对了一半，我确实是个有执念的人，但不是对写作，而是对解密，不过我没有纠正她。

我这辈子做得最正确的三件事，你晓得是啥子吗？她幽幽地问我。

遇见齐唐，还有，炒房。

我努力让自己的语调变得轻松，但第三件事我怎么也想不出来。

遇见你。她呼出的气钻到了我的脖子里，像一条小蛇。她说，是你帮助警方找出了杀害齐唐的凶手。

可惜他死了，线索又断了。我说。

齐唐在天有灵，我相信他还会给您提供线索的。齐唐还在这栋楼里，不骗你，我闻到他的气息了。你别害怕，他晓得你在帮他，不会害你的，他会保佑你。

我相信，有时候我也能感觉到他的存在。

真的吗？啥子时候？

很多时候，比如，我拉小提琴，看他看过的书，睡他睡过的床。

她更紧地抱住了我。我知道，她现在把我当成了精神慰藉，就像一个在海上漂泊的船员，淡水蒸发掉了，快渴死了，而我就是一滴海水，能给她止渴的幻觉。

谢谢你为齐唐做的一切。她抬起头，也谢谢你借给我一个肩膀。

如果你需要，可以随时找我借。我笑道，我不会要利息的。

她松开抱住我的双手，心情明显好了很多，她说，我们应该庆祝一下。

庆祝啥子？我问。

她扬眉一笑，庆祝你为民除害呀。

中午我们在"胖哥饭店"点了一桌菜，还要了几瓶啤酒。胖嫂一直用奇特的眼神盯着我，像在看一个怪异的麦田怪圈。胖哥问小溪是不是有啥子喜事。小溪说，没有，就是想请作家吃顿好的，她还硬拉着胖哥喝了一杯酒。来之前我就叮嘱过小溪，尽管白宇确实参与了杀人抢劫，但在法律层面上，还没有足够的证据给他定罪，所以不要把这件事说出去。她虽心有不甘，但还是答应暂时守口如瓶。

吃完饭，回到阁楼，小溪关上房门笑个不停。

我一脸纳闷，问她笑什么？

她说去买单时，胖嫂悄悄把罗拉拉昨晚留宿阁楼的事告诉了她。

胖嫂还提醒她，作家都风流成性，千万不要被我骗财骗色了。

我也想笑，却笑不出来。我还有点小小的失落——小溪竟然对我留宿罗拉拉如此不介意。好像，我只是打开了客卧的窗户，让一阵风刮进来了。小溪甚至怂恿我，罗警官刚从学校出来，应该还没有人追。她老来找你，可能对你有点意思。你不是喜欢解密吗，在这个世界上，女人就是一个最大的谜，你应该大胆地探索，去解开它，手慢了当心后悔莫及。

我从来没有想过要跟罗拉拉产生情感的交集，我对她不反感，但也没有特别的感觉。她太年轻了，于我而言还是个小萝莉，我和她之间或许还存在代沟。我也没觉得她对我有意思，我没那么自恋，她来找我都是为了案子。我们没有任何的肢体接触，就算接触，可能也不会有电流产生，更不会迸射出火花。

不过，小溪有一句话说得很对——女人是这个世界最大的谜。

亚当就是为了探索夏娃的身体之谜，才播下了人类繁衍生息的种子。还有油画《蒙娜丽莎的微笑》，到现在都是困扰美术界、文学界和史学界的谜团。认识小溪，也是一个谜。我总觉得，我和她之间还有一些电码需要破译。

我说不清这些电码意味着什么，至少目前还毫无头绪。但我有种预感，恐怕比鹤松银行大劫案中的密码更复杂。但我并不着急马上破译，解密跟拆弹一样，不能操之过急，必须步步推进，否则就可能把活结打成了死结，前功尽弃。

把洗好的床单被套晾晒到楼顶后，小溪就走了。她说我起得太早，下午应该好好休息一下，她也准备回去补个觉。我本来想问她什么时候再见面，但嗫嚅着没有说出来。她离开后,我躺在那张雕花大床上,翻开从白宇办公室里带回来的诗集《骨灰罐里倒出来的沙》,我看到了保罗·策兰的成名作《死亡赋格》。似睡非睡之间,我听到一个声音在吟诵:

> 清晨的黑牛奶我们在傍晚喝
> 我们中午早上喝夜里喝
> 我们在空中掘墓睡着挺宽敞
> 那房子里的人在玩蛇在写信
> 暮色降临时他写信回德国,你金发的玛格丽特
> 他走出屋子星光闪烁,他吹口哨召唤回猎犬
> 他吹口哨召唤犹太人掘墓
> 他命令我们奏响舞曲
> 青春的黑牛奶我们夜里喝
> 我们早上中午喝我们傍晚喝
> ……

在下午金色的阳光中,朗诵声越来越大,像鸽子一样飞出了阁楼,飞出了十八梯,飞到了下半城,又飞到了上半城。

整个山城都是他的声音,行吟诗人白宇的声音。

似乎他在用这种方式跟黑暗和解。

第四章 生者对死者的访问

我醒来时已是暮色渐浓，风吹来潮湿的鸟声、江面的汽笛声，还有火车的呼啸声，以及川剧的唱腔——唱的是青衣。我随便找了个小店子吃了串串香。大快朵颐的时候，我明显地感觉到背后有人指指点点。毫无疑问，关于我的桃色新闻已经传遍了十八梯。贴在我身上的标签不再是"推理小说家"，而是"风流文人"。幸好除了小溪之外，这里还没有人知道我是讣闻师，不然，他们会把我当成从防空洞里跑出来的绿毛鬼，人人谈之色变。尽管感觉有些尴尬，但我并不太介意别人的看法——在灵魂被摆渡到另外一个世界之前，这些都会像水分一样被死亡蒸发殆尽，永远不会出现在讣闻里。

晚上我在唱川剧的那家茶馆里坐了一会儿，要了两罐啤酒和一碟兰花豆，慢慢地吃喝。尽管我坐在角落里，但还是被人发现了，我看见有人在窃窃私语。我被各种内容的目光包围住了，好像我才是台上那个油头粉面的小生。山城人说话都像唱川剧，这座城市也因此具备了戏曲的气质，给人一种很梦幻的感觉。其实，梦比现实世界的快感来得更汹涌，至少对我来说是如此——梦境中自己无所不能，梦醒后却总是无能为力。我经常记得梦里的细节，却老是忘掉了现实中刚刚发生的一些事情。所以，有时现实并不比梦境更真实。

第二罐啤酒喝到一半的时候，我收到了罗拉拉的信息，她告诉我鉴定结果出来了——弹道检验表明，在鹤松银行射杀出纳沈洁的子弹，就是从白宇家搜查到的那把单管猎枪发射的。而且，猎枪和霰弹上都提取到了白宇的指纹。

罗拉拉还说，查到了白宇在西南医院看心脏病的就诊记录。

我波澜不惊，这些结果都在我的意料当中。

下午睡的时间太长，回阁楼后虽然已经夜深，我精神依然很好。十八梯跟我一样，经过漫长的调情后，刚刚进入一天的高潮。此刻，置身其中的每个人都是风骚的，脸上都带着迷醉的表情，都肆无忌惮地发出呐喊。连老街上的宠物都活跃起来，到处乱窜。只有安妮是个例外，似乎有点性冷淡，它趴在屋顶上沉默不语，如同一本深藏不堪往事的日记本。

我坐在书房里，凝视着那部电台，它像一个太阳系外的小绿人，携带着宇宙起源的奥秘。"鬼门吹针"被灭口，通过他来找到"二少爷的枪"已经不可能了，我再次审视那三张A4纸——上面是我破译的劫匪的加密聊天内容。

从代号来看，这个劫匪很可能在家中排行老二，上面还有一个哥哥。

十年前的九月十日晚上，白宇曾提出，次日上午和"二少爷的枪"见面详谈，但后者说，他家炒菜的锅坏了，第二天要去买锅。白宇要他早点去买，他说不行。他母亲担心他买的锅不好，要跟他一块去。但他母亲要开店，上午十点半关门后才有空。而且母亲买东西很讲究，没有两个小时回不来。

院子里的君子兰好像开了，我坐在从窗外飘进来的幽香中思考——现在超市遍地开花，几百米就有一家。像炒菜锅这种日用品，超市几乎都有，劫匪的母亲一来一去居然要花费两个小时。而且，买口炒菜锅，还非得母子俩一块去，这说明什么？难道是劫匪的母亲腿脚不便，需要儿子搀扶？

还有，什么样的店子上午十点半后就会关门？

我想来想去，可能只有早餐店了。

鹤松银行大劫案是九月十七日发生的，跟白宇聊天时，"二少爷的枪"说他必须在十八日回来，十九日他要陪母亲去寺庙烧香。这透露出一个信息，除了"二少爷的枪"本人，家里似乎没有其他人可以陪母亲外出，这说明他父亲可能出差了，或者在外地工作，也有可能父亲已去世或者跟母亲离了婚。

他很可能没有姐姐妹妹，只有一个哥哥，但哥哥也经常不在家。

如果是祈福或还愿，一般会选择在菩萨的生日，或者初一、十五。我查了佛历，十年前的九月十九日并不是个特殊的日子，劫匪的母亲为什么非要选择那天去寺庙烧香？难道是某位亲人的忌日？

如果是，这位亲人最有可能是他父亲。

会使用电台，母亲开早餐店，他在家中排行老二，有个哥哥在外地工作或上学，可能丧父，忌日在九月十九日那天，他时间比较自由，可能无业，也可能是自由职业。对了,他母亲腿脚不便,很可能是残疾人——这是我从聊天记录中解析出来的关于"二少爷的枪"的所有信息。

至于他住在哪里,从事什么职业,我统统不知道。仅凭这些零散的线索,根本无法锁定犯罪嫌疑人。

我戴上耳机,打开电台,在齐唐使用过的波段和频率上听了一会儿,有很多无线电发烧友在摆龙门阵,用的是明码。甚至还有人在讨论齐唐被害的案子,说要在电波里给他开个追思会。看来齐唐平时在这个圈子里比较活跃,人缘不错。

无线电领域是一个缺乏有效监管的灰色地带,有很多发烧友没有正式的呼号,被称为"香肠"。我用齐唐的呼号跟大家打招呼,很快就被围观。但大家都知道,我并非齐唐——每个人发报的手法就跟指纹和笔迹一样,是有排他性的。这个隐蔽的世界有自己的规则,每个电码都是一扇门,通往不同的地方——有可能是阴暗的森林,有可能是荆棘密布的陷阱,也有可能是繁花遍地的天路。正是这种不确定性带来了极大的诱惑。

换句话说,每个无线电发烧友都是追风的人。

因为他们都想知道风从哪个方向来。

我找了个借口,说自己是警察,想了解一下齐唐的情况,并问有谁认识"二少爷的枪"。大家立即骚动起来,开始七嘴八舌。我听了一会,这些所谓的线索基本上都不靠谱,可以排除。

一个代号"紫罗兰"的"香肠"主动呼叫我,应该是个女的,她约我私聊。正是她倡议给齐唐举行追思会。

我敲击电键,给她发了一串莫尔斯电码:

你有什么线索可以提供吗?

她回复说,我跟"二少爷的枪"摆过龙门阵,但不知道是不是你要找的那个人,有可能是同名。

我激动起来,连忙把"二少爷的枪"的基本信息告诉了"紫罗兰",我特别强调了他母亲是残疾人这个比较明显的特征。

你说的那些信息我都不了解,我跟他聊的次数不多。"紫罗兰"回复道,他约过我三次，说见面吃个饭，一次是在磁器口，一次是在洪崖洞，还有一次是在解放碑。

约你见面的时间是双休日吗？我敲击电键。

不是。那时我儿子正上幼儿园，双休日我都要陪他。"紫罗兰"说，我是家庭主妇，非双休日才有空。

我确信两者是同一人，心脏狂跳起来，问她，你们见面了吗？

没有。她说，我只在电台里聊天，从来不跟聊天对象见面。

我有点失望，我本来期望她能告诉我"二少爷的枪"的体貌特征。

她继续说，我有点反感，他老约女孩子见面，太轻浮了。不过，我后来再也没有在电波里碰见过他，他好像突然消失了。

我急忙问，他什么时候消失的？

她好像在回忆，过了一会儿才回复：

好像是十年前，秋天吧。

你怎么记得那么清楚？

我就是那个时候学会用电台的，他也是第一个主动跟我聊天的，但没聊几次，他就不见了。

她的解释合情合理，每个人都会对生命中的第一次记忆深刻。

你们还聊过什么？我追问。

都是闲聊，内容我记不太清楚了，但有一件事我到现在还记得。

什么事？

他说他打死过一头野猪，有几百斤重！

什么时候的事？在哪里打死的？我敏感地意识到这里面透露出重大信息。

"紫罗兰"似乎在努力追忆往事，发报的手法有些拖泥带水——

具体时间我记不太清楚了，好像那时候他只有十几岁。野猪是他用猎枪打的，在一个什么林场，名字我忘了，他说当时就他一个人，我感觉他在吹牛。

还有别的线索吗？我问。

有一次我在新桥医院看病时碰到了医托，被骗到华龙医院，做了一大堆不必要的检查，冤枉花了好几百块。我很郁闷，跟他说了这件事。他说他以前也陪母亲去华龙医院看过几次病，发现那里的大夫很黑，就没再去了。

我抑制住内心兴奋，问她，我们能见面聊聊吗？

不行，我明天就要出国了，是移民。"紫罗兰"说，如果出国后我还有机会使用电台，再联系吧。

说完，她的电台就静默了。

我呼叫了好几次，她都没有回应。

我摘下耳机，关掉电台。夜色像一条奔涌的河流，把我裹挟到一片隐秘的沙滩上。我用齐唐留下的火柴点燃了一支烟，像是把夜色撕裂了一道口子。我给罗拉拉打了个电话，问她现在能不能过来一趟，我有重要情况要跟她说。

她答应了，说刚开完案情分析会，正在回公寓的路上。

挂了电话，我才想起客卧的床单被套还晒在屋顶，我连忙取下来重新铺好。上面似乎有一股月光的味道——有点清冷，我甚至闻到了一股淡淡的桂花香，好像是从月宫里飘过来的。

半小时后，罗拉拉出现在我跟前，我正在客厅沏一壶乌龙茶。

周队在会上说，接下来的重点是排查白宇的社交圈子，找出嫌疑对象。罗拉拉靠在沙发上，显得有些疲倦，白宇认识的人多，社会关系复杂，排查估计得花不少时间。

我给她倒了杯茶，坐下来，说道，可以缩小排查范围。

怎么缩小？她似乎渴坏了，不顾茶水还很烫，一口气喝光了，然后自己又倒了一杯，说道，现在几乎没有另外两个劫匪的任何信息，只能大海捞针了。对了，你不是说有重要情况吗，啥子嘛？

我把我最新解析出的信息，还有跟"紫罗兰"的对话告诉了她。

我吃着从茶馆打包带回来的兰花豆，笑着说，现在不是捞针了，而是打捞一艘沉船，目标大多了。

罗拉拉有点疑惑，我认识的同名同姓的人都有好几个，你怎么确定你和"紫罗兰"说的是同一人？

"紫罗兰"是家庭主妇，双休日都要带孩子，"二少爷的枪"只能在非双休日约她见面，这说明他也不用上班，时间很自由。这跟我之前的判断是一致的，他无业，或者是自由职业，但我现在更倾向于后者。

为啥子？喝了几杯茶提神后，罗拉拉脸上的疲倦少了许多。

他约的见面地点是磁器口、洪崖洞和解放碑。我反问她，你想想，这三个地方有啥子共同点？

都是热门旅游景点，外地人喜欢扎堆的地方。

没错！我剥了一个橙子，这是小溪今天带来的。我说，他是本地人，去这些地方肯定不是为了旅游，应该是有事，比如说向游客兜售啥子东西。

卖土特产？罗拉拉问。

房间里弥漫着橙子香，我说，如果"紫罗兰"真的赴约，他拎着大包小包的土特产，怎么方便请美女吃饭？

那他卖的是啥子？工艺品？罗拉拉吃着我递给她的橙子，还是不明所以。

也不像，我觉得最有可能是街头表演艺术家，比如说拉琴、画画、唱歌。如果"紫罗兰"赴约，他随时可以卷起卖艺的行头去吃饭。

对呀，我怎么就没想到呢！罗拉拉恍然大悟。

打捞沉船需要确定坐标。我想考考她，你现在晓得他大概住在啥子地方了吗？

你别说，我想想。罗拉拉盯着乌黑的茶水，琢磨了几分钟，又低头在手机上搜索了一下，随后说，沙坪坝！

就因为他陪母亲去看病的华龙医院在沙坪坝？我说，病人经常会跨区看病，不一定非找离自己家最近的医院。

病人跨区看病，是去医疗条件更好的医院，如果那家医院收费高，条件也不好，病人就没必要舍近求远。罗拉拉晃了晃手机，我刚才查了一下，华龙医院是家民营小医院，经常虚假宣传，出过好几次重大医疗事故，口碑非常差，五年前就被取缔了。"二少爷的枪"怎么会跨区带母亲去这种医院看病？应该是图方便，就近看病。

我没有马上肯定她，我品着乌龙茶，慢悠悠地说，他被华龙医院的虚假宣传吸引去的可能性也是存在的。

不可能！她断然否认，我查过了，华龙医院的虚假宣传主要集中在男科和儿科方面，这跟他母亲的病没啥子关系。

我这才点头，把兰花豆咬得嘎嘣响，你的推理是对的，他应该就住在沙坪坝。

我有进步吧？她有些得意。

当然，名师出高徒嘛。我笑道。

去你的！她娇嗔。

我感觉房间里除了橙子味、烟味、茶香，还多了一丝暧昧的气息，这是从罗拉拉的身上传过来的，也许她自己都没有察觉。

我起身打开窗户，想把这种气息散发出去。

我说，"二少爷的枪"十几岁就在林场射杀过野猪，他应该是林场职工的子弟。他父亲在林场工作，母亲在沙坪坝，两地分居。不过，他父亲已经去世的可能性也不能排除。他母亲只是一个开早餐店的，他使用的那部电台有可能来自他父亲。

罗拉拉将了一下额前的刘海，有些不解，林场工作人员要电台干啥子？

以前一些林场地处偏远，没有手机信号，也不方便架设电话线，只能靠电台跟外界联系，有可能他父亲的林场就属于这种情况。我说，现在的情况应该好了很多，山区都设有移动通信基站。

劫匪在鹤松银行抢劫案中使用的枪支，来源一直是个谜。罗拉拉问，会不会就是他射杀野猪用的猎枪？

可能性非常大。我清理了一下烟灰缸，说道，那支猎枪应该是他父亲因为工作需要配备的，有合法的持枪证。父亲把配枪借给儿子去抢银行，这个可能性很小，我更倾向于枪是他从父亲那里偷来的。还有一种可能，他父亲去世了，他偷偷把父亲的枪藏了起来，带回了沙坪坝，而且，是两支枪。枪支丢失是大事，林场肯定要调查，但他父亲不在了，怎么查？只能不了了之。

父亲在林场工作，有电台，有枪，因意外死亡，儿子十几岁就射杀过野猪——这可是非常风光的事，林场应该很多人都晓得。罗拉拉激动得满脸绯红，这条线索太重要了！

我心里也轻松了许多，柳暗花明，终于又揪到劫匪的狐狸尾巴了。我甚至觉得，查出"二少爷的枪"比查出白宇更容易，因为关于他的信息量更大。其实跟不跟"紫罗兰"见面并不太重要，我当时提出见面，主要是对这个神秘的报料人感到好奇。当一个从虚拟世界走出来的人，活色生香地坐在自己面前时，感觉是非常奇妙的，这也是年轻人热衷见网友的一大原因。

罗拉拉站了起来，说再不回去，公寓就要关门了，她还说要马上打电话向周队汇报这些新情况。她的朝气蓬勃让我想起了自己的青春岁月，那时候阳光强烈，白云飘飘，湖水温柔，但这些美好都不属于我，我长着一双秘密的翅膀，只能在黑暗中孤独飞翔。罗拉拉走后，我准备给小溪打个电话，告诉她这个好消息，但犹豫了一会儿，我还是放下了手机。我担心小溪接听后又会失眠，想起她今天柔弱地靠在我肩头的情景，像是一只失去依托的布偶，我的心在隐隐作痛。

我冲了个热水澡，走进卧室，发现安妮竟然趴在那张雕花大床上睡着了。

我没有惊醒它，在它身边轻轻躺下来。

今夜，它是我的情人。

睡到半夜时，我被警车、消防车和救护车密集的呼啸声惊醒，好像是去往朝天门方向。安妮也醒了，"嗖"的一声跳到窗台上朝外张望。我看了下手机，凌晨三点四十五分。与此同时，罗拉拉的电话打进来了。我心里咯噔一下，她这个点来电绝非好事。我摁下接听键，还没开口，就听到罗拉拉急促的声音：

秦老师，你赶紧到朝天门"玫瑰花庭"小区来一趟，周队找你，越快越好！

我一个字都没来得及说出口，罗拉拉就挂断了电话。

我有种强烈的预感——"二少爷的枪"出事了！

在我赶往朝天门的路上，罗拉拉发来好多条信息，内容很长，应该是早就编写好了的。她说，周队接到她的报告后，连夜调查"二少爷的枪"的身份信息，一个小时前，结果出来了，是郭一凡。

她特别强调，就是那个著名画家郭一凡！

这个名字像是一场风暴在我脑海里掀起了惊涛骇浪，得知劫匪"鬼门吹针"是白宇时我都没有这么错愕，我想象不出一双拿画笔的手是怎么开枪杀人的。但我并不怀疑这个结果,警方的调查肯定是严谨的。郭一凡也亲口跟我说过——每个人都有多重人格,有时是天使,有时是魔鬼。他作案的时候,可能魔鬼的人格占了上风。

罗拉拉说,十几年前,郭一凡的父亲在渝东南的黑竹沟林场工作。当时受条件所限,地处大山腹地的林场没有手机信号,也没有电话。正如我分析的那样,是靠电台跟外界联系。而郭一凡的父亲就是电台员,母亲是林场会计。

郭一凡在林场出生,可能是色彩斑斓的森林造就了他的美术天赋,他从小就喜欢绘画。他画春天的杜鹃,夏天的百合,秋天的木芙蓉,冬天的蜡梅。林场的人至今还记得一个细节——有一次他刚画好一丛山楂花,就吸引了许多蝴蝶在画纸上翩翩飞舞,当时的场面令人惊叹不已。

他性格比较内向,经常一个人坐在山头,从早晨画到傍晚。在那个几乎与世隔绝的地方,他把梦想和秘密都藏在画里面——那是一扇窗子,他眺望外部世界的心灵之窗。

林场职工的子弟都在一百多公里外的县城上学,是寄宿。每年寒暑假,这些子弟会重返林场跟父母团聚。繁华的县城和封闭的深山形成了鲜明的对比,很多孩子都很讨厌单调枯燥的林场生活。

据郭一凡曾经的发小回忆,郭一凡就是在林场过假期时学会了使用电台,跟父亲学的。他曾告诉发小,电台是一个神奇的魔盒,只要他一声召唤,就会有许多小精灵来到他身边,陪他徜徉在森林王国里。他不再孤独了,他的灵魂可以沿着一条看不见的空中走廊去世界任何地方,那里比现实世界更精彩,比童话更魔幻。发小听不懂,一度怀疑郭一凡是精神出了问题,才说出这些梦呓般的话。

林场的生活简单得不能再简单了,补给全靠外面运输,而且一个月只有一次,碰上山洪暴发和山体滑坡,那就更久了。在这里待的时间长了,很容易得抑郁症。

郭一凡有个比他大两岁的哥哥,成绩非常好,后来考上了四川大学数学系。但郭一凡成绩平平,高中都没能考上,初中毕业后就在林场当了一名临时工。在郭一凡十六岁那年秋天,林场发生了一起重大安全事故。在伐木时,一棵十几米高的马尾松倒下来,砸死了两名工人,还砸到了正好从这里路过的郭一凡的母亲,导致她左腿膝盖以下被截肢。她因此办了病退,回到了在沙坪坝的娘家,跟郭一凡外婆在磁器口开了家早餐店,郭一凡的哥哥也转学到了沙坪坝。又过了一年,林场遭遇特大山洪,人员和财产损失惨重,许多房屋和机器被摧毁,郭一凡的父亲就在这次山洪中不幸遇难,连尸体都没找到。

这之后半年,黑竹沟林场被撤销了,正式职工都被安排到其他单位再就业。但郭一凡是临时工,他只能回到沙坪坝自谋出路。

发小证实,郭一凡确实会打枪。

林场经常有猛兽出没,伤亡事件时有发生,所以好多人都会打枪,而且有合法的持枪证。郭一凡的枪法也是父亲教的,枪头很准。因为是临时工,他并没有持枪证。但在深山老林里,没有人管这些,本本主义没有生命重要。

在林场时,郭一凡的工作主要是防火,他经常背着猎枪去巡视。

但发小知道,郭一凡经常以巡视为名,躲在山里画画。他心气很高,不止一次跟发小说,以后要成为达·芬奇那样的大画家。

有一次,郭一凡跟一头几百斤重的大野猪狭路相逢。他反应快,迅速爬到树上躲避。野猪在树下不断地兜圈子,没有离开的意思。他只好连开三枪,将野猪击毙,子弹全都打在猪头上。林场来了七八个壮汉才把野猪抬回去,当天全体职工美美地打了顿牙祭,郭一凡也因此赢得了"神枪手"的美誉。

在那次特大山洪中,黑竹沟林场丢了好多支猎枪,很可能是被埋在了泥流之下。时过境迁,林场又被撤销,原林场职工已经无人记得丢失猎枪的型号了。而且,在当时那种特殊条件下,一证多枪的情况普遍存在,很多猎枪是私自购买的,根本就没有在公安部门登记。

在鹤松银行大劫案中,劫匪使用的枪支是不是来自林场当初丢失的猎枪,谁也不好说。

那次山洪,林场还丢失了一部电台,就是郭一凡父亲使用的那台"小八一",当时判断是被泥石流冲走了。

山洪暴发的那一天是九月十九日,是郭一凡父亲的忌日。

郭一凡是十八岁那年春天回到沙坪坝的,他哥哥在那年去了成都上大学,一直读到研究生毕业。郭一凡回山城的第二年,外婆就去世了,从此那家早餐店就由母子俩经营。他不是做买卖的料,母亲又是残疾人,所以早餐店生意不太好。每个月还要寄给他哥哥一千块钱当学费,日子捉襟见肘。

每天上午十点半以后,早餐店就没什么生意了。郭一凡有时间就到街头画画赚点零花钱贴补家用,主要是给人画肖像。他经常去山城各个热门旅游景点,生意好坏全凭运气,有时一天能挣个一两百块,有时遭到地痞流氓敲诈,还得倒贴钱。被城管驱赶和罚款,也是家常便饭。

时间过去了这么久,以前林场的同事都跟郭一凡没有联系了,但大家都知道他成了大画家。

鹤松银行大劫案发生那一年,郭一凡二十二岁。

一年后,他在观音桥步行街的方舟书店举办了一次画展。

那是山城最有文艺气息的书店,文青的打卡地。

那次画展持续三天,很多媒体前来捧场,还邀请了不少知名的作家、诗人、教授、艺术家和评论家。被铺天盖地的新闻报道所吸引,许多美院学生和绘画爱好者蜂拥而来。

展出的四十多幅油画都是以郭一凡当年的林场生活为主题,春之烂漫、夏之热烈、秋之沉静、冬之空寂,在他的画笔下表现得淋漓尽致。林海、飞禽走兽、山花、岩石、野火、年轮和小木屋,还有折射的阳光和滴落的松脂,无不具备了神秘的美感。他还画了传说中的山妖,一种野性的魅惑透过画纸扑面而来。

所有人都被这组油画震撼了,方舟书店盛况空前!

郭一凡善于运用明暗对比的手法,使得画面具有立体感。在创作角度上,他标新立异。他还把人体动态和心理状态刻画得细致入微,让观者如身临其境。画作包含了多种气质,有抑郁孤独,有悲伤迷茫,有激情梦幻,有喜悦欢呼,它们像藤蔓一样纠缠在一起,构成了一个失落的文明世界,带给都市人强烈的视觉冲击力。

总之,画展大获成功,所有参展的作品被抢购一空!

那幅《吹箫的山妖》竟然卖了五十万,在当时可是天价。

也许是父母的不幸遭遇在郭一凡心中留下了阴影,接受媒体采访时,他闭口不谈自己在林场生活和工作的经历，别人都以为他是在林场写生才创作出了那组油画。一夜之间，郭一凡从卖画为生的街头艺术工作者，变成了光芒四射的青年画家，画价节节攀升。

观音桥的那家书店成了拯救郭一凡人生的诺亚方舟。

在历尽苦难之后，他开始了全新的生活。

据行内人士估计，在方舟书店举办三天画展，请那么多媒体和知名人士捧场，花费至少二十万。坊间传闻，这笔钱是一个富婆赞助的，她喜欢郭一凡的才华，也喜欢他的年轻和帅气。

郭一凡没有接受过绘画方面的专业培训，完全是自学成才，正因为如此，他的创作风格特立独行，不拘一格，让人眼前一亮。

四年后，郭一凡创作的《被侮辱的青春》，如同一颗重磅炸弹引爆了半个美术界。画风惊世骇俗，主题晦暗不明，围绕这幅画的争议持续了整整一年之久，他的名气也达到了巅峰。很多美术培训机构请他去讲课，他还被几家大学聘为客座教授。人们不仅关注他的作品，而且开始关注他的私生活，不断有各种八卦从网络传出，但都查无实证。也就是在这一年，郭一凡的母亲因为脑出血去世。

磁器口的那家早餐店，在郭一凡成名后就关闭了，他将铺面改造成了画室，并在里面创作了一组以母爱为主题的油画，获得广泛好评。

除了那间画室，郭一凡在主城区拥有多套房产。其中一套位于朝天门附近的"玫瑰花庭"小区，是江边的高档小区，但属于房地产商违章开发，占用了防洪墙以外的河道，影响泄洪。去年被媒体曝光后，整个小区的房屋都被有关部门勒令拆除。但因为各种原因，拆除工作进展缓慢，一些业主仍然住在里面。由于这里风景好，交通又方便，郭一凡也没搬走。他一个人居住，没请保姆，也没有同居女友。郭一凡的哥哥研究生毕业后在山城一所高校任教，住在北碚，据说房款还是郭一凡出的。

周队正在紧锣密鼓地调查郭一凡时，获悉"玫瑰花庭"小区有住户发生火灾，他顿时有种不祥的预感。给消防部门打电话后，证实那家户主就是郭一凡，初步判断是因为煤气泄漏发生了爆燃事故。

从接到罗拉拉电话到进入"玫瑰花庭"小区，我只用了二十多分钟。

我看见三十三号楼八层的一套房子里冒出滚滚浓烟，里面还有明火，消防员正拿着水枪灭火。两辆救护车停在附近，等着救护可能被困在火灾现场的人员，但谁都知道，被困人员生还的希望极其渺茫。

警察正在小区走访火灾目击者，我站在一棵香樟树下默默地抽烟，心里暗自祈祷郭一凡不在房间里。我现在才明白，那天郭一凡在阁楼前写生是有意而为，就跟白宇一样，都是为了找我打听案情。他们可能早就注意到了我，知道我和罗拉拉关系密切，走得比较近，所以找各种理由跟我套近乎。至于郭一凡为什么会跟我同一天出现在鹤松古镇，还不好判断，也许，那一次确实是偶遇。

罗拉拉终于发现了我，她快步走过来。仅仅几个小时不见，我就觉得她好像瘦了一些，睫毛上似乎凝结着夜露，在灯影里闪烁着微光。

秦老师，不好意思，半夜三更把你叫过来。她说。

求之不得呢，这是我观摩警方办案的好机会。

查出一个死一个，真是活见鬼了！

罗拉拉的脸上有一种抑制不住的沮丧，她的牙齿紧咬着嘴唇，感觉快哭了。

别着急，不是还有一个劫匪吗？我嘴上安慰她，其实心里也没底。看着黑黝黝的江面，我掐灭烟头，问她，你们周队呢？

她朝火灾现场努了努嘴——两个消防员把不断挣扎的周队从楼上架下来。他满脸烟熏火燎，像个唱戏的老生，显然刚才进了火场，想救出郭一凡，但被消防员强行带离。他很不甘心，嘴里还在骂骂咧咧。

五分钟后，我和周队坐在了小区的凉亭里。

他已经洗干净了脸上的污垢，但眼睑通红，应该是被烟熏的。他的眉毛被烧掉了一部分，警服也破了几个洞，看上去有点狼狈。郭一凡家里的火还没完全熄灭，除了煤气味，空气里还弥漫着一股焦臭味。我以讣闻师的身份，去过好几次火灾现场，很熟悉这种气味——那是人体被灼烧后散发出来的味道。这说明郭一凡家里肯定有人遇难，而且很可能就是他本人。

水鸟似乎闻到了这种死亡的气息，在夜色笼罩的江面发出悲鸣。

我换了个背风的位置，扔给周队一支烟。

别做指望了，里面的人肯定死了。

我用火柴给他点着了烟，火光照出他憔悴不堪的脸。

又杀人灭口！他很深地吸了一口烟，语调低沉却很有力。

应该是第三个劫匪干的。我也给自己点了支烟，然后吹灭火柴，你们得查查，是哪个环节出了问题。

龟儿子太狡猾了！他瞪着一双血红的眼睛问我，你觉得是哪个环节出了问题？

那个人对警方的情况很了解。我瞥了周队一眼，尽量让自己的语气显得婉转一些，不排除警方有内鬼。

内鬼不可能！他摆了摆手，很坚决地否认了，队里那帮人都是我一手带出来的，没有吃里爬外的家伙，肯定是别的地方出了啥子问题。

白宇和郭一凡都靠抢银行的钱积累了第一桶金，名利双收。我的目光逡巡在江面上，这第三名劫匪也有可能成了社会名流，能量惊人。

这倒是有可能。周队表示了认同，十年前，龟儿子至少分了一百多万，拿去放高利贷都成千万富翁了。

还有一种可能性，他没有像白宇和郭一凡那样用钱洗白自己，而是走了黑道。

拿这笔钱去贩毒、盗墓、开设赌场，也足够了。周队清了清嗓子，再次表示了认同，我破过一个案子，有个毒贩，黔江人，十年前用三十万当启动资金贩毒。只用了八年，就挣了四千多万，龟儿子一本万利啊。

不用说贩毒，十年前如果手里有一百多万现金，投资什么行业都能发财。我认识一个供销商，十年前，别人欠了他四十万多货款，用十几箱茅台抵债。他是小县城的，那里的人哪消费得起这种高档酒，他欲哭无泪，就把茅台扔在了仓库里。结果，茅台的价格噌噌地往上涨，现在这批酒，一箱就值几十万。他大发了！

不过，也有亏血本的。我开出租车的时候，载过一个乘客，他说自己90年代就是百万富翁，后来炒股，不到五年就把家产赔了个精光，老婆也跟别人跑了。他现在开了家包子铺，连福利彩票都不买一张，安安稳稳过小日子。

如果没有更多的信息，第三名劫匪的身份很难查清楚，因为他的人生具备多种可能性——或飞黄腾达，或一文不值。但有一点毋庸置疑，不管白道黑道，他都是个消息灵通人士。

周队掏出一瓶风油精，往太阳穴上抹了点，提了提神，然后问：

你有没有把犯罪嫌疑人的身份信息告诉别人？

有啊，罗警官。我弹着烟灰说。

你娃别开玩笑！他黑着脸，正儿八经地问你，到底有没有？

没有。

我突然想起来曾经把"鬼门吹针"的身份信息告诉过小溪，但她不可能泄密，她比谁都渴望抓到杀害齐唐的凶手。而且，昨晚我并没有告诉她"二少爷的枪"的身份信息，但郭一凡还是被灭口了。所以，泄密者应该另有其人。

周队让我再好好想想，是不是跟人摆龙门阵时不小心走漏了消息，他也知道十八梯这种地方没有秘密。他说，弄不好银行抢劫案的第三名劫匪就藏在十八梯，早就盯上我了。就跟白宇和郭一凡那样，故意找我套近乎刺探消息。杀害齐唐的凶手就是从十八梯的防空洞里进出的，说明凶手中有人对十八梯的地形很熟悉，是本地居民完全不奇怪。

望着渐渐发亮的江面，我仔细梳理了一下那些纷繁杂乱的生活碎片。

住进阁楼的这段时间里，除了白宇和郭一凡，似乎没有其他人刻意跟我搭讪过。我推理出两名犯罪嫌疑人的身份信息时都是晚上，之后没出过门，也没跟别人提起过这件事，直到凌晨罗拉拉把我叫醒，说出事了。

我笑着说，会不会是罗警官有梦游的毛病，半夜出门跟十八梯的街坊聊了这件事，起床后自己都不晓得。但这种可能性微乎其微，因为我睡觉容易惊醒，她出门我应该有所察觉才对。话刚出口，我就恨不得抽自己两大嘴巴。罗拉拉叮嘱过我，要对她留宿阁楼的事守口如瓶。而我逞口舌之快，竟然说了出去。

果然，周队的目光像锥子一样刺向我，像是要把我埋在心里的那点小秘密挖出来。幸亏罗拉拉不在跟前，郭一凡家的火已经熄灭，她可能进房间搜查去了。我变被动为主动，在周队盘问之前，把罗拉拉留宿在我那里的前因后果坦诚相告，并且要他千万保密。

周队的嘴唇翕动了几下，但还没有来得及开腔，就看见罗拉拉从楼道里飞奔出来。大声喊他，说房间里有发现！周队立马把烟头一扔，起身离开了凉亭，他以百米冲刺的速度跑进楼道。我跟了过去，在楼下拉警戒线的警察犹豫了一下，还是没有拦阻我，估计是看我跟周队已经很熟，而且是线索的提供者。

这栋楼里为数不多的住户已经被疏散，楼道里全是水和泡沫，以及各种杂物。越往上走一步，煤气味和焦臭味就越浓烈。我一口气上到八楼，看到墙面上有开关柜，里面的电闸已经被拉下了，郭一凡家里现在处于断电状态。

我刚迈进房间，就惊呆了——住宅面积很大，足有一百五十平方米，但已宛如人间炼狱。所有的东西都被烧毁了，没有一件完整的物品，连钢材质的跑步机都烧变形了。冰箱倒在地板上，柜门已经被炸飞。一尊半人高的青铜雕像倾覆在地，五官几乎熔化了，只能依稀辨别出这是件西洋风格的艺术品。

最让我吃惊的是现场有两具尸体，一具在客厅，一具在卧室，都蜷缩在地板上，已经被烧成焦炭，完全无法辨认。现场竟然多出一具尸体，这是我没有料到的，难道警方之前调查的情况有误，郭一凡家里还有其他人？

如果答案是肯定的，那这个人又是谁？

保姆、女友，还是亲戚朋友？

一个破损严重的电炉子吸引了我的注意，我捡起来看了看。这是一种很老式的电炉子，至少是十几年前的产品了，我读大学的时候就在用，功率很大，经常引起短路，被宿管查到后是要受处分的。

我默默扫视了一遍现场，然后放下这个"老古董"，转身离开了房间。

案情的发展已经超出了我的想象，仿佛有座沙雕在我脑海里突然坍塌了，我需要重新构筑一切。现在，遍地狼藉的不仅是郭一凡的家，也包括我的大脑沟回——那里杂草丛生，而且草是瞬间长出来的，把所有的路都覆盖了。我必须认真清理一下，找到一条出路。否则，我会彻底迷失在这片荒原之上，举步维艰。

我发现之前过于自信了，我原本以为案件的侦破会朝着我推理的方向顺利进展，真相很快就会像沉船一样，从幽暗的海底被打捞出水面。但此刻看来，我太乐观了。案子远比我预想的更加复杂，那些解密的电码只是一张小小的门禁卡，要想深入这座迷宫的核心部位，我还需要打开好几道机关。

雾锁江面，什么都看不清楚，一如越来越扑朔迷离的案情。

我在沙滩上漫无目的地行走，一根接一根地抽烟。我从自己介入这个案子开始梳理起。不，我又把时间往前面推了推，从我认识齐唐开始梳理起。许多原先被忽略的片段像砂砾一样在我脚下不断延伸，我走得很慢，步步谨慎，生怕一脚踏空，掉进某个被水草和渔网掩盖的陷坑里。当我彻底打破原有的结构，把那些片段重新排列组合时，我的脑海中出现了一个崭新的案件分析数学模型。

解构完这个模型，我捡起一块青花瓷片打水漂。

周队幽灵一样出现在了我身后：

怎么跑这里来了？大作家，谈谈你的看法吧，多出来的那具尸体是谁？

白雾中，隐约可以看见江心有一条航船，我犹豫了几秒钟，然后说，现在还不好判断，

别恁个保守噻。周队眼里的血色已经少了许多，你从推理小说的角度来谈谈。

我也很迷惑，真的不好说。

我再次婉拒了，然后捡起一块小石子，使劲扔向了江心。

多出来的那具尸体会不会是银行大劫案的第三名劫匪？周队锲而不舍地问。

我蹲下来，用冰凉的江水洗了一把脸，感觉脑子清醒了一些。

我问周队，第三名劫匪为啥子会死在郭一凡家里？

他深夜潜入郭一凡家，打开煤气，想用这种方式杀人灭口，并且破坏现场。周队大口地呼吸着江边的新鲜空气，似乎要把积压在五脏六腑里的郁闷都吐出来。他冷笑道，但瓜娃子操作不慎，把自己的小命给搭进去了。

郭一凡家房子恁个大，泄漏的煤气要达到爆燃的浓度，需要很长时间。我踩着鹅卵石往前走，凶手在里面待恁个久，自己也很危险，还容易惊动郭一凡。

他脑壳有包才会一直待在里面。周队哼了一声。

我看了周队一眼，你是说，他是第二次进入郭一凡家后才出事？

对！第一次，他打开煤气。过了一段时间，他再次进入房间，想看看煤气浓度够了没有。周队分析道，有可能就是这次进入的时候，他的衣服产生了静电火花，引爆了煤气。

江面传来刺耳的汽笛声，听起来像一个女人的哭丧。雾中的航船如同一口大棺材，那些翻飞的水鸟则像是被抛撒的冥币。

我问，他本来想用啥子方式引爆煤气？

这个暂时不能下结论，现场勘查还没结束。

监控拍到了吗？

拍到个铲铲！周队很粗野地吼了一声，惊飞了一只在礁石上休憩的白色水鸟，这个小区属于违章建筑，要全拆掉，物业早就不管了，哪还有啥子监控？救火的时候，现场也基本破坏掉了，连个鞋印都找不到，现在只能指望从尸检上打开突破口了。连续发生几起命案，死的还都是知名人士，老子亚历山大（压力山大）啊！

这其实在我的意料当中，凶手应该知道这个小区没有监控，才会如此肆无忌惮，把杀人场所选择在郭一凡家里。这也说明，凶手并非临时起意杀人，而是预谋已久，否则，凶手在短时间不可能把现场的情况摸得这么清楚，警方有内鬼的可能性基本可以排除。

雾气消散后，我在朝天门吃了早点，回到了十八梯。

刚进院子，我就看见了一张字条——安妮有些腹泻，我带它去宠物医院了。

小溪没有把字条留在门上，而是贴在黄桷树上，字迹娟秀而灵动，有一种怀旧的诗意。这是一个数字化的时代，但她还保留着一份难得的纸质的情怀。我似乎觉得那棵黄桷树就是她的身体，当我把字条从树干上取下来时，心脏一阵乱跳，好像真的触摸到了她。我脑袋里突然冒出一个很荒谬的问题——如果没有齐唐，我在某个时刻跟小溪偶遇，会不会喜欢上她？但我很快哑然失笑，一位白富美怎么会看上一个讣闻师？

虽然我经常被人称为作家，但我对自己的定位仍然是"摆渡人"。

而且，对一个经常与死神共舞的人来说，爱情是奢侈的，也是危险的。

我给小溪发信息，说郭一凡死了，我还把罗拉拉发我的那些信息全部转发给了她。我叮嘱小溪，郭一凡涉嫌银行抢劫案的事暂时不要透露出去，目前警方还没有正式结论。郭一凡的死，暂时归结于煤气泄漏事故。

小溪没有马上回信息，我想她应该在忙着给安妮看病。我这才发现，没有了安妮的阁楼，似乎少了点什么——尽管它大部分时间都躲在隐蔽的角落里。

生活或许就是这样，人类习惯关注星空和远方，但经常忽略身边很多看似不起眼的东西，可一旦这些东西真的消失后，又觉得异常重要。其实，星空和远方跟我们有多大关系呢？真正重要的，是身边的那些细节，微不足道却又无处不在，就是这些细节构筑了我们平凡而温暖的生活。我想等安妮康复回来，以后每天都带它出去遛遛弯，弥补一下我对它的疏忽和亏欠。

我坐在书房里，拿着郭一凡送给我的那张素描端详良久。

郭一凡的光芒在美术界是如此耀眼，我从来没有想到他的人生会以这样一种方式谢幕，他的下场比泡在防空洞积水里的白宇还要悲惨。在生命的最后一刻他是清醒的吗？如果是，他有没有后悔？我宁愿他是在睡梦中死去的，不要那么痛苦。讣闻师当久了，我的心越来越慈悲。我觉得任何人，不管好人还是罪人，在生命的终点，都应该以一种人道的方式来跟这个世界说再见。生而平等，我们都站在同一条起跑线上，在死亡面前，每个人也应该平等，告别要有尊严。

我划燃火柴，把这张素描烧了，虽然它也许很值钱，而且，有可能是郭一凡的绝笔之作。

最近我很喜欢用齐唐留下来的火柴，我自己都无法解释是为什么。也许，是因为我在阁楼里住的时间久了，身上沾染上了齐唐的气息，有了他的生活习惯。科学研究表明，气场对人的行为举止有潜移默化的影响，那是分子和分子之间的相互作用，是一种尚不明确的作用机制，属于人体科学的范畴。齐唐的气场流淌在阁楼的地板上、雕花大床上、彩色门窗上、小提琴上、留声机上、电台上、书本上，以及院子里的白色长椅、黄桷树和花花草草上。

更多的是在小溪身上，所以，看见她，我也感受到了齐唐的那种心动。

对了，十八梯也留下了齐唐的气场——在法国领事馆和火柴原料厂旧址，在青石板上，在防空洞中，在路灯下，甚至在麻辣烫的味道和江边的汽笛声里。

我有点惶惑,我感觉自己已经不完全是自己了,而是几个人格的重叠,他们有时和平共处,有时水火不容。有时亲如手足,有时素不相识。

我下楼来到客厅,泡了一壶普洱,在两个杯子里倒满茶,一杯给我自己,一杯放在我对面,就好像齐唐坐在那里,目光沉静,笑容平和。

我举起杯子,你好,我们能摆会儿龙门阵吗?

当然可以,很高兴你能在这里陪我。他的声音好像是从时空深处传出来的。

如果白宇没有犯罪,他在殡葬用品店打工的同时坚持诗歌创作,现在也许是位知名诗人。虽然不能获得财务自由,但拥有精神的自由,也会很快乐。我将杯中的茶一饮而尽,接着说,以白宇的精明能干,就算不当诗人,他自己创业,成功的概率也很大,只是可能会多吃点苦。但这种肉体的苦,跟犯罪感带来的精神痛苦相比,又算得了啥子?

是啊,他瓜兮兮的,宁愿做物质的囚徒,也不愿做精神的主人。齐唐说。

我给齐唐甩了支烟,自己也点了一支,继续说,郭一凡也非常让我痛心,我一度觉得他很完美,应该是很多女性的梦中情人。如果他不犯罪,他应该是我见过的最有魅力的男性。当然,这只是我的个人感受,我偏向于欣赏有艺术家气质的男人。这些年,我也遇见过一些才华横溢的艺术家,但他们中的绝大多数都不修边幅,私生活混乱,看着很油腻,这严重影响了我对其作品的审美。郭一凡看上去却是干干净净的,有种不食人间烟火的孤傲。他是悬崖边的一棵树,是海平面上的一轮明月,是山中的一座千年古寺,不仅看着美好,靠近他,身心也都觉得宁静。如果他不那么急功近利,再坚持一段时间,我相信他也可以在画坛崭露头角。也许不像现在恁个大红大紫,一画值千金,但过上小康生活应该没问题。

能让警方十年都破不了案,郭一凡和白宇的智商肯定都不低。齐唐说。把一个秘密掩盖十年,不比策划一起银行抢劫案容易。

我感慨道,这就是天才在左,疯子在右。

很多过得不如意,又不愿向生活妥协的人,都憋着劲想逆袭。齐唐把一口烟吐在从窗外射进来的光影里,只有经历过的人才晓得,逆袭就好比在千军万马中取上将首级,血战到最后,可能连上将的马屁股都没看到,自己的血就流干了，被马踏成肉泥了。

也许吧，正如我写讣闻一样，经常对逝者的生前事发表感慨。但如果讣闻中的逝者是我，我未必做得更好。我真希望时光能够倒流到十年前，鹤松银行大劫案还没有发生，甚至更久远一些，回到我的少年时代——很多选择可以重新来过。我很羡慕郭一凡在黑竹沟林场的那段生活，灵魂和空气一样都是透明的，世界就是一片绚烂多姿的大森林。如果我也是林场职工的子弟，一定会跟郭一凡成为好朋友——我们有同样的孤独，同样的伤感。孤独和伤感有时也是一种美好的情绪，能让自己的内心变得更加充盈。我们会一起数年轮，会把彼此的心事都藏在树洞里，会在树上写下我们喜欢的女生的名字，还会一起去收集松脂——那是爱人的眼泪，虽然那时候我们还不知道爱为何物。

齐唐沉默地听着我讲述。

如果能回到从前，我和郭一凡，还有白宇，可能都会成为朋友，至少我们有一个共同的爱好，都喜欢那个绿色的"魔方"——电台。我记得有篇文章说过，无线电发烧友都是些内心丰富的人，他们喜欢把自己隐藏起来，用一种特殊的方式来跟这个世界交流。他们都有孤独的灵魂，都热爱生活，但在某个时间段，都不被生活待见。

我想，我们也会成为好朋友。齐唐打破了自己的沉默。

是。我无比肯定地说，如果能穿越到十年前，在破译出那个抢劫银行的罪恶计划后，我想你会做出另外一种选择——马上报警，让犯罪中止。这对你，对白宇和郭一凡，都有好处，你们的灵魂就不用背负沉重的枷锁。特别是他们俩，人生会是另外一副模样，至少，还活着。

可惜，这只是一种良好的愿望。齐唐苦笑，在本质上，我跟他们俩没有太大的区别。我们都害怕穿过漫长的荆棘小道，害怕黑夜的反复摔打，所以选择了一条捷径去实现自己的梦想。这条捷径，是以别人的痛苦，甚至生命为垫脚石的。

我上网查了下，郭一凡跟白宇一样，也做了不少公益，他给学生讲课都是免费的。而你，在玩命地工作，极力维护这个社会的公平正义。这十年，你们都在赎罪。

我把齐唐面前的茶喝掉了，再次倒了两杯。

代价太大了。齐唐喝了口茶，声音有些沙哑，如果不是生命突然终止，我会用一生来赎罪。

我看着他模糊的面容，有几个问题始终在困惑我，你能解答吗？

你问吧。他从我的烟盒里抽出一支烟，自己用火柴点上。

在鹤松银行大劫案中，白宇和郭一凡没有留下任何生物学痕迹，作案时他们戴着头盔，监控没有拍到脸部，根本不能作为指控犯罪的证据。这十年里，就算你查到他们涉案，那又如何，根本没法举证。甚至，他们可以告你诬陷。

除非他们良心发现，主动向警方坦白，对吧？齐唐和我的目光相遇，反问道。

我摇摇头，这是不可能的，他们现在拥有的太多，不会舍得放弃。

其实，还有另外一种方法可以让他们认罪。齐唐的表情似笑非笑。

我凝视着他的表情，缄默了足足有两分钟，然后说，我早就猜到了，但我不希望得到证实。

说说看，大作家。他嘴角的笑意更诡谲了。

查到白宇和郭一凡是鹤松银行大劫案的犯罪嫌疑人后，你心里不仅没有轻松感，反而更沉重了。因为劫匪就在你眼皮底下，你却无法指控。他们身上的光环越是耀眼，你越觉得耻辱。这时，你发现自己得了艾滋病，而且是晚期。晓得自己不久于人世，你反而释然了。从某种意义上来说，这种不幸也是一种幸运。因为，你想到了一个让劫匪认罪的好办法。

啥子办法？

用生命来指证！

你说得太笼统了，可以更详细点。齐唐跷着二郎腿，眯眼看着我。

你在电台里用密码呼叫"鬼门吹针"和"二少爷的枪"，直接点破了他们的真实身份，以及他们曾经抢银行的罪行。我不晓得这种呼叫持续了多久，但肯定很长，也许一两年，也许三四年，因为他们现在都是名人，应该很少玩电台了。

我晓得他们会来，我一直在等。齐唐说，对无线电爱好者而言，电台就像初恋情人，也许会分手，但一辈子都会难忘，如果有机会，就会偷偷地去看望对方。

终于有一天，他们出现了，听到了你的呼叫。我划燃了一根火柴，但没有点烟，而是看着跳动的火焰，继续说，他们肯定慌张了，惶惶不可终日。

我本来是给他们留了一条生路的。齐唐说。

这一点我毫不怀疑。我看着火光在我手中渐渐熄灭，说道，在呼叫中，你要他们俩去自首。如果他们不去，你就会向警方举报，或者，写文章揭露他们的罪行。其实你很清楚，他们自首的可能性几乎不存在。但是，你给了他们机会，你精神的十字架因而减轻了负重。他们一直没有回应你的呼叫，你没有耐心了，严重的艾滋病也不允许你有过多的耐心，你开始实施自己的计划。

等等。齐唐问，你不是说我没有证据吗，他们为啥子会害怕我去举报？

这很好理解。我笑道，在法律意义上，你的举报的确不能给他们定罪。但是，舆论的围剿对他们的生活是个毁灭性的打击。一夜之间，他们会失去很多——财富、名望、身份地位，也许不是全部，但至少是大部分。这绝对是他们无法接受的。这就好比失恋的悲伤永远大过单身的痛苦，在天堂生活久了，即使不下地狱，仅仅是回到凡间，也会觉得生不如死。

的确如此。齐唐点点头，然后呢？

你等着他们来杀你灭口。

他们终于来了。齐唐像是坐在防空洞里，语调有一种回声。

你用隐蔽的摄像机拍下了他们杀人的全过程，也许，在他们杀害你之前，你还套出了他们的话——关于抢劫鹤松银行大劫案的细节。这就是我刚才说的——你用你的生命来取证。在死亡之前，你没有跟他们发生搏斗，在被勒死的过程中，你也没有挣扎。你配合了这次谋杀，所以，你的身上没有留下任何抵抗伤。

不愧是推理小说作家。齐唐在沙发上挪动了一下身子，把赞赏的目光投向我，他说，这就叫无证之证。与其让我死在绝症中，不如用我的生命来做点有意义的事。而且，死于艾滋病，别人会说三道四，胡乱猜测，我是个很爱惜自己羽毛的人，不想被人泼脏水。但是，如果死于谋杀，我的死就是崇高的，悲情的。两相比较，我当然愿意选择后者。

你一个人是无法完成这个计划的，小溪应该参与进来了。镜框里的五张照片，还有写满电码的三张 A4 纸，都是小溪故意让我发现的。

理由呢？他微笑着问。

挂镜框的地方有两个钉眼，一个是陈旧的，位置更高，你伸手可及，但小溪够不着，这应该是镜框的原始位置。另一个钉眼是新的，小溪伸手能碰到，这也是镜框掉下来的位置。而且这个新的钉眼有人为弄松的痕迹。很明显，在我住进阁楼之前，镜框按照小溪的身高，移动过位置。我想，这应该都是你的主意。

我为啥子要多此一举？齐唐摸了摸下巴，一脸狡黠地问，直接把照片和电码放在书桌抽屉里，让你无意中发现，不是更省事吗？

不，藏起来更容易引起我的关注。你们早就了解过我，晓得我喜欢解密，东西藏得越隐蔽，我越好奇。

齐唐不置可否。

我又划燃一根火柴，那本《猫王传奇》根本就没有失窃，是小溪自己拿走的，然后又假称重新买了一本。还有那个代号叫"紫罗兰"的无线电发烧友，不是别人，应该就是小溪。

你怎么晓得的？齐唐耸了下鼻翼，似乎在闻火柴散发出的硫黄味。

我跟她说的那家书店打过电话，对方告诉我，去年书店的门面就转让了，现在卖熟食。火柴快熄灭时我点了支烟，我还注意到小溪右手中指的指甲下面有层厚茧，这是长期用"跪姿"敲击电键造成的。但在我面前，她假装对无线电一窍不通，很显然，她在隐瞒啥子。而且，她第一次见我时就穿着一件紫罗兰色的旗袍，她放在客卧的睡衣也是紫罗兰色的，说明她很喜欢这种花。

好吧，你说对了。齐唐摊开双手，不再诡辩。

如果我没猜错，白宇和郭一凡杀害你之后，并没有带走那几件银器。是小溪把银器藏在防空洞里，故意让我看到。另外，那只金属打火机，应该也是小溪从白宇那里偷来的，然后扔在银器附近。让我和警方顺藤摸瓜，查出白宇涉案。

我没有找错人。齐唐说，我研究你和你的作品，整整有两年。

我摇晃着脖子，活动了一下颈椎，有一点我很不明白。

哪一点？齐唐在一团雾气中看着我。

你死后，小溪应该会把摄像机拍下的杀人过程交给警方，然后抓住凶手，连带破获鹤松银行大劫案。这可是轰动性的新闻，你也会成为英雄。但是，她并没有交出视频，为啥子？

你可以调动你全身的细胞，继续推理。齐唐的手上不知什么时候多了一把小提琴，他慢慢调试着琴弦，跟你摆龙门阵我觉得很有趣，比较烧脑。

难道是白宇和郭一凡发现了摄像头，把内存卡取下来带走了？

那我不是白忙活了。齐唐嘴角的笑意凝固了，冷得像冰块，我的智商有恁个低吗？

我的心抽搐了一下，似乎被冰块划破了。

你怎么不问我，为啥子没查出第三个劫匪是谁？

齐唐把小提琴架在肩膀上，拉了几下弓弦，试了试音准。

请不要让我往最坏的方面去想。我感觉自己的声音有点压抑，今天凌晨，有个人死在了郭一凡家里，我希望那就是第三名劫匪。如果警方的调查能支撑这个结论，我不会再往下查，我该做的都已经做了。我也很清楚，没有人能画出一个真正的圆，虽然圆是真实存在的。真相也一样，可以无限接近，但不可能完全复原。三名抢劫银行的歹徒全都死了，正义尽管迟到了十年，但并没有缺席。丁海山、沈洁，还有那名私家车车主，都可以瞑目了。沈洁的丈夫也可以告慰亡妻了，他应该开始一段新的感情。还有你，齐唐，杀害你的凶手遭到了报应。而且，悬案告破，你纠缠了十年的心结也解开了。还有啥子结局比这个更完美呢？最难接受这个结局的，恐怕只有沈秘书，一个深爱了恁个多年的男神，竟然是杀害她姐姐的仇人，想想就心如刀绞。

没有关系，你可以做各种假设，就当是在创作小说好了。齐唐一副满不在乎的样子，他掏了掏耳朵，我尽量解答你的疑惑，反正我是死人，你应该很明白，死人的话是不能用来当证词的。我们都不用为自己的话负责，就是瞎聊。

说着，齐唐拉起了小提琴，是帕格尼尼的《钟》。

不得不承认，他比我拉得更好。

我抽着烟，在音乐中沉默了很久，直到齐唐又换了一支曲子——贝多芬的《第七小提琴奏鸣曲》，我才掐灭烟头缓缓开口：

在你刚刚被杀害之后，如果小溪就把监控的内存卡交给警方，那么，白宇和郭一凡就会被抓起来，这对小溪是非常不利的。

为啥子？齐唐边拉小提琴边问我，但并没有抬头。

我深呼吸了几下，似乎说出这句话要很大的肺活量：因为，在确凿的证据面前，他们会供出小溪。

齐唐并没有感到震惊，但也没有马上反驳我，依然边拉琴边说，你脑回路很清奇啊，居然认为小溪是第三名劫匪。

小溪是十年前开始炒房的，她启动资金的来源很可疑。以她家当时的经济条件，根本没有钱投资买房。

齐唐眼神飘忽，我想她应该跟你说过，她卖掉了祖传的翡翠镯子。

她是说过，她还说炒房赚到钱后，又把卖掉的镯子买回来了。我趁她不注意的时候，把镯子拍了照，发给我一个搞玉器鉴定的朋友。他说，绝对不是翡翠的，也不是祖传了几代的老玉，是做旧过的，最多值两三万。

齐唐很不以为然地说，可能是你的朋友看走了眼，也有可能小溪被人骗了，把她的翡翠镯子调包了。

我那个朋友是行内的老师傅，玩了半辈子玉器，绝对不会走眼。那只镯子是小溪家的祖传，如果被调包了，她肯定能发现。我看着专注拉琴的齐唐，你的这两个假设都不成立。

齐唐没有即刻回答，他在拉小提琴大师萨拉萨蒂的名作《流浪者之歌》，曲调缠绵悱恻，有一种吉卜赛式的忧伤和浪漫。拉完最后一个调子时，他说，就凭这一点，就断定小溪参与了抢劫银行，太武断了吧。

当然不止这一点。小溪之前跟我说，她是在你被害后才认识白宇的，这不是事实。她能偷到白宇随身物品，说明两人一定很熟，只是假装不熟。而且，那只打火机应该很早就偷过来了，在我进防空洞那天，她才悄悄放在银器旁边，所以打火机表面很干净。

齐唐放下小提琴，默默地注视我。

防空洞四通八达，就是本地人也很容易迷路。所以，你被害那天晚上，白宇和郭一凡肯定有人带路，这个人就是小溪。

他轻轻一笑，作家的想象力确实丰富。

在我去鹤松古镇之前，郭一凡就已经去了。我不相信是巧合，郭一凡提前到那里，就是为了打探消息，因为他晓得警方要重新调查那起银行抢劫案。

他怎么晓得的？齐唐问。

当然是小溪告诉他的。小溪晓得我会把警察引到鹤松古镇去调查，所以提前通知了他。

小溪这样做的理由是啥子？

她想让郭一凡和白宇紧张，人一紧张就容易失去理性，做出错误的判断。后来警方根据我提供的线索，查到白宇头上了。郭一凡从小溪那里得到消息后，惊慌之下，连夜把白宇灭口了。

小提琴突然从齐唐手上消失了，他好像具备了一种超自然能力。

他高深莫测地看着我，问道，然后呢？

在郭一凡即将暴露身份后，小溪又把他给杀了。是雇凶，凶手就是郭一凡家里多出来的那具尸体。围绕你被害这个案子，总共死了三个人，其中两个都是鹤松银行抢劫案的劫匪，都死于灭口，这就给警方造成了一种错觉——死的第三个人很可能也是当年的劫匪之一。他是在郭一凡家引爆煤气时发生了意外，引火烧身。这个时候，小溪再把你被害那天晚上的监控视频交给警方，说是刚找到的，如此一来，警方给白宇和郭一凡定罪就有了确凿的证据，也就更加相信郭一凡家那具多出来的尸体，就是第三名劫匪。有个死人给小溪背黑锅，她就彻底安全了。

小溪雇凶杀掉郭一凡，然后她再杀凶手灭口。齐唐吐出一个飞碟状的烟圈，你觉得她有恁个大的能耐吗？

凭她一己之力当然不行。我说，整个计划是你和她一块制定的，而且主要是你的智慧。

谢谢大作家的夸奖。齐唐的笑容古怪，你晓得那个杀手是怎么死的吗？

在杀手潜入郭一凡家之前，小溪已经进去过一次，她给郭一凡喝了掺有安眠药的饮料。郭一凡昏睡过去后，小溪离开了房间。过了几个小时，小溪估计煤气浓度已经达到爆燃的临界点了，就让杀手开始行动。当然，杀手事先并不晓得小溪已经打开了煤气，他准备以别的方式杀害郭一凡，比如使用锐器刺杀或钝器击打。杀手进入郭一凡家，闻到浓烈的煤气味后感觉不妙，他转身想离开，但衣服摩擦产生了静电反应，引爆了煤气。

不是所有的衣服都容易产生静电反应。齐唐摇摇头，靠这种方式来引爆煤气，成功的概率并不是太高。

这只是一种可能性。我说，为了提高成功的概率，小溪可能还采取了一种更保险的引爆方式。

啥子方式？齐唐问。

小溪离开郭一凡家时，把房间里的灯都关了，只打开了一个电炉子的开关。注意，是那种很老式的电炉子。小溪出门后，又在楼道里切断了郭一凡家的电源。

恁个做的目的是啥子？齐唐又问。

这样电炉子就不会一直保持在通电状态，不会提前引爆煤气。

你接着说。齐唐主动给我点了一支烟。

我闻到他身上有股淡淡的味道，小溪的味道。

等杀手进入郭一凡家后，小溪在楼道里突然拉下了开关柜里的电闸。我问齐唐，你觉得会发生啥子情况？

那种老式的电炉子通电后，温度能瞬间升到几百度。齐唐说，这种高温很容易引爆煤气。

如果还不放心，小溪可以预先在电炉子上放一个小纸片。我用手指比画着长短，恁个小就够了，电炉子通电后，马上就会引燃纸片，有了明火，煤气更容易引爆了。

爆炸的场面一定很壮观！

齐唐的语调亢奋，就好像他在看一场烟花秀。

拉下电闸的同时，小溪迅速跑下楼，所以她没有在爆炸中受伤。对了，那个电炉子应该是小溪带进郭一凡家的。

为啥子恁个肯定？

郭一凡住的是豪宅，用的都是高档电器，他怎么可能有这种老掉牙的电炉子？我直视着齐唐，我能看出来，警察肯定也能看出来。

这又如何？齐唐毫不在意地笑了笑，警方会怀疑是杀手把电炉子带进去的，第一次进去后，杀手打开了煤气，也打开了电炉子开关。但煤气迟迟没有引爆，杀手误以为电炉子坏了，就第二次进入郭一凡家，想查看到底是啥子原因，结果很不巧，他刚刚进去就爆炸了。

我说，的确可以这样解释。

大作家，你现在是啥子心情？齐唐笑眯眯地问我。

说实话，五味杂陈。你用生命取证，帮助警方拿到给劫匪定罪的证据，这很让我感动。但是，你用法外制裁的方式除掉劫匪，保护小溪，这是赤裸裸的犯罪。而且，你指使小溪杀人，是在害她，让她在犯罪的泥潭中越陷越深。

杀的都是该杀之人。他轻描淡写地说，我不会殃及无辜。

你们找的杀手肯定是经过精心挑选的，这一点我毫不怀疑。他应该是个人渣，所以你和小溪谋杀他才不会有犯罪感。

没错。他的语气非常坚决，这是为民除害！

小溪也是银行抢劫案的受害者，对吗？我平静地问他。

齐唐却不平静了，虽然坐着，他的整个身体却直立起来，惊讶地望着我：你怎么晓得她是无辜的？

我跟对面饭店的胖哥摆龙门阵时，听他说过，小溪还没发财前，做过明星梦，经常在一些来山城拍戏的剧组里当群众演员。

她确实有表演天赋。齐唐叹息了一声，可惜没有机会圆梦，当明星是需要人脉的，而且需要大人物提携，她没有任何资源，我对这一行也不熟，帮不了她。

经常有剧组去鹤松镇和青鱼镇拍戏，我想，小溪很可能是被白宇和郭一凡骗过去的。

那你说说，他们为啥子要骗小溪过去？

齐唐僵硬的身子放松了，慵懒地靠在了布艺沙发上。

他们俩少个开车的。十年前，白宇和郭一凡还处在生活的最底层，没有车，也不会开车，作案没有交通工具肯定不行。小溪在弹子石的亲戚就是开驾校的，小溪就是在那里学会了开车，但那时候她还没有拿驾驶证。哦，这也是胖哥告诉我的。

齐唐点点头，没有说话，他显得很虚弱。

白宇和郭一凡骗小溪说，是去演戏，演一场抢劫银行的戏。小溪当时很单纯，信以为真，就跟着去了。她根本就不晓得，她开的那辆车是抢来的，更不晓得司机已经被杀了。

齐唐闭上眼睛，但我知道他在听我说，而且是很认真地倾听。

小溪那时才十九岁，没有啥子社会经验，头脑很简单。在白宇和郭一凡的连哄带骗下，她把整个作案过程都当成了演戏——以为枪是假的，以为倒在血泊中的两名被害者也是群众演员，甚至以为抢来的钞票也是假的。直到他们逃脱了警方的追捕，白宇和郭一凡准备分赃时，小溪才恍然大悟，意识到自己被拉上了贼船。可这个时候，生米已经煮成熟饭，杀了人，抢了银行，她根本就没有去自首的勇气。很可能，当时她还受到了白宇和郭一凡的威胁，她害怕了，于是保持了沉默。为了封口，白宇和郭一凡给了她一大笔钱，对她来说这无疑是笔巨款。她就是用这笔钱炒房、发家致富。为了掩盖这笔黑金的来源，她故意放出风去，说自己把祖传的翡翠镯子卖了。对了，他们仨以前应该是在电台里认识的，分赃后，他们订立了攻守同盟，尽量少联系，所以在外界看来，他们并不认识。

就因为小溪有明星梦，你就觉得她是被人以演戏的名义骗去抢银行？齐唐睁开眼睛，这也未免太牵强了吧？

听胖哥说，以前只要有戏演，哪怕是坐十几个小时的绿皮火车，小溪也会赶过去。但后来，她突然对演戏不感兴趣了。就算是有剧组到十八梯来拍戏，她也不去串组。这个转折点是从十年前的那个秋天开始的，当时十八梯来了一个剧组，拍一部民国谍战戏，好多街坊都当了群演，胖哥也演了个棒棒——那是他第一次演戏，印象很深刻，所以时间点记得很清楚。胖哥跟我说，导演很偶然地发现了小溪，觉得她形象气质好，又有演艺经验，就想请她当女三号——一个地下党员，是临时加的角色。但小溪二话没说就拒绝了，这让胖哥很不理解。要是换在以前，恁个好的出名机会，倒贴钱小溪都会愿意。

你的意思是，抢银行让她落下了心理阴影？齐唐幽幽地问。

没错，只要一演戏，她就会想起那个噩梦。

你没觉得这里面有个悖论吗？齐唐说，如果我晓得小溪涉案，这十年来，我为啥子还要费尽心思找到抢劫银行的劫匪，直接问小溪不就行了？

这并非悖论，一开始你并不晓得小溪涉案。后来，小溪看你为了寻找劫匪，跟魔怔了似的，还把十八梯的祖屋都卖了，她不忍心，就把真相告诉了你。

小溪恰好在电台里认识了劫匪，我又恰好在电台窃听到了劫匪抢银行的秘密。齐唐没有看我，他的目光透过窗户，看着墙头摇曳的蒲公英，大作家，你不觉得这太巧了吗？

应该是小溪先认识白宇和郭一凡，你担心小溪遇到坏人，就窃听了他们的聊天内容，结果阴差阳错地发现了抢银行的秘密。

齐唐的目光转了个九十度的直角，看向我身后的墙壁，意味深长地说：

你的推理非常精彩，但是，这并非真相的全部。

那全部真相是啥子？我一边探询，一边回头张望，想知道他在看什么。

但我身后的墙壁上什么都没有，连光都不存在。

等我再次回头时，齐唐已经不见了。

就好像他刚才根本就没出现过，一直是我在自言自语。

一场生者对死者的奇异访问就这样结束了。

我吐出的烟圈浮荡在房间里，渐渐地聚集成一团，像一只神秘的草帽。

它一直紧扣着，似乎在掩藏什么秘密。

一个比玛雅人的水晶头骨还要难以破解的秘密。

第五章 写给夏天的你

坐在黄桷树下的白色长椅上，我看了一会儿诗集《骨灰罐里倒出来的沙》，尽管阳光很好，身上却阴冷阴冷的，这种寒意是从字里行间透出来的。那个犹太诗人写的每一个字确实都滴着血，而且是冰冷的血。我合上诗集，身上立刻暖和了许多。已经中午十二点了，小溪还没有回信息。我拨打了她的号码，但她一直没有接听。我很诧异，因为这种情况从来没有出现过。难道小溪有心灵感应，知道我刚才在背后议论她，所以生气不理我？其实，我和齐唐的对话完全是建立在假设的基础上，更多的是小说式的推理，并没有实证。创作时，我总是脑洞大开，以上帝的视角来俯视众生。而且，我还是一个讣闻师，老是接触生与死这种宏大叙事，脑袋里冒出一些疯狂的念头也是正常的。

我在"胖哥饭店"点了两荤一素，要了几瓶啤酒，边吃边听邻桌的人摆龙门阵，都是些爬灰偷汉的事。讲的人绘声绘色手舞足蹈，很有说评书的天赋。山城人都这样，从小听龙门阵和川剧长大，都是天生的表演艺术家。所以在这个城市生活很少会感到寂寞和无聊，每天都能看到演出，当然，自己也是群众演员中的一员。

几瓶啤酒见底后，还是没有小溪的消息，我开始心神不宁起来。她没有告诉我去的是哪家宠物医院，但我觉得她还在宠物医院的可能性不大，安妮就是小小的腹泻，看病要不了多长时间，她应该早就回来了。也许，她回的是自己在南坪的家——那是她准备用来当婚房的别墅。有一次闲聊时，她跟我说已经搬进去了。虽然她没有告诉我具体的地址，但对于我来说，找到那栋别墅并非难事。

我犹豫了一会儿，还是没有去找她——这太冒昧了。而且，她联系不联系我，跟我有什么关系呢？我又不是她男朋友。再说了，她不回应我，肯定有她的理由，可能是不方便，还有可能是忘带手机出门。后者可能性更大——因为，她带安妮去看病时，没有给我的手机留言，而是把字条贴在黄桷树上。

我根本就没有去找她的理由，一条都没有，只有借口。

正午的阳光有些燥热，我好像听到了几声蝉鸣——往年这个时候，至少要到六月才能听到。也许，十八梯的蝉比别处叫得更早一些，不知道是不是我的错觉，这里处处都透着一种古怪。回到阁楼，我站在书房的窗口拉了会儿小提琴，都是齐唐上午拉过的曲子——《钟》《第七小提琴奏鸣曲》《流浪者之歌》。然而，拉小提琴不仅没有让我转移注意力，小溪投射在我心里的阴影面积却更大了。我突然发现有些不对劲——不是她受我和齐唐对话的影响，而是我受了这次对话的影响。

我的那些假设能成立吗？

如果能，小溪现在就可以把齐唐用生命换取的证据交给警方了。

为了证明潜入郭一凡家的那个杀手就是第三名劫匪，齐唐还可以在自己被害前导演一出戏，拍下那个杀手潜入阁楼谋害他的画面——这个很容易做到，还是小溪出面，找个借口，雇用杀手去杀齐唐。偏偏行动那天晚上，阁楼里除了齐唐还有别人，所以谋杀未遂。这个未遂当然也是设计好了的。否则，后面的剧本就不好写下去。正因为这次未遂，才导致白宇和郭一凡后来亲自出马，将齐唐勒死。

嗯，逻辑非常清晰，很有说服力。

谋害郭一凡的杀手曾经谋害齐唐未遂，这更加说明他就是鹤松银行大劫案中的第三名劫匪。

齐唐身为调查记者，经常跟警方打交道，他应该很清楚办案的程序。如果在侦查中没有发现别的疑点，警方就此结案的可能性非常大。我相信齐唐制订这个计划前，做了周密的准备，不会轻易让警方找到破绽。当案件尘埃落定后，小溪自然就高枕无忧了。

我突然醒悟，我也是这个诡计的一部分，而且是非常重要的一部分——齐唐和小溪就是利用我来误导警方。但我有些疑惑，齐唐生前为什么不直接将白宇和郭一凡杀死？以他的高智商，设计一场完美谋杀似乎不是太难的事。可是，他却绕了一个大圈子，非要在自己死后，利用小溪来实施这个计划。这其实是将小溪置于一个危险的境地，一步不慎，她就可能掉下悬崖。

然而，我很快就明白了齐唐的良苦用心。

只有误认为银行抢劫案中的三名劫匪都死了，警方才永远不会重启对这个案子的调查，小溪才会彻底安全。如果齐唐不声不响地谋杀了白宇和郭一凡，警方是不会把这两人跟银行抢劫案联系在一起的。而且，齐唐不光是想除掉劫匪，保护小溪，还想把劫匪的罪行公之于众，他不愿意让鹤松银行大劫案的真相永远沉入海底。所以，他必须借助我的推理和警方的调查来实现他的意图。

齐唐应该很自信，认为自己的计划天衣无缝，小溪不会有任何麻烦。

真的是这样的吗？我自言自语。

还有，为什么要选择我来当这个棋子？

就因为我是一名推理小说家，还是另有目的？

放下小提琴，我在阁楼里四处走了走。我感觉这栋似乎摇摇欲坠的老房子就是由密码组成的，每一块木板，每一朵雕花，每一块玻璃，每一件摆设，每一盏灯，每一个锅碗瓢盆，都是需要解密的电码。它们构成一个巨大的谜团，而我深陷其中。不，我也是谜团的有机组成部分。

我有点沮丧，被人利用的沮丧。我总是在小说中设计别人的生活，所有角色的悲欢离合，包括生死，都是我一手操纵的，这让我很有成就感。掌控别人的命运是很有快感的。所以，李世民不惜手足相残，发动玄武门之变；慈禧太后不惜毒杀亲侄子光绪帝，垂帘听政。其实，辽阔的江山并不是他们的最爱，没有飞机、火车和汽车的年代，就是一辈子都坐在马车上，也去不了多少地方。疆域对于统治者来说，就是一张还没有龙袍大的地图，说白了就是一张纸。他们之所以血腥杀戮，是为了追求那种掌控别人命运的快感。当整个国民的富贵贫贱全都由他们来决定，国运也由他们来主导，毫无疑问，他们就能快感汹涌、高潮迭起。

这是一种心理的高潮，也许还有生理的。

可是，现在，我却成了被别人掌控的对象。如果往上追溯，可能我在《雾都早报》连载小说就是一种有意识的安排。然后，我像个木偶，被人一步步牵引着，来到十八梯，住到这栋阁楼里。

我在这儿做的每一件事，都是齐唐和小溪在剧本上早就写好的桥段。而我，只是一个隐形的演员，剧情发展根本不受我左右，是导演和编剧说了算。格老子的，这让我细思极恐。就好像自己在解放碑裸奔，不，比裸奔更可怕，就好像滚床单时被偷拍，还有人躲在镜头后面对我的表现指指点点。

走到楼下客厅时，我突然听到院子里有脚步声，我以为小溪回来了，连忙打开房门，却发现是罗拉拉。她穿着警服，胸脯起伏得厉害，好像是带着风过来的，我感觉黄桷树的枝叶都在摇晃。

是你啊，罗警官，进来坐吧。我招呼她。

她面无表情地走进客厅，似乎把我当成了一个透明的气球。

我边泡茶边问：“玫瑰花庭”那边勘查完了吗？有没有啥子发现？

她径自在沙发上坐下来，一言不发。

我觉得奇怪，回头问她，你怎么啦？

她还是没吭声，像一尊陶俑。

我把泡好的茉莉花茶递给她，她没接，我只好把茶杯放在她面前。

我在她对面坐下来，是不是谁欺负你了？

她继续沉默。

我端起茶杯，心里暗想，今天这是怎么了？小溪的反应很不正常，罗拉拉也怪怪的。就算都是生理期，也不至于这样吧？

我又问，周队批评你了？

尸检还没有结果。罗拉拉终于开腔了，通过视频侦查，我们发现一个叫梁旭冬的人在火灾发生前进入了"玫瑰花庭"小区，但一直没出来。因为小区没监控，只能一户户排查，但还是没有找到他，也没有认识他的业主。所以，我们把他列为重点嫌疑对象。这个人绰号冬哥，我想，你应该对他不陌生吧？

我从罗拉拉的语气里感觉到了一丝嘲讽。

我有个初中同学叫梁旭冬，外号也是冬哥。我满脸迷惑，当年他考上了复旦数学系，后来据说去哈佛读博了，不应该是他啊。

别扯了，你再想想！罗拉拉的脸色阴沉，像梅雨来临前的天空。

我愣了一下，抽了两口烟，突然一拍脑袋，想起来了！我开夜班出租车的时候，没少拉过那些"吸粉"的，他们都是夜猫子。有好几次，我听他们在车上摆龙门阵时，提起过一个叫冬哥的，好像能耐很大，毒品就是从他那里买的。

他不仅贩毒，还有猥亵妇女和寻衅滋事的前科。罗拉拉说。

我怎么会跟他熟？见都没见过，哦，就是见了也不认识。

你们不是狱友吗？罗拉拉的眼睛钉子一样戳在我身上。

刹那间，像是一颗从太空飞来的陨石划破大气层，猛然击中了地面，我的耳朵里地动山摇，我感觉耳膜都快被撕裂了。

我们调查梁旭冬的社会关系和活动轨迹时，很不巧地发现了你——曾经考上本地一所大学，因为偷窥女生洗澡被学校开除。之后以开出租车为生，暗地里贩卖毒品，案发后坐了四年牢。梁旭冬也因为同样的罪名在渝都监狱服刑，跟你一个监舍，据说你们关系还不错。但你只在渝都住了一年，就转到三峡监狱继续服刑。在监狱里，你用碎片时间搞创作，还救了一个企图自杀的犯人，所以提前半年释放。你是前年出来的，比梁旭冬早一年。他刑满释放后，你们还联系过几次，一起吃饭、唱歌。真是狗改不了吃屎，出狱没多久，他毒瘾发作，又操起了老本行——以贩养吸。

我在下午的阳光里沉默着，吐出的烟圈把我团团包围住了，我的身体变得越来越轻，像是就要悬浮到半空中去。

你和梁旭冬还不光是狱友。罗拉拉一直没有喝我泡的茶，她继续说，以前山城有一个活动很猖獗的犯罪团伙，无恶不作。团伙头目叫李天豹，绰号豹哥，后来被枪毙了，你和梁旭冬都是这个团伙的重要成员。对了，你曾经有个女朋友，是山城一家医院的护士，叫夏可可。

"夏可可"这个名字像一把锋利的刀子，在我的身体上四处游走，不仅切开了我的肌肉，还切开了我的血管和骨头，甚至，切开了我的灵魂。

我的记忆如同一盘老式磁带，在嗞嗞的电流声中，开始飞速倒带——

我是十年前认识夏可可的。

那个春天阳光格外灿烂，整座城市很少看见雾。江水清澈，空气新鲜而明亮，街头巷尾弥漫着一股能沁到灵魂里去的暗香，连茶馆内川剧的唱腔都显得华丽一些。后来我才知道，这都是爱情带给我的错觉，其实那个春天跟以往并没有什么不同。

那时候我刚刚有了个比较正经的职业——开出租车，帮人跑夜班，从晚上七点到第二天清晨六点。因为没经验，几乎赚不到什么钱，勉强够吃喝。但我喜欢这份工作——出租车就像一座移动的小旅馆，不断有客人进进出出。他们把自己的故事留在里面，而我是他们最信任的人。或者说，我是这些故事的保管员。

在夜色中飞驰是种非常奇特的体验，有点像在虫洞里旅行，能看见许多魔幻的东西。而且你会发现夜晚远比白天真实，当所有的光都熄灭后，裸露出来的就是生活的本质。我经常通过后视镜来观察乘客，观察这座城市，这种反向的审视能带来不一样的认识，一种并非平面，而是有弧度的认识。总而言之，开夜班出租车的那些日子，让我接触到了这个世界最隐蔽的部分——在白天，在阳光普照的时候，这一部分是上锁的，甚至隐形的，人们永远看不到。

这些窥探到的内容日后都成了我最宝贵的写作素材，在读者看来，它们也许不可思议，还有可能三观炸裂，但于我而言，普通得不能再普通了——那就是我的日常。

夏可可本来是我的客人，有一天她下夜班，在沙坪坝一家医院门口上了我的车，说去牛角沱。一见到她，我就被吸引住了——不是因为她的漂亮，而是因为她有一种能量场。我很难形容那种"场"是什么。有科学家说，人类之所以喜欢仰望星空，是因为我们的祖先来自遥远的宇宙深处。那我这么说吧，我被她吸引，可能是因为我有一部分灵魂碎片留在了她的身体里面，我们在一起，灵魂才是完整的。

一路上，我不断在后视镜里窥视她，从她的打扮、体味、举止，我很快就判断出她是护士，而且是眼科的。但她并没有关注我，她坐在后排，一直戴着耳机听歌，目光在窗外妖娆的夜色中游离。

车到牛角沱时，我发现她睡着了，耳机里还隐约传出音乐声。对夜班司机来说，这种情况很常见，到目的地后，我一般会叫醒乘客，但这次我没有。我靠边停车，关严窗户，不让一丝风漏进来。那天她穿了件绿色的休闲服，像开在暗夜里的一株蔷薇，充满蛊惑。不，她更像一部军绿色的电台，在密室里闪烁着迷幻的幽光，我很想在上面输入一串电码，找到爱情的入口。

车里不透气，我连烟都不敢抽，怕呛醒了她。春寒料峭，我担心她感冒，就把自己的外套脱下来盖在她身上。尽管我穿得很单薄，却感觉不到冷，反而觉得有点热，因为我的血液在燃烧，被她点燃的——那是一种如同岩浆一样汹涌奔突的地火，炙热却无害，只会在我的体内运行。我的呼吸是平静的，我甚至发现我呼吸的频率竟然跟她完全一致，就好像我们拥有同样一个心脏。

更巧的是，我此刻的心率，跟我抄收莫尔斯电码的速度一样，都是一分钟九十，似乎后排那部神秘的电台已经启动了，我正在接收她发射的无线电信号。根据这些信号，我一点点地破译她的年龄、生活、上下班规律、兴趣爱好、家庭背景、婚姻状况。我笃信相爱的人心中都有一部电台，即使相隔千山万水，也能接收到对方发送的电波，这其实也就是所谓的心灵感应。

她终于醒了，迷茫了几秒钟后，她才明白自己睡在车上，再看时间，已经是凌晨五点。她连忙把外套还给了我，问我怎么不叫醒她？我撒谎说我也睡着了。她坚持要按实际时间结算车费，被我婉拒，我笑着说，先欠着，以后请我吃夜宵好了，她爽快地答应了。等她下车走进一条小巷，我才意识到这一晚白跑了，还得自掏油钱。但我不觉得吃亏，人生中有很多东西是不能用金钱来估算价值的，比如相遇。再多的钱都买不来一次美好的相遇，但一次偶然的回头，一封送错地址的信，就可能遇见生命中那个灵魂相契合的人。

当天晚上七点零五分，我的车停在她凌晨下车的地方。当她从小巷里走出来，看见我摇下车窗跟她打招呼时，她瞪大了眼睛。

上车后，她说，怎么这么巧，我们又遇到了？

我笑着说，明白你会来，所以我等。

她也笑了，说道，这是沈从文小说《雨后》中的句子。

我告诉她，我老家秀山离沈从文笔下的边城——茶峒，只隔着一条小溪，我每天早晨都能听到对岸传来的鸡鸣。因为都是沈从文的书迷，我们聊得很投机。我给她介绍边城的美食——米豆腐、血粑鸭、蒿草粑粑、油炸水蜈蚣，听得她直咽口水；我给她讲拉拉渡、赶场、苗家花鼓舞、茶马古道，她充满了向往。

我说，如果一个男子有了心上人，半夜起雾的时候，在沈从文写的那座白塔下大喊三声心上人的名字，就能隐约看见一个满身银饰的少女对着溪水梳妆，那就是苗家传说中的幸运女神。如果看不见，则说明两人没有在一起的缘分。她问我看见过幸运女神没有，我说没有，因为直到今天之前，我还没有心上人。她似乎没有听出我话里的意味，咯咯地笑了。

车开到医院门口时，我们已经很熟了，像是认识了很多年的老朋友。

她下车前，我们交换了手机号码和名字。

她告诉我，她叫夏可可。

罗拉拉说，我初步了解了一下，夏可可是个心地善良、阳光活泼的女孩，她一定是被你的假象迷惑了，你就是一堆口吐芬芳的狗屎！

不，我们是真心相爱。我喃喃地说。

我的记忆继续倒带——

最初跟夏可可交往时，我只是按时接送她上下班，她也会照常付车费。除了出租车这个逼仄的金属空间，我们没有在别的地方见过面。在车上，我们谈沈从文的作品、边城的风土人情、阿米尔汗的电影、西薇·姬兰的芭蕾舞《圣兽舞姬》、霍金的《时间简史》……我们还谈彼此的梦想，她说她胸无大志，梦想就是去茶峒走翠翠走过的路。我说，我的梦想就是在翠翠走过的路上，遇见一个胸无大志的女孩。她捂着嘴乐，说我至少承包了她三个月的笑点。我还给她讲我在开夜班车时发生的各种奇幻故事，那是她在书本上看不到的。

当时我还没有想到，多年以后，我和她也会成为别人口中的故事。

后来，她兑现了承诺，请我去磁器口吃夜宵。再后来，可能是春末，也可能是夏初，我们相爱了。我们没有什么钱，基本上不去那种高消费的地方。那时候山城有很多等待拆迁的老街，人烟稀少。我经常把车停在行道树下，风吹起一地的纸片，斑驳的光影落在贴有茶色车膜的挡风玻璃上，如同我们的爱情。就在这个封闭的空间里，我们完成了第一次灵肉交融。

那年秋天，我带她去了一次茶峒，是顺便去的。我要开车回秀山，接父亲来山城住院治疗肾病。那次，她真的去走了翠翠走过的路，手上拿着那本《边城》，凡是里面出现过的地名，她都要去找，找不到就四处打听。最后走累了，她坐在拉拉渡口吃米豆腐，指着篱笆深处的一座吊脚楼对我说，以后有钱了要买个这样的房子，就在里面养老。

有一天，半夜时分，她硬是把我从睡梦中拽起来，跑到白塔下，说起雾了，要我大喊三声她的名字。我喊了，她兴奋地大叫，说真的看见那个梳头的幸运女神了！我也附和着说看见了，其实，我什么都没看见。我感觉她也是在骗我，对于热恋的情侣来说，都喜欢生活在假象当中。

父亲出院后，我和夏可可同居了，在渝北龙溪镇租的房子。一座很破败的院子，占地近两百平方米，月租金只要一千五百块。同地段同面积的房子，至少四千以上。房租便宜是因为这里死过人——一对情侣洗澡时煤气中毒。尸体发现的过程很诡异——老街上的一只宠物狗不知怎么钻进了这座院子，叼了块肉回家，狗主人是个卖熟食的小老板，认出这是人的耳朵，当即报警。警察勘查现场后，判断这对情侣至少死了一个礼拜以上，尸体被老鼠和野猫野狗啃咬得千疮百孔。从此这座房子就成了凶宅，没人敢住。但我不信邪，夏可可也不信。

有什么好怕的呢？

夏可可说，医院是死人最多的地方，也没见闹鬼。

我经常跑夜班车，奇奇怪怪的事情也见得多了，没赚到什么钱，胆子却练大了。一看房租便宜，我们就义无反顾地搬了进去，然后自力更生，把院落改造成我们想要的样子——

首先是拆掉了引发事故的燃气热水器，换了台用电的，是二手电器市场上淘回来的；然后是把房间全部贴了墙纸，是那种早已过时的款式，颜色还参差不齐，但价格低廉；接着，拆掉了那对情侣睡过的床，自己动手做了一个榻榻米。地面也全部铺上了彩色泡沫垫，还买了一些老旧的家具和灯具；我们又买了耗子药，花了一个礼拜，把藏在阴暗角落里的老鼠全部毒死了；最后，我们在院子里种满了花草。对了，还做了一个小小的秋千。

到第二年春天的时候，整个院子花团锦簇，充满了生命的味道。

那些旧墙纸和老家具，在昏黄的灯光下，有一种历史的质感。夏可可的几个同事来做客时，还以为我们花大价钱请了设计师，纷纷拍照留影。房东也惊讶于这里翻天覆地的变化，连声说自己租亏了。要不是我们一次性交了五年租金，他肯定要涨房租。

我们从来没有在这座院子里闻到过死亡的气息，从来没有！无论雨天还是晴天，房间的色调都是明媚的，因为这里的每一寸空间都被燃烧的爱欲填满了，任何不好的东西都针插不进。我们睡觉都是手牵着手的，甚至连噩梦都没有做过，在梦境里，我们延续着现实世界的浪漫和甜蜜。

躺在榻榻米上，我们经常想起那对情侣，包括他们的姓名、年龄、职业、长相。很多次我们赤裸相对时，感觉到了他们目光的注视。我们在这里延续了他们的爱情，所以这种注视是温柔的、善意的，常常让我们更迅速地进入高潮。

我们坐在晃晃悠悠的秋千上看书、听音乐，设想将来的生活。

夏可可把自己的身体荡得几乎飞起来，说道，我要考一个医师执业资格证，以后开一家诊所。

我想了想，然后说，我再开几年夜班车，等积攒了足够多的故事，就当一名推理作家。

你会推理吗？她歪着头，笑盈盈地看着我。

我告诉夏可可，第一天见到她，就知道她是眼科护士。

她伸手在我鼻梁上轻轻刮了一下，吹牛，我才不信呢！

当时你没有戴任何首饰，身上也没有香水味，但有股消毒水的气味，这说明你不是病人家属，而是医护人员，因为医护人员是不允许化妆的；上车后，你拿出一支玻璃酸钠眼药水，这个我也用过，治疗眼睛干涩的。你点眼药水的手法非常专业——先将药瓶摇晃了几下，然后眼睑往下拉，将药水点入眼白与下眼睑之间。再闭上眼，轻轻按压眼睛内侧靠近鼻子的地方，防止药水从鼻泪管流出；职业特点往往会在个人爱好上投射出来，比如我的手机屏保是一辆名车。你听音乐时，我发现你的手机屏保是"蓝洞"——那被称为海洋的眼睛。

那你怎么晓得我不是医生，而是护士？她跳下秋千，问我。

我说，在医院里，医生和护士是两个相对独立的群体，你从门诊大厅出来时，和两个医生擦肩而过都没有打招呼，但和一个护士有说有笑地聊了几句。

她彻底信了。

父母直到去世都不知道我在大一就被开除了，他们以为我"毕业"后去开出租车是因为就业难，找不到好工作。为了不给我增加精神压力，他们没有多说什么。但是，我没有对夏可可隐瞒，我把那个澡堂女子的故事告诉了她。其实，这也只是个故事。很多年来，我反复把这个荒诞的故事植入记忆深处，像一棵树那样，生根发芽，枝繁叶茂。渐渐的，我自己都信以为真了。

听完这个故事，夏可可笑得花枝乱颤，说知道我不是那种变态狂——因为第一次睡在我车上时，我像个守护神陪了她几个小时，毫无猥琐之心，让她非常感动。她还说要好好感谢那个澡堂女子，成全了她和我，不然我怎么会看得上她这个小护士？

我知道，夏可可没有自己说的这么卑微，追求她的男人有很多，未婚的和已婚的都有。她上班那家医院的眼科主任姓姜，经常骚扰她，给她发露骨的信息，还趁没人的时候对她动手动脚。有一次我无意中看到了这些信息，她才哭着告诉我，姜主任是副院长的女婿，随时能砸掉她的饭碗，所以面对骚扰她只能忍气吞声。第二天，我就带着三个朋友找到姜主任，其中就有梁旭冬。除了我，那三个朋友全有文身，个个凶神恶煞。我掏出一把弹簧跳刀插在姜主任的桌子上，警告他，再敢骚扰夏可可，就让他当太监！姓姜的当场就吓尿了。此后，姜主任对夏可可秋毫无犯，还推荐她当了护士长。

也正是因为这次扎场子，夏可可怀疑我涉黑。

我告诉她，跑出租车跟跑江湖差不多，交游要广，我的确认识一些混社会的朋友，但我不是黑社会。她对我的解释半信半疑，她叫我不要去开出租车了，就在家安心写小说，她养我。我搪塞说，现在的生活积累还不够，再过两三年，我一定回家专心创作，顺便当好一个全职奶爸。

女人的嗅觉是敏感的，我的确涉黑。开上出租车不久，我就认识了梁旭冬，当时他经常包我的车运输毒品，被我看出来了，但我没吭声。在警方盘查时，我还帮他打过掩护。后来，他拉我入伙，我成了李天豹的马仔。当年李天豹在山城黑道上是个呼风唤雨的人物，据说其早年在港口连续打劫过数家珠宝店，在飞虎队的合围下全身而退。我利用开出租车之便，帮李天豹运输毒品，因为脑子活，无一失手，颇受他器重，我也发了点小财。

我和夏可可的那座院子，其实是李天豹要我租的。因为是所谓的凶宅，外人一般都不敢靠近，方便李天豹带人在这里秘密开会和交易。但开会和交易都是在夏可可上班的时候，她从来没有察觉过。

直到六年前的那个夏日，我们的爱情出现了拐点。

准确地说，是我们的整个人生出现了拐点。

那天，夏可可觉得胃不舒服，只上了半天班就请假回来。当时，李天豹和几个骨干正在房间里开会，策划从边境贩运海洛因到山城。

夏可可恰好回家，偷听到了这个秘密。

发现夏可可在偷听后，李天豹当即交给我武器，还拿走了我和夏可可的手机，然后带着手下一言不发地出门了。但他们没有离开，而是坐在车内，监视着院子里的动静。我知道李天豹的意思，如果我不杀夏可可灭口，不仅夏可可会死，我也会陪葬。

十分钟后，李天豹带人冲进院子，发现夏可可头部重伤，倒在我身上。李天豹满意地拍拍我的肩膀，说我识大体，有格局，将来一定是个人物。我给姜主任打了个电话，说夏可可胃病有点严重，要请半个月假，姓姜的满口答应。当天晚上，我把夏可可的尸体拉到郊外，挖了个坑埋了。

十天后，由李天豹亲自押运的这批货，从中缅边境运输到了山城，在北碚高速出口被警方当场截获。李天豹和手下全部落网，我也不例外。夏可可的尸体被警方挖出来，但我否认是自己开枪杀了她。我辩护说，当时她要拉着我去自首，我不肯去。她伤心透顶，举枪对着自己的脑袋威胁我，如果我执迷不悟，她就死给我看。结果走火了，她真的死了。

倒带到此为止，我的大脑里一片空白。

罗拉拉说，因为确实没有人看见你朝夏可可开枪，你很幸运，不，应该说很无耻，你成功地逃脱了杀人的指控。但是，所有人心里都很清楚，就是你亲手杀了自己的女朋友。

我脸色惨白，豆大的汗珠往下滴，心脏在一阵阵地痉挛。

秦川，你每晚不怕做噩梦吗？罗拉拉怨恨地问。

我不敢跟罗拉拉对视，我强迫自己镇静下来，然后说，那时年轻无知，被坏人拉下了水，现在我上岸了，再也不干那些违法的事了。真的，不信你可以去调查。我还劝过梁旭冬几次，叫他也收手，牢饭不好吃。

我从茶几上抽出几张面纸，擦了擦满头的虚汗。

我现在明白了，你为啥子会推理，因为你以前就是毒贩。你很了解犯罪心理，也有很强的反侦查经验。你小说中的每一个细节，都来自你真实的犯罪生活。难怪连书里的男主人公都叫秦川，你写的就是你自己，带了滤镜美化了的自己！罗拉拉的声音突然提高了几个分贝，见过无耻的，但没见过你恁个无耻的，你居然兜售自己的犯罪经历，书上的每一个字都流着被害人的眼泪和鲜血，赚这种肮脏的稿费，你的良心不痛吗？

我的五脏六腑都在绞痛，痛得无法呼吸，大脑都快缺氧了。

夏可可被害的时候，才二十五岁，要是没有认识你这个人渣，她的生活会非常美好，现在肯定当母亲了。罗拉拉的声音像是绸缎被撕裂时发出来的，她尖叫道，是你把她毁了，你是个刽子手，是恶魔！虽然法律不能让你偿命，但恶有恶报，苍天不会放过你的，白宇、郭一凡、梁旭冬的下场，就是你的下场！

我闻到了一股血腥味，从自己喉头里蔓延出来的，不，好像是从夏可可的身上蔓延过来的。这么多年了，血腥味一点都没有变淡，还是恁个浓烈。

这时，透过敞开的窗户，我看见周队带着好多个警察冲进了院子，他们手上都拿着枪，小溪抱着安妮跟在后面。我恍惚了，不知道发生了什么。今天，树是恍惚的，花草是恍惚的，天空是恍惚的，十八梯是恍惚的，甚至连时间也是恍惚的。看见这唬人的阵势，罗拉拉也惊讶地站了起来。

周队一脚把房门踹开，警察蜂拥而入，黑洞洞的枪口全对着我，大喊：

不许动，老实点！

我没有动，连烟灰都不敢弹。几名警察直接上前把我扑倒，我的整张脸被挤压在木地板上，都快变形了。接着，我被戴上了手铐。

罗拉拉一脸疑惑，周队，抓他干啥子？

回头我再跟你解释。周队脸色铁青，把他带走！

我的喉头好像被血腥味堵住了，说不出话来。

警察正要把我带走，一直站在后面的小溪突然走上前，用一种从来没有过的眼神看着我，然后问周队：

我能跟他谈谈吗？

这个——周队犹豫着，皱起了眉头。他站在门口，魁梧的身材把整个阳光都挡住了，客厅里潮湿阴冷。

就一会儿。小溪的声音很轻柔，就像她的名字，我以后不想再见到他了。

周队在我身上搜了一遍，没有发现任何凶器，然后他警告我：

坐好，不许站起来，要是敢乱动，就是拒捕，我的子弹可不认识啥子作家！

他大手一推，我跌坐在沙发上，还戴着手铐。

警察全部退出了客厅，有的上楼搜查，有的就站在窗口和门口，对我虎视眈眈。周队和罗拉拉坐在院子里的白色长椅上，两人在交谈着什么，背影看上去很像一幅现实主义油画。十八梯的很多街坊都伸长了脖子围观，黑压压的一大片，如同一群去赶集的鹅。不少人高举着手机拍视频，估计要不了半天，推理小说家被抓的新闻就会上热搜。

小溪坐在我对面，怀里抱着安妮，人和猫都很安静。

我艰难地把喉头里的血腥味吞了下去，问她，你能告诉我，到底发生了啥子事情吗？

你就是白宇和郭一凡的同伙，抢劫银行的同伙。

小溪把视线从我身上移开，她温柔地抚摸着安妮。

我顿时蒙圈了，直勾勾地看着她，不知道她为什么会说出这种莫名其妙的话。

我发现了齐唐留下来的监控视频——在他被害的前一天晚上，十点二十三分，你偷偷地进了阁楼，手里还拿着一把枪。

我并没有马上分辩，而是一直凝视着她，被铐住的双手被迫保持着一个固定的姿势，像是一头被捕兽夹猎获的野生动物。

你应该是来杀齐唐的。小溪依然没有抬头看我，她说，正好那天齐唐来了一位媒体朋友，两人聊天到很晚，朋友就留宿在这里。你找不到下手的机会，只好走了。

我也依然保持沉默，视线仍然没有离开她。

也许，白宇和郭一凡觉得你不会办事，就没再让你来了。小溪低着头，就好像在跟安妮说话，后来是他们俩杀了齐唐，监控也录下来了。

监控藏在啥子地方？我非常好奇。

你猜猜。小溪笑了一下，是那种很诡异的笑。

齐唐是在主卧被杀的，住进来后，那里的每一个可能藏匿监控的角落我都仔细搜查过，但什么也没有找到，我想不出还有什么更隐蔽的地方。

我摇头说，猜不出来。

小溪换了一个姿势抱安妮，两只猫眼正好对着我这边。

我突然发现安妮的左眼眶空空如也，原本蓝幽幽的眸子不翼而飞。但安妮并没有任何痛苦的表情，眼眶周围也没有血迹。这表明那只失踪的眼球并不是刚刚摘除的，而是早就不见了。之前嵌入左眼眶的，是一只足以乱真的义眼。确切地说，是一只伪装成义眼的微型摄像头！

一看我的神情，小溪就知道我发现了端倪，她说：

我带安妮去看腹泻时，兽医发现的，之前我都不晓得。可能齐唐被害前有预感，所以留了一手，怕我担心，就没告诉我。

能给我点支烟吗？我问。

小溪把安妮放在地上，起身从烟盒里抽出一支"天之骄子"，塞进我嘴里。她的手有点抖，划断了两根火柴才点上。

我很深地吸了一口烟，笑着说，你比我还紧张。

她重新坐下来，端起我泡给罗拉拉的那杯茉莉花茶，喝了一口，反问道，我为啥子要紧张？

我上午跟别人摆了一会儿龙门阵。我吐了一个螺旋形的烟圈，你晓得那个人是谁吗？

我不关心别人。小溪再度抱起安妮，我只关心齐唐。

那个人就是齐唐！我神秘兮兮地说。

你产生幻觉了吧？她神色有点讶异。

也许吧，但这不重要。我说，重要的是我真的跟他对话了，明白了很多事情。

小溪没有说话，她审视着我，就像购物时翻来覆去地打量一件衣服，在考虑买还是不买。

我看了一眼站在门窗处的警察，压低声音，把上午跟齐唐的对话告诉了她。

中途她没有插一句嘴，静静地听完后，她笑着说，警方需要的是证据，我有，但你没有，你讲的那些，都是故事。

我又吐了一个水母形的烟圈，你确定视频里的那个人是我？

当然，视频很清晰，警方也看过了，都说是你。

齐唐看见我想要谋杀他的视频，却不报警，你觉得这说得通吗？

我的目光像团雾，始终笼罩着她。

他应该没看到。小溪补充道，他每天都很忙，不可能随时查看监控。

眼睛看到的，不一定就是真的。透过从窗外投射进来的光影，我认真捕捉她脸上的每一个细微表情，我说，先不争论视频里的人到底是不是我，你能告诉我吗，为啥子要陷害我？

我没有陷害你。小溪避开我的目光，我们无冤无仇，我没这个必要。

那就是齐唐的主意。我说。

他也没有理由陷害你。对我的这种说法，小溪更是嗤之以鼻，还是我介绍你们认识的，据我所知，你们只见过一次面。

我曾经以为，梁旭冬可能会出现在视频上。我吐掉烟蒂，但没想到是我。

梁旭冬？她口风很紧，我不认识这个人，也没听齐唐说过。

他以前是李天豹的马仔。我补充道，哦，李天豹就是栽赃你爸的那个豹哥。

我再说一遍，我不认识啥子梁旭冬。小溪露出厌恶的表情，豹哥已经被枪毙了，我不想再听到这个人渣的名字。

不，这个名字是绕不过去的。既然你和齐唐选择了我来组成你们诡计的一部分，那你们一定对我的过去做过很详细的调查——我跟梁旭冬一样，以前也是李天豹的马仔，贩过毒，还涉嫌杀人，活在这个世界上就是浪费粮食，对不对？

小溪沉默着。

投射进房间里的光影慢慢变换角度，照在了我身上。

我说，特别让你们愤怒的是，我亲手枪杀了自己的女朋友夏可可，却没有得到相应的法律制裁。

她还是没有吭声，掏出一支紫罗兰的口红在嘴唇上擦了擦。

这也是你们选择我住进这里的重要原因——既可以引导警方找出鹤松银行大劫案的凶手，又可以借我这把刀杀人，包括杀死我自己，你也彻底安全了。我原以为，梁旭冬一死，一切就尘埃落定了。我真的没有想到，我才是这个诡计中最后要杀的人。老实说，我很佩服齐唐，他真是个天才，居然用自己的生命设计了一个非常完美的法外制裁计划，几乎滴水不漏。一个人的死亡，相对于这个世界来说，本来是无足轻重的。但齐唐利用自己的死亡，展开了一次轰轰隆隆的复仇行动。对他来说，自己的生命终结并非不幸，而是一件非常有意义有价值的事。

小溪收起口红，耐人寻味地说，他做的事，一直都很有意义。

我想，齐唐不是带着恐惧，而是带着兴奋去赴死的。他一定觉得自己像个勇敢的战士，不，像个伟大的将军。死亡通常意味着失败，但齐唐是个例外。死亡是他克敌制胜的武器，他用死亡对敌人发起了致命的攻击，洗刷了自己当年不作为的耻辱，保护了心爱的女人。难怪他做调查记者做得恁个出色，他智商非常高。不过，高智商犯罪也是非常可怕的。脱离了法律的制裁并不能维护社会的公平正义，反而是公平正义的破坏者。

小溪冷笑一声，公平正义从你的嘴里说出来，你不觉得很滑稽吗？

我活动了一下有些麻木的手指，说道，不管我以前做过啥子，都过去了。我现在写讣闻，写小说，是正当职业，没有你想的恁个肮脏。我的价值观也跟以前大不一样了，我敬畏死亡，尊重生命——不仅仅是尊重自己的，也尊重别人的。在我的小说里面，也都是正义战胜邪恶，充满了正能量。的确，以前的很多经历成了我的写作素材，主人公身上有我自己的影子，艺术总是来源于生活的，但也高于生活。我没有美化自己的犯罪经历，从来没有！事实上，我一直在小说里做自我忏悔，这也是一种赎罪，通过文字来赎罪。

都过去了？说得多轻巧！多少人因为毒品家破人亡，你一句"过去了"就可以赎清你的罪恶吗？你可以选择性遗忘，被你伤害过的那些人却一辈子生活在痛苦当中。夏可可被你杀了以后，她母亲得了抑郁症，想要跳楼自杀，她父亲没拉住，两个人一块从楼顶上摔下去，都死了。你觉得你能够被原谅吗？只有非人类才能做得到！秦川，你真的应该下地狱，而且是十八层地狱！

我又一次感觉到了那种灵魂被凌迟的痛苦，我疼得全身都是汗，我体内的水分好像要被蒸发殆尽了。我哆嗦着问，我可以这样理解吗——你和齐唐认识夏可可，也许，关系还不错，所以才把我列入你们的复仇名单。

小溪降低声音的分贝，诡秘一笑，你可以这样去理解。但是，我不会在警察面前承认。

投射进房间的光影消失了，我坐在阴冷中，等待她往下说。

夏可可是万州人，二十年前，她父母在十八梯租房开了家小旅社，叫"好运来"，就在花街子。夏可可是在十八梯上的初中，跟齐唐是同班同学，齐唐那个时候就很喜欢她。"在夏可可面前，我就像一只丑小鸭，而她像只白天鹅，啥子都比我优秀——漂亮、学习成绩好，每次考试都是全年级第一。"齐唐有写日记的习惯，我偷看过，每一页日记里都有夏可可，有时候是在梦中，有时候是在课本里，有时候是在黑板上，有时候是在空气里。我很嫉妒，但不敢吃醋。我怕我一吃醋，齐唐就不理我了。不上学的时候，齐唐经常跑到花街子那边去拉小提琴，美其名曰，那条街布局特殊，有共鸣效果，拉琴更好听。鬼扯脚！我怎么没听说过？他就是故意拉给夏可可听的！齐唐还给夏可可写了很多诗，自己装订成册，叫《写给夏天的你》。每一首我都读过，一点都不夸张地说，这是我读过的最浪漫的诗歌，没有之一。我很悲伤，这本诗集里面没有一首诗是送给我的。齐唐从来没有给我写过诗，一首都没有。

我插了一句嘴，夏可可也喜欢齐唐吗？

我就晓得你会怎个问。小溪嗤笑道，男人都想晓得自己是不是女人的唯一。

我没有反驳，尽管我并不认同她的说法。

我热衷于解密，对不明了的事情我都喜欢探询。

我的回答应该会满足你的虚荣心。小溪说，夏可可对齐唐并没有心动的感觉，齐唐把写给她的诗，偷偷地藏在她书包里，她一次都没有回应过。我在齐唐的日记和诗歌里面，看见了他的失望、他的痛苦。但在我面前，齐唐永远是开开心心的。那时候我就晓得，一个男人和一个女孩相处时，如果整天嘻嘻哈哈，那他肯定不爱这个女孩。真正的爱，最深沉的感情，都是历尽苦难的，是悲伤大于幸福的，就像拜伦和伯爵夫人特瑞萨，就像雪莱和玛丽。

我的胸腔像是被子弹击穿，我想起了我和夏可可那段不堪回首的爱情。

初中毕业时，以夏可可的成绩，本来可以上重点高中，但她父母开的旅社生意不好，她就报考了卫校，想早点工作减轻家里的负担。在一次扫黄行动中，警方发现"好运来"旅社有人卖淫嫖娼，旅社被停业整顿。其实这种事哪里都有，跟旅社没有多大关系。门一关，谁晓得里面的人在干啥子，也管不着。但有人造谣说，夏可可的父母偷偷让自己的女儿卖淫。为了躲避流言，他们一家就搬到了牛角沱，开了家小火锅店。

我现在知道了，夏可可为什么从来没有告诉我，她曾经在十八梯住过——她不想我读到这页被眼泪濡湿的历史。

这当然是扯淡，是竞争对手故意散布出来的谣言，当时十八梯有几十家旅社，经常明争暗斗。夏可可上卫校后，读高中的齐唐还是忘不了她，经常给她写信，但她一封信都没回过。齐唐跟我一样，也是死心眼，不会拐弯。他明明晓得夏可可对他不来电，他就是不放弃。齐唐上大学后，有不少女生喜欢他，给他写情书。这些情书我都看过，能记住名字的至少有四个，其中一个女生还是副市长的千金，但齐唐理都不理这些女生，傲慢得很。

我知道有不少男人追求夏可可，但不知道其中就有齐唐。我从来不打探夏可可的隐私，除非她主动告诉我。

夏可可卫校毕业后，在沙坪坝一家大医院的眼科门诊当护士。那时候齐唐还在念大学，每个礼拜，他都要抽一天时间去那家医院看眼科，当然，是故意的，其实他眼睛啥子毛病都没有，他就是想去看夏可可。齐唐进报社工作后，不少同事要给他介绍对象，他都没答应。他还要我冒充他女朋友，跟他的同事一起吃饭，慢慢地，就没有人烦他了。直到齐唐发现你和夏可可好上后，他才死心。小溪自我解嘲地说，要不是你，齐唐也不会选择我来填补他的感情空白。在这之前，他都是把我当邻家小妹。但我不是把他当邻家大哥，我一直在暗恋他。不过，我没他怎个大的勇气，可以厚着脸皮对喜欢的人表白。我不敢，我怕拒绝，怕连朋友都做不成。恁个多年来，我都是默默地看着齐唐喜欢夏可可。我表面上鼓励他，甚至假惺惺地祝愿他的爱情美梦成真。但心里，我比谁都痛，我希望他只爱我一个人。我背着他哭过无数次，是不掉眼泪的那种哭，比流泪还难受。

我很能理解小溪的这种感受，是的，有一种痛到极致的悲伤是流不出眼泪的，我经历过，至今刻骨铭心。

小溪的脸上浮现出一缕少女的娇羞和甜蜜，她说，好在齐唐回头了，回头才发现我一直在爱他，在等他。他很感动，说委屈了我恁个多年。我说这不是委屈，等待也是一种幸福。我们就这样在一起了，那是我人生中最美好的一段时光。虽然短暂，但会永恒。我记得雪莱的墓志铭上有这样一句话，是莎士比亚《暴风雨》中的诗句——他并没有消失，只是感受了一次海水的变幻，他成了富丽珍奇的瑰宝。齐唐也一样，他从来没有在我身边消失过，从前，现在，将来，都不会消失！

我很想说，夏可可也从来没有从我身边消失过，但我没有说出来。

我真不晓得夏可可为啥子会爱上你，齐唐也很困惑。当时我们还不晓得你是毒贩，只晓得你是专门跑夜班的出租车司机。无论从哪方面，你都不如齐唐。据说夏可可的父母也极力反对你们俩好，说你要啥没啥，工作也没保障。但夏可可铁了心要跟你在一起，因为这，她跟父母的关系闹得很僵。齐唐说，他也没见你对夏可可有多好。夏可可穿的衣服，用的手机和化妆品，都是很便宜的那种。你要是对她很好，她就不会恁个节约。齐唐很有挫败感，说好白菜都让猪拱了。小溪叹了口气，可能这就是爱情吧，没有道理和逻辑可讲，是命中注定的。

扪心自问，我确实没有送给夏可可什么贵重物品。最贵的就是那条镶嵌着绿松石的银项链，花了六百多块，她到死都戴着。

后来，听说你是毒贩，而且为了自保，亲手把夏可可打死了。齐唐简直气疯了，特别是，当他得知你没有因为杀害夏可可被判死刑，他出离愤怒。他写了一篇措辞激烈的文章声讨你，想给司法机关施加舆论压力，帮夏可可讨还公道。但这篇文章没有被允许发表，有关部门给出的理由是——你杀人没有证据，夏可可的死不排除是枪支走火造成的。齐唐动用了自己的社会资源，他在公检法也有很多朋友，他想推翻之前的荒诞判决，让你给夏可可偿命，但还是没有成功。

我看见小溪的视网膜上闪烁着绿色的火焰，我说，这应该就是齐唐把我列入死亡名单的原因。

你怎么想是你的自由，反正，我在警察面前不会承认。小溪拿起火柴盒嗅了嗅，似乎在上面寻找齐唐的味道。她接着说，你坐牢没多久，夏可可的父母就坠楼死了，后事是我和齐唐帮着料理的，就埋在夏可可旁边。那段时间，齐唐的心情很低落，他觉得自己是个不称职的记者。有一天，他把手机关了，失踪了，我急得差点报警。最后在夏可可的墓前找到了他，当时，他喝醉了，还哭了，那是我第一次见到他哭，像个孩子。我也抱着他哭，他哭的是夏可可，我哭的是自己，他跟我好了怎个久，但心还在别的女人身上。

齐唐对夏可可的痴情让我动容，比较之下，我对夏可可的亏欠实在太多。如果当初她选择齐唐，肯定比选择我更幸福，至少她还活在这个世界上。

每个成年人都必须为自己做过的事情负责。小溪说，在鹤松银行大劫案发生前，齐唐为了圆自己的记者梦，确实有不当行为。他很后悔，甚至一度想过吃安眠药自杀，被我及时发现，阻止了。我威胁他，如果他死了，我也去死。他用了整整十年的时间来赎罪，并且付出了生命的代价。白宇和郭一凡也一样，虽然金盆洗手后，他们热心慈善，但这不能当作免罪金牌，他们必须为当年的罪行负责。那个梁旭冬，出狱后继续贩毒，也必须为自己的恶行负责。还有你，更是要为夏可可一家人的死负责。不是所有的罪恶都可以被宽恕的，无底线的宽恕，是对犯罪的姑息纵容。如果你真的想洗心革面，那下辈子就好好做人吧。小溪眼内的火焰变成了厚厚的积雪，她冷冷地说，这辈子，我看你是没有机会了。

我看着小溪，她眼睛里的寒意似乎顺着视线传递到了我身上，我感觉到了一种深入骨髓的冷。我换了个坐姿，问她，你也会为自己的行为负责吗？

小溪的身体微微抖了一下，但很快平静了，她笑道，我负责把你们这些人渣送到该去的地方。她的声音变得更低了，低得我只有竖起耳朵才能听清楚

——我要谢谢你替我和齐唐圆满地完成了这个计划，换了别人，计划可能就泡汤了。这也可以当成是你另外一种形式的赎罪，就跟齐唐一样，你生命的终结也是很有意义的。对了，受你启发，我对讣闻师这个职业产生了浓厚的兴趣，死亡这个命题太有意思了，我有强烈的写作欲望。如果你不反对，你可以成为我讣闻处女作的主人公。你放心，我不会歪曲事实，写你时我会保持客观公正。这个世界不是只有黑白两种颜色，每个人身上都是有光谱的。光谱里有多种颜色，不是非黑即白，还有红色、绿色、橙色、蓝色、紫色，等等。我会尽量去寻找你身上的彩色光谱，让你不显得恁个猥琐和肮脏。

小溪站了起来，我知道对话结束了。

周队和罗拉拉的对话也早就结束了，他挥挥手，我被罗拉拉戴上了一个只露出眼睛的黑色头罩。被警察带离时，我挣扎着回头看了一眼阁楼——它矗立在越来越黯淡的阳光中，就跟郭一凡在素描中画的那样，格调阴郁压抑。我感觉那排枝叶茂密的黄桷树，那张白色的长椅，还有院子里的那些花花草草，都有些陌生了，空气里也不再有暗香浮动。突然，安妮从小溪的怀里跳下来，尾巴高高地竖起，像根旗杆。安妮似乎知道我要走，而且再也不会来了。它对着我不断地发出"喵呜"声，没有玻璃体的左眼像一片深邃的黑色海洋。我蹲下来，用带着铐子的手抚摩着安妮。我突然看见了一滴眼泪，从黑海里流出来的，另外一只眼睛依然像蓝宝石一样熠熠生辉。不过，也许是幻觉，那滴泪其实是我自己的。

我的脚迈出院子的瞬间，我听到阁楼的书房里传来一阵蜂鸣声，好像是小提琴从墙上掉下来了。

很奇怪，当天并没有任何人提审我。

我在留置室内住了一晚上，直到第二天下午才被带进审讯室。

坐在我对面的是周队和罗拉拉。

火灾现场的尸检结果出来了，身份已经确认，卧室的那具尸体是郭一凡，客厅里的是梁旭冬。周队说，初步分析，是有人趁郭一凡熟睡时打开了煤气，然后用电炉子引爆。在郭一凡的遗骸内检验出了安眠药的成分，但我们并没有找到郭一凡购买安眠药的记录。他哥哥也说，郭一凡并没有睡眠障碍。

这跟我有啥子关系？我脑袋有点发蒙。

周队示意罗拉拉给我看了一段视频——上面显示"我"拿着一把单筒猎枪，深夜潜入齐唐住的那栋阁楼，发现楼上不是齐唐，而是另外一个男人后，"我"迅速转身离开。

齐唐并没有出现在视频画面中，那个"我"的确跟我长得一模一样。我甚至产生了一种错觉，难道是我人格分裂，另外一个我跑出去行凶杀人，而现在的这个我毫不知情？

秦川，上面这个人是你吗？周队主动给我点了一支烟。

是不是我得做 DNA 鉴定，我现在只能说长得像我。

只是像吗？周队吼了起来，就是一个模子里刻出来的，不是你是谁？

我没有被吓唬住，这种地方我不是第一次进来。

我说，可惜我父母不在了，要不我可以问问他们，我是不是还有个失散多年的孪生兄弟。

周队把一口烟吞进肚子里，压抑着怒火，切换了话题：

在郭一凡磁器口的画室里，我们找到了一部"小八一"电台，还有一把枪。

罗拉拉起身，把几张照片放在我面前。

其中一张照片拍的是电台、耳机、天线以及几十发霰弹。

另外几张照片拍的都是同一把单筒猎枪，从多个角度拍摄的，跟"我"在视频里拿的那把猎枪完全一样。

这把枪你怎么解释？周队问。

请问上面有我的指纹，还是有我的 DNA 信息？我轻轻吐出一口烟。

都没有。周队说，脑壳有包才会把这些留在枪上，何况你是一个有犯罪前科的推理小说家。

既然没有证据，那凭啥子说那把枪我拿过？

周队的脸上闪烁着一种金属的光泽，他说，枪上也没有郭一凡的生物学信息，但他确实是鹤松银行抢劫案的凶手之一。郭一凡的哥哥证实，在银行抢劫案发生前，他在弟弟的房间里见过那部电台和那把枪，就是弟弟从黑竹沟林场私自拿回来的。他以为弟弟是用枪打鸟，就没有多问。但银行抢劫案发生后，他就没见过电台和猎枪了，弟弟说送人了。其实郭一凡是在撒谎，他把电台和猎枪藏在了一个上锁的工具箱里。还有，齐唐留下的监控视频里，郭一凡和白宇都亲口承认自己参与了抢银行和杀人。

我从喉咙眼里发出一声低沉的笑，难道他们也亲口告诉齐唐，我跟他们是一伙的吗？

那倒没有，不过，你不要以为没有口供就定不了你的罪。周队用手指头敲击桌面，提醒道，你最好老实交代，争取宽大处理。

交代啥子？

白宇、郭一凡和梁旭冬是不是你杀的？

如果我要杀白宇和郭一凡，偷偷摸摸就好了，为啥子还要帮警方查他们过去抢银行的事？两个月前，梁旭冬借了我三千块钱就失踪了，他的死跟我有啥子关系？我虽然是个穷人，但也不至于为了三千块就杀人吧？

你表面上帮警方提供线索，暗地里杀人灭口，以为这样就没有人怀疑你是凶手。周队嘲笑道，恰恰相反，你这叫弄巧成拙！

杀了白宇和郭一凡，就没有人晓得我也参与了抢银行，对吧？

对。

如果我真的参与了抢银行，为啥子要等到现在才杀人灭口？十年了，这个案子都没破，我有啥子好担心的？

齐唐被害后，你担心警方重启对鹤松银行大劫案的调查，害怕白宇和郭一凡暴露，把你给带出来。至于梁旭冬，你杀他是为了给警方造成错觉——鹤松银行抢劫案的三名凶手都死了，不用再查了。

我心中气血翻涌，叫道，有没有搞错，是我引导你们把齐唐被害跟银行抢劫案联系起来的，我给自己挖坑，我有病啊我？

秦川，别自以为是！周队抱着双臂，斜眼看着我，在你提供线索之前，我们也在怀疑齐唐被害跟鹤松银行抢劫案有关系，正准备着手调查。对了，你杀人可能还有一个动机——假装帮宋小溪查出杀害齐唐的凶手，讨好她，达到你不可告人的目的。

我有啥子不可告人的目的？我差点被烟呛出了眼泪。

她是白富美，她跟你好上，你娃可以少奋斗十几年。

我无语了。

我说呢，鹤松银行大劫案十年没破，怎么被你一个写书的给破了，格老子的，原来你自己就是劫匪。周队揶揄道，贼喊捉贼，你娃不去唱川剧真是可惜了。

我闭上眼睛，想把眼泪憋回去。

当视网膜上一片黑暗时，我在这片黑暗中看到了十八梯的那栋阁楼，看见小溪抱着安妮坐在白色长椅上看那本《骨灰罐里倒出来的沙》。她的确是白富美，有钱有闲，还很漂亮。随便从哪个角度给她拍摄，都能做成一张很文艺的明信片。

昨天听完齐唐和夏可可的故事后，我就明白，小溪带给我的那种神秘的感觉来自哪里了——就来自那个故事中。我们很早就在同一个剧组里，演的是一部催泪的爱情剧。只是因为出场次序不同，我们互相没有对过台词。为了占有齐唐的心，我想，小溪一定刻意模仿过夏可可，难怪我总觉得她身上有股味道，让我迷恋，让我觉得温暖和亲切，其实就是夏可可的味道。

我睁开眼睛说，就算我想杀人，我也没有作案时间啊。不信可以问罗警官，白宇死的那天晚上，她就睡我隔壁。

这个时候，我已经顾不得替罗拉拉打掩护了。再说了，周队也已经知道这个秘密了，没必要再讳莫如深。

罗拉拉的脸红了，她说，那天晚上，你虽然没有作案时间，但你有可能通知郭一凡，白宇快暴露了，要他杀白宇灭口。

我和郭一凡有通话记录吗？

周队替罗拉拉回答说，你的反侦查能力相当强，当然不会留下通话记录，你应该是用电台把这个消息告诉了郭一凡。你们三个人平常可能也是用这种方式联系的，所以看上去并不是太熟，这也是你们掩人耳目的一种手段。

照你们的逻辑，我住进那栋阁楼，就是为了假装查案，误导警方，然后杀人灭口，哦，还有获得白富美的芳心，对吗？

难道不对吗？周队反问。

对个铲铲，是宋小溪主动要我住进去的！我有点气急败坏。

她跟我们可不是恁个说的。

她怎么说的？

我盯着周队看。

宋小溪说，是你主动要求住进去的。你告诉她，你擅长推理，可以帮她查出杀害齐唐的凶手。你还跟她说，这是凶宅，你住进去可以帮她"洗屋"，以后房子就好租也好卖了。

我一口血差点喷出来。

这完全是颠倒黑白！我像头垂死的狮王，发出绝望的吼声，她撒谎，你们被她骗了！

周队的声音跟他脸上的金属光泽一样，很生冷：

她有啥子动机要骗我们？

再给我一支烟，不，半盒！

在烟雾中，我把昨天上午对齐唐的虚拟访问陈述了一遍，我的结论是，宋小溪才是白宇和郭一凡真正的同伙。是齐唐和她在下一盘大棋，我、白宇、郭一凡、梁旭冬，甚至警方，都是被利用的棋子。

周队扑哧一下笑出声来，秦川，到了这里你还在写小说？齐唐早就死了，你访问他？要不要带你娃去做个精神病鉴定？

我无话可说了，我悲哀地想，难道小溪真的要给我写讣闻吗？

男人要有担当。周队说，把自己做的事赖到女人头上，让人耻笑。

我哭笑不得，说道，如果我参与了抢银行，我能混成现在这个球样吗？白宇和郭一凡都成土豪了，我哪点比他们差？

一部分赃款可能被你挥霍了，另外一部分，你拿去给你父亲换肾了。

周队的这句话把我带进了回忆中——

十几年前，我在秀山老家的父亲肾出了毛病。透析了几年后，医生说，再不换肾，存活期最多只有半年。但换肾要好几十万，母亲准备卖房子，父亲不同意，说房子没了，没有哪个女娃儿愿意跟我结婚。那时候我已经被学校开除，正在山城打工，父母怕我担心，就没把这事告诉我。十年前的那个秋天，也就是在我开上出租车不久，父亲住进了夏可可上班的那家医院，父母串通夏可可一起骗我，说只是比较严重一点的肾炎，住几天院就好了。

有一天，医院突然通知母亲，找到了跟我父亲匹配的肾源，机会难得，让我母亲赶紧去筹款。母亲和夏可可瞒着我到处借钱，但还是远远不够。就在她们快要绝望时，母亲收到了一笔巨款——整整四十万现金！

钱装在一个手提箱里，放在我父亲的床头。

没有人知道手提箱是谁送来的，后来查了监控也没发现。

我父母都是中学老师，他们以为是学校师生的爱心捐款。母亲打电话问校长，校长说确实有师生捐款，但总共只有两万元。

因为这笔从天而降的神秘巨款，我父亲顺利做了肾移植手术。术后，母亲和夏可可才跟我说起这件事。我父亲桃李满天下，不少学生毕业后混得不错。我们都以为这笔巨款是学生凑的，但他们并不想让父亲知道，既然如此，我也就没有追查下去。现在回想起来，那笔钱正好出现在鹤松银行大劫案之后，从时间上来看，确实很巧。

我们调查过了，当年你父亲只收到了一笔两万元的爱心捐款，那四十万压根儿就查不到来源。周队断言，应该就是你抢银行分的赃款。

这只是你们的想当然，请找到证据后再跟我说话，不然我会一直保持沉默。

我抽着烟，目光游离到了天花板上，发现角落里有只小小的蜘蛛。我的意识突然有点错乱，不知是我在看着蜘蛛，还是蜘蛛在看着我。

周队被我这种不合作的态度激怒了，他一拍桌子站起来，秦川，别以为自己是写推理小说的就了不起，关公面前耍大刀，你娃不要这么嚣张！鹤松银行抢劫案老子追查了十年，做梦都想把案子破了，好让我师父安息。格老子的，我会让你从手上溜走吗？我告诉你龟儿子，我们肯定会找到证据的！

我已经被留置盘问了二十四小时，再过二十四小时还找不到证据，我就要出去吃火锅压压惊了。

但我没把这句话说出来，我知道周队比我更了解《警察法》——对被盘问人的留置时间最长不能超过四十八小时，除非找到了我犯罪的证据。

我听到罗拉拉说，周队，我跟他单独谈谈，好吗？

然后我听到了开门、关门的声音,周队走了。

我不再看那只蜘蛛,而是跟罗拉拉平视,她的眼里波涛汹涌,就像一座即将决堤的水库。

我当警察,不仅仅是想体验我父亲的人生,也想破十年前的那个悬案,让我父亲瞑目。不管当时是不是你开的枪,你都是杀害我父亲的凶手!对我来说,你、白宇、郭一凡是捆绑在一起的,是一个罪恶的符号,不分彼此。十年里,我无数次猜测凶手的模样,但从没有想到是你这个样子的。第一次遇见你时,我对你没啥子好感。当你说你是讣闻师,我甚至觉得你身上都是尸臭味。但慢慢地,我觉得你是个有梦想、有追求的男人。我看了你所有的推理小说,从刚开始不以为然,到后来爱不释手、佩服不已,我被你的才华倾倒了。我再也不觉得你身上有尸臭味,而是觉得你有种很特别的气质,我说不上来是啥子气质,就是觉得很神秘,让我着迷。现在想起来,可能是因为你身上藏了太多的秘密吧。但我还没有来得及告诉你——我喜欢你,你的身份就发生了巨大的变化,你不再是那个让我仰慕的推理小说家了,而是一个十恶不赦的毒贩、银行抢劫犯、杀人犯!罗拉拉哽咽着说,秦川,你太残忍了,你让我看到了人性最黑暗最邪恶的部分,你彻底毁了我的三观,撕裂了我的人生。昨天晚上,我在江边打了好几个小时的水漂,但心情还是好不了。后来我才发现,那些悲伤跟风筝似的,一直在我心头漂来漂去,总是无法沉没。

我眼前出现了一幅画面——罗拉拉捡起一块块古陶片扔向江心,但始终听不到回声。她瘫坐在沙滩上,无助地哭泣着。那些在黑暗中闪闪发光的云母、碎瓷片,都是她凝固的泪水。

有些事,来不及做会后悔。她幽怨地说,但有些事,没来得及做,是万幸。

我的意识还停留在那幅画面中,我也捡起古陶片打水漂,奇怪的是,我同样听不到任何回声,就好像我们扔出去的物体都消失在了另外一个空间。

罗拉拉的情绪慢慢平复下来,她说,我要感谢生命中的这次遇见,是你让我找到了杀父仇人。

我的意识从江边抽离出来,竟然进入了一辆出租车,司机就是我。当夜色吞噬了这座城市,我在流光溢彩的秘密中穿行,许多奇形怪状的面孔在我眼前飞驰，他们都是用密码交流的。他们的悲喜、暧昧、焦灼、孤独、恐惧、迷茫，全都是密码，而我就是那个孜孜不倦的解密人。

对了，在调查中我们还发现，你父母不是死于交通意外事故，而是谋杀。李天豹被抓后，曾经越狱逃跑过一次。他怀疑是你举报了他，为了报复，清明节那天，他开着偷来的一辆切诺基，在半山腰故意追尾你父母去扫墓的车，制造了车毁人亡的惨剧。后来李天豹被抓获归案，交代了这件事情，他数罪并罚，判了死刑。

我的意识回到了审讯室，我早就知道了父母遇害的真相，但我从来没有把真相透露出去，我不想让别人知道，我父母，还有我表哥，都是被我害死的。

秦川，坦白吧。罗拉拉凝视着我，也许你的亲人会原谅你。

我一言不发。

我父母出事时，我还在蹲大牢。如果我在外面，李天豹要杀的人肯定是我。一开始，对车祸的定性是意外事故。但我有一种强烈的直觉，车祸有猫腻。在我极力要求下，警方给我看了车祸现场照片，我在上面找到了谋杀的蛛丝马迹。我告诉警方，如果让我参加父母的葬礼，李天豹必定会出现，这是抓捕他的最好时机。警方将信将疑，但出于人道主义考虑，还是让我出席了葬礼。李天豹果然来了，带着一把子弹已经上膛的手枪，他被蹲守的警察当场按倒在地。

秦川，你别装聋作哑，如果你还属于人类，就痛痛快快地认罪。罗拉拉的目光似乎穿透了我的五脏六腑，她说，这是你唯一的出路，也是你最后的赎罪的机会。

我听到自己对自己说，我没做过的事，为啥子要承认？但我已经没有开口的力气。我似乎是一瞬间苍老的，连灵魂都爬满了皱纹。

几分钟后，罗拉拉摔门而去。

我闭上眼睛，意识再次游离四方。我看见父母乘坐的轿车坠落山谷时，燃起了冲天大火；我看见李天豹被警察摁倒在地时，嘴里发出野兽般的嗥叫。

随着一声惊天动地的枪响，我还看见了夏可可。

她就倒在我怀里，眼睛里的那两盏小橘灯慢慢地黯淡下去，身体渐渐变冷，比南极的冰川还冷，脸上全是血，就像一面破碎的镜子。

第六章 逆光而生

我是为解密而生的，但我经常感觉沮丧，这个世界上有太多的谜无法解开。比如，达尔文的生物进化论越来越受到主流科学界的质疑，有很多证据表明，人类的起源跟进化无关。还有，失落的亚特兰蒂斯文明到底是传说还是确实存在？宇宙的边界在哪里？真的有多维空间和平行世界吗？时间穿越是否可能？超弦理论能揭开世界的本质吗？这些谜团至今没有解开。甚至，一直到现在，我都无法搞清楚夏可可那次去茶峒时，是不是真的在白塔下看见了那个梳妆的少女？

在秘密面前，人类总是力不从心。吊诡的是，解密者通常也是秘密的制造者。那些通晓生死奥秘的先知，他们的智慧又是从何而来？寻找谜底，就是在铁皮一样的黑暗中撕裂出一道缝隙，让光透进来。

要想追光，自己就不能见光，解密者都是逆光而生的人。

十年来，我就像一个破译员频繁解密，但我自己也生活在一个隐秘的角落里。

换句话说，我也是一个秘密。

开夜班出租车时，我在黑暗中飞驰，猎取了很多不为人知的秘密。当讣闻师和推理小说家时，我无数次出现在死亡现场或犯罪现场，解答那些困惑生者的密码。我发觉自己在阴暗中蛰居得太久，浑身都发霉了，跟只穴居的刺猬似的，散发出一股酸臭味。可是，这条通往秘境的小路是很难回头的，有一种无形的力量在牵引着我，让我不断负重前行。正如那些登山爱好者，之所以不断挑战人体极限和生命禁区，原因只有一个——山在那里！我的回答也差不多，因为秘密在那里。对解密者来说，世界上最美的风景不是星辰大海，而是隐藏在幽深处的秘密花园，里面长满红罂粟。诱惑解密者前去追寻的，是无法抵抗的女巫的歌唱。但通往这座秘密花园的路上布满陷阱，危险无处不在，要进入花园一亲芳泽，需要艰难的探索。稍有不慎，就会曝尸荒野。

为秘密而死，是解密者最常见的归宿。

他们前赴后继地倒在探秘的路上，这是一种荣誉之死。

他们的尸骨会在路边滋生出最艳丽的花朵，很多时候，后来的解密者，就是以前人白森森的尸骨以及这些妖艳的花朵为路标的。

四十八小时后我被释放了，是蒋铁峰副局长的指示。他说，齐唐生前留下的监控视频只能证明一个五官酷似我的人去过阁楼，不能证明那个人就是我。而且，不管是在鹤松银行大劫案，还是白宇、郭一凡和梁旭冬的被害现场，都没有提取到我的生物学信息。既然没有确凿的证据表明我犯罪，就应该疑罪从无，绝不能搞有罪推定，要坚决杜绝冤假错案的发生。

周队虽然不满，却无可奈何。据说他在蒋副局长的办公室里撂下一句狠话：

格老子，我会补充侦查的，不将龟儿子绳之以法，我自己扒了这身警服！

此刻，我的手机，以及一个蓝色的小行李箱就放在我面前，我留在阁楼的所有东西已经被罗拉拉打包——里面还有我对十八梯的全部记忆。

我会亲手把你抓捕归案的！罗拉拉说。

我把手机塞进裤兜，异常冷静地说：

我等着那一天。

我拖着行李箱离开了，横过一条车水马龙的长街，又跨过一条尘土飞扬的短街，再穿过一条寂静悠长的巷子，却迟迟不知道该去哪里。我眼窝深陷，胡子拉杂，头发像水草一样耷拉在脑门上，路人看我的目光如同见着了鬼魅，纷纷避让。最后我走不动了，伸手拦了一辆出租车，跟司机说去龙溪镇。

司机是个话痨，一路上喋喋不休：

听说了没，十年前震惊全国的鹤松银行大劫案破了！抢银行的三个龟儿子都混得人模狗样的，一个成了企业家，一个当了画家，还有一个是作家。

我看着车窗外的街景，才留置了四十八小时，我就发现这座城市有些陌生了。

那个企业家是开火葬场的，他和那个画家都死球了，被作家杀的。司机拿出一包没开封的"娇子"，撕开锡箔纸，扔了一支给我，挣恁个多钱有个铲铲用，阎王爷那边又不收。

我找司机借了个火，点着了烟。

司机在车流中熟练地加挡减挡，就像在打电游，还不时侧头打望路边的美女，他似乎偏爱苗条型的。他往前挡风玻璃上吐了口烟圈，说道，最凶的是那个作家，龟儿子抢了银行，杀了人，听说还定不了罪。

我默默地抽着烟，对着抬头镜整理了一下油腻的头发。

那个作家是写推理小说的，老子还是他粉丝。司机往车窗外弹了弹烟灰，自己就是罪犯，怪不得写得跟真的一样，看着确实巴适。

抽完那支烟，我放下遮阳罩，打了个盹。

等我被司机叫醒时，车子已经开到了龙溪镇，他问我具体位置，我指着街边说，慢点开，从那座院子门口经过，然后去缙云山陵园。

司机显然知道这个地方，他惊讶地说，这不是一座凶宅吗？

院门虽然上了锁，但已经有些破损，透过缝隙，我看见院子里的那些花儿已经跟杂草伴生在一起。那架秋千倾斜得厉害，就像我和夏可可曾经的同居岁月。门口还贴着一张字迹褪色的"招租启事"，自从我和夏可可出事，很可能这里再也没有人住进去过。

这里死了好几个人，都是横死，听说闹鬼。司机打开保温杯，里面泡了枸杞、甘草和野菊花，他很响地喝了一口茶，对了，我跟你说的那个作家以前就住这里。

走吧。我说。

你怎么要来这里？司机不可思议地看了我一眼，不会是想搞直播吧？我跟你说啊，千万别进去，听说上个礼拜，有两个人半夜去那里面直播捉鬼，一个被吓出了心梗，另一个精神失常了。

我看着在后视镜里越来越模糊的院子，它就像一个站台渐渐消失在时间深处。

我说，我以前住在那里面。

司机一个急刹车，头差点撞到挡风玻璃上，他摸着胳膊上的一层鸡皮疙瘩说，兄弟，别开这种玩笑，我胆子小。

我朝他笑了笑，我就是那个作家。

把我放到陵园门口，司机就一脚油门跑了，我连车费都没来得及付。

我提着行李箱拾级而上，来到夏可可的墓前。

每年，我都会抽空过来陪她说会儿悄悄话。确切地说，是她陪我摆龙门阵。这个寂静的地方都是逝者，不管我说什么，他们都不会告密，只会倾听。有时候，我觉得我在这里更像一个演员，逝者就是忠实的观众，他们都很有教养，从不喧哗，他们沉默地看着我表演的独角戏。演出结束后，他们不会有掌声，但他们会把评价放在心里。偶尔，他们的墓前会开出很多鲜花，那是送给我的好评。相对于生者，我更喜欢跟逝者交流，没有任何拘束，没有废话，不用察言观色，不用虚头巴脑，不需要戒备，我可以毫无顾忌地把自己的秘密说出来。

其实，这个世界上知道秘密最多的人不是生者，而是逝者——他们都是带着秘密离去的，自己的秘密，还有别人的秘密。那个小小的四方的盒子，就是一本写满秘密的书。

我一边拔除墓地四周的杂草，一边说，可可，你在那边还好吧？这段时间我挺忙，今天才有空过来看你。

墓碑上镶嵌着夏可可的照片，我看见她在冲我微笑。

告诉你一个好消息，十年前抢劫鹤松银行的劫匪，已经找到了两个。其中有一个叫郭一凡，是很有名的画家，我还带你去看过他的画展呢。

墓地周边开满了蝴蝶兰，那是她最喜欢的花朵，我种的。

我嗅了嗅蝴蝶兰的清香，继续说，再告诉你一个不太好的消息——找到的那两个劫匪都被人杀了，虽然他们是咎由自取，但还是很遗憾，没有让他们站到审判台上。最后一个劫匪的身份也确认了，但缺乏确凿的证据给她定罪。所以，这个案子还不能结。

在银白色的阳光中，我似乎看到夏可可的眼睛闪烁了一下。

你猜猜，没落网的那个劫匪是谁？是你认识的，我提示一下，是个女娃儿，你住在十八梯的时候就认识她。

我擦掉覆盖在照片上的灰尘，她像在歪着头思考。

我席地而坐，猜不出来吧？还是我告诉你好了，是宋小溪，齐唐的女朋友。

夏可可像是惊讶地瞪大了眼睛。

我把这段时间发生的事情讲述了一遍，我讲述得很细，细到我在阁楼里闻到的气息，在十八梯遇到的每一个人，听到的每一台川剧，全都告诉了她。

我没想到你以前也在十八梯住过，我走的都是你走过的路。我凝视着凝固在石头上的那张脸，说道，就像那次你在茶峒，走的都是翠翠走过的路。

风吹来满山的鸟鸣，还有阵阵松涛。

其实小溪也是受害者，作案前她根本不晓得是去抢银行，还以为是演戏。

她脸色发白，似乎是被阳光照的，也可能是被气的。

我更没想到齐唐是你的崇拜者，一直在疯狂追求你。我笑了下，你行啊，保密工作做得真好。

我好像听见她说，这叫善意的谎言，是怕你晓得追求我的男人多了，失去自信。

坦白地说，那个惊天悬案能出现转机，要感谢齐唐用自己的生命来取证，很悲壮。但也很可惜，他涉嫌谋杀。虽然他是为了维护所谓的公平正义，但犯罪就是犯罪，没有高尚和卑鄙之分。

我似乎听见她叹了口气。

齐唐对你用情很深啊。我哭笑不得地说，他居然怀疑是我杀了你。

夏可可的脸上也呈现出不可思议的表情。

不过也能理解，几乎所有人都是这样认为的。我真后悔，那天不该让你拿到那把枪。那是我这辈子犯的最大的一个错误，我将用一生的时间来赎罪。其实认识你也是一个错误。罗拉拉说得很对，你很阳光，而我是一个生活在黑暗中的人，根本不应该拥有爱情。如果时间能回到从前该多好——你在车上睡着的时候，我就应该把你叫醒，撵你走。从此，我们永不相见，也不相欠。那么现在你还活着，我也不用赎罪了。

隐隐传来缙云寺的钟声，犹如偈语。

如果我们不曾认识，只是过客，你就会成为别人的妻子。那又有啥子关系呢？比起失去你的悲伤，我宁愿承受没有你的痛苦。爱一个人就是要让对方幸福，如果我不能给你岁月静好，别人能，我为啥子不可以成人之美？

我发现她好像流泪了，照片上湿漉漉的，也有可能是山间的水汽。

造化弄人啊，我这个抓罪犯的，反而罪大恶极，我不仅害了我父母，我表哥，还害了你和你的父母。我不乞求你们的宽恕，我自己都无法原谅自己。

她安静地听着，我在她清澈的眸子里没有发现一丝一毫的埋怨。

说这些已经没有任何意义了，我经常提醒自己，要好好地活着，因为我的命是你用命换来的。从那个血色夏天开始，我身上就有了你的灵魂，我就是雌雄同体。纪念你的最好方式，就是让我自己活得更有意义。我站了起来，亲吻了一下夏可可的遗像，然后说，也许这辈子我还会喜欢上别人，但没有人可以代替你在我心中的位置，我爱你！

告别了夏可可，我来到师父的墓地前。他和夏可可相距并不远，这是我的刻意安排。我把最心爱的女人葬在自己最敬重的男人附近，让他们做个伴，不那么孤独。我也想让夏可可知道，我没有对她撒谎。

我相信师父会告诉她，我说的那个秘密是真的。

墓碑的照片上，师父的目光还是那么慈祥，有时候我觉得他不像一个警察，更像一个温和的学者。

我打开行李箱，拿出白宇送我的那条"天之骄子"，拆了一包。让我稍觉意外的是，行李箱里还有几盒火柴——那不是我的，是齐唐留下的。我不知道是小溪还是罗拉拉放进去的，也许是有意，也许是无意。我划燃火柴，点了两支烟，一支敬给师父，一支自己抽。

我说，师父，我来看您了。都过去十年了，您还是恁个年轻，保养得不错嘛。

我仿佛听见师父在跟我说，你娃看着越来越老成了，要注意形象，别太油腻，当心以后找不到对象。

我把最近发生的事情汇报了一遍，然后说，师父，这次任务我完成得不是太好，结不了案。但作恶者最终接受了惩罚，公平正义用一种特殊的方式得以捍卫。枪杀您的凶手死了，您也可以瞑目了。

师父在烟雾中看着我。

我仰望天空，一群野鸽子飞过，留下了一道道白色的轨迹。

我吐了口烟圈，从世俗角度来说，这也许是最圆满的结局。

师父眯眼看着我，似乎在说：法律上的公平正义不一定是最完美的，但一定是最完善的。

您的意思我晓得，所以这个案子还会查下去，但不归我查。不过，结案的希望非常渺茫，这本来就是个无证之案。

他仿佛在问我，拉拉在警队表现怎么样？

还行吧，龙生龙，凤生凤，您的亲生闺女怎么会差呢。

师父好像又在说，拉拉跟她妈一个德行，脾气犟，你多担待着点儿。

我已经领教过了。我笑道。我觉得性格这一点她不像她妈，跟您倒挺像——看着温和，实际上倔。

他似乎笑了，你娃就是口吐芬芳的狗屁。

她也用这句话骂过我，我真没冤枉您，果然是有其父必有其女。

我又给师父敬了支烟，他抽得比我还凶。

我凝视着师父那张清瘦的脸，我经常想一个问题——那天李天豹要我杀夏可可灭口时，我能不能有更好的选择？

师父坐在墓碑上，若有所思地看着我。

李天豹很狡猾，他把那支黑星手枪塞给我时，只留了一发子弹。我和夏可可在房间里面，门从外面反锁了。那天李天豹带了五个手下，一共六个人，坐在两部车上，车就停在院子外面。旁边是一座废弃仓库和一个已经停工的基建工地。当时正好是中午，很热，街上也没啥子人。如果我让夏可可大声呼救，肯定不会引起任何人注意。除了那支只有一发子弹的手枪，房间里还有一把菜刀，除此之外，再没有可以利用的武器。但我晓得，李天豹和手下的车上都有枪支，李天豹还常年在自己车子的座位底下藏了一颗美式手雷，扔出去能把那座院子炸平。我和夏可可直接突围是不可能成功的，只要敢跑，马上就会被他们打成蜂窝。我和夏可可的手机也被李天豹拿走了，没有办法跟外界取得联系。我想自救，但毫无机会，而且，李天豹只给了我十分钟的时间。

师父神色凝重起来，似乎他就在现场。

师父，不瞒您说，我当时的第一反应是怎么让我和夏可可都活着离开，而不是保护身份，顾全大局。我准备向李天豹求情，放过夏可可。但我晓得，李天豹心狠手辣，让他发慈悲心的可能性等同于无。我想好了，如果他不答应，我就一枪把他打死，以命换命。如果运气好的话，我说不定能抢到他座位底下的那颗手雷，跟那些混蛋同归于尽。但我还没来得及行动，夏可可就拿走了那支手枪，把枪口对准了自己的太阳穴。她说我费了恁个大的劲才取得李天豹的信任，不能功亏一篑，她要我继续潜伏下去，她愿意用生命来掩护我的身份。

我说，她没有必要付出生命的代价，因为现在已经有足够的证据捣毁李天豹的犯罪集团，之所以没有立即收网，是想等他从边境运来的那批毒品到达山城时再动手。但可可说，与其强行突围两个人一块死，不如她一个人去死，这样代价会小点。

我看见师父的目光变得悲伤，似乎他也显得无能为力。

离李天豹限定的十分钟只有不到三十秒了。

我没有时间说服她，只好去她手中抢枪，但还是迟了。她只说了一句"秦川，我爱你"，就扣动了扳机。枪响的一刹那，我抱住了她，我是看着她在我怀里停止呼吸的，我感觉到她的身体在一点点地变冷。我浑身也在发冷，像覆盖了厚厚一层雪。当我看见李天豹进来时，我有一种马上杀死他的强烈冲动，我要他给夏可可偿命。但我最终忍住了，我不想让夏可可的血白流。

我后来想，如果当时故意朝屋顶开一枪，让李天豹以为我打死了夏可可，然后趁他进来查看时，用菜刀劫持他，这样会不会能顺利突围？如果给我一次重新选择的机会，我很可能会这样做。对不起，师父，请原谅我的自私。如果我能替她去死，我会毫不犹豫。但是，我无法接受她因我而死。师父，您晓得眼睁睁地看着爱人死在自己怀里是啥子感觉吗？是把灵魂放在火上炙烤，万箭穿心啊！

我好像听见师父叹了一口气，但他什么都没有说。

我深吸了一口烟，缓缓地吐出来，师父，我晓得，很多假设是不成立的，我只是发发牢骚罢了。像我这种身份的人，没有朋友，远离亲人，找不到倾诉对象，太孤独了。跟您说了恁个多废话，我感觉心情好多了。

师父，我又有新的任务了，等我完成了再来向您汇报。我真希望这个世界少点秘密，天下无锁，每个人心中的那扇门都是敞开的，能一眼看穿，那就不需要我们这种人了。对了，如果我一直没有来，那说明我"光荣"了，不对，就算"光荣"了，我也会来，我已经跟蒋副局长说过了，如果我倒下了，就把我跟夏可可埋在一起，那我们两口子就可以天天跟您摆龙门阵了。

说完这些，我举起右手，敬了个礼，然后拖着行李箱离开了。

现在，在这个沉默的墓地，在这个死亡世界中，我可以揭秘自己的身份了——我是卧底，我师父就是丁海山。

在介入齐唐被杀案之前，我刚刚执行完别的任务。宋小溪的一个电话让我走进了十八梯，住进了那栋神秘的阁楼，蒋副局长指示我趁机查出齐唐被害的真相。没想到，案中有案，齐唐被害竟然跟尘封十年之久的鹤松银行大劫案有关。

我的绝密身份，不仅罗拉拉不知道，连周队也不知道，所以让他们对我产生了误会。对我这种隐形人来说，这种误会是家常便饭，就像当年很多人都以为是我亲手枪杀了夏可可，只有知道我身份的极少数几个人才了解真相。

我当卧底纯属阴差阳错。

我和我表哥从小一块长大，关系非常好，后来他误入山城的一个传销组织，几年音讯全无。高考结束后，我对父母谎称去山城打暑期工，挣点上大学的零花钱。其实，我是去找我表哥。我凭着一些零星线索，卧底那个传销组织，成功把我表哥解救出来，还帮助警方端掉了传销窝点。

当时丁海山是刑侦队大队长，他负责这个案子，觉得我有卧底天赋，想让我进警校深造。但那时我已经接到了山城一所大学的录取通知书，读的是财会专业。在丁海山的协调下，我从那所大学秘密转学到警校，用的是化名。那个澡堂女子的故事表面上看是真的，实际上是我故意而为，目的是掩人耳目，制造被学校开除的假象。

可惜，当我从警校毕业，开始卧底生涯时，丁海山在鹤松银行大劫案中殉职了，我的直接领导变成了蒋副局长。我也想过调查那起银行抢劫案，但没被允许。因为卧底的危险系数非常高，我的真实身份连父母都不能透露。他们一直以为我顺利从大学毕业，只是因为找不到好工作才去开出租车。夏可可也是在生命的最后十分钟内才知道我的绝密身份。

她说，那是她人生最幸福的十分钟。

但对我来说，是最痛苦的十分钟。

捣毁以李天豹为首的犯罪集团后，为了继续隐藏身份，我蹲了大牢。但只蹲了一年，就借口转到其他监狱悄悄恢复了人身自由，开始执行新的任务。李天豹可能猜到了我是卧底，为了报复，他越狱后制造车祸杀害了我父母和我表哥。

惨案发生后，蒋副局长曾经提出，只要我愿意，可以随时中止卧底，恢复正常身份，但我没有同意。我已经习惯了这种隐秘生活，换句话说，我的瞳孔已经适应了黑夜，在不见光的环境里，我能更清晰地看见那些我想要知道的东西。

解开秘密的最好方式，就是把自己也当成一个秘密。

夜班出租车司机、讣闻师和推理小说家，都是我公开的职业，实际上我还做过好几种别的职业，但我不能都说出来。等我什么时候脱密了，写一部自传，肯定比现在创作的推理小说好看得多。以后我会用什么职业来掩护自己的真实身份，我不知道。做这一行有太多不确定的因素，也许上一秒我还在参加别人的葬礼，下一秒就是别人参加我的葬礼。

来的时候不留痕迹，走的时候查无此人，在黑暗中消失，是卧底的宿命。

走出陵园，我正要叫滴滴，一辆红色保时捷突然停下来，停在我面前。小溪摇下车窗注视着我，她穿着我们在十八梯第一次见面时穿的那身旗袍，一股蜜桃的气息扑面而来，我似乎看到了刚刚消失的春天。但她脸上没有血色，白得像蜡像。她示意我上车，只犹豫了一秒钟，我就把行李箱塞进车里，坐进了副驾。

我不知道她怎么知道我在这里，也不知道她要把车开往哪里。有好几分钟我们都默默无言，她专心致志地开着车，我看着车窗外的风景。车沿着盘山公路螺旋上行，看来她是要去山顶。我的身体和她挨得很近，随着转弯，车体倾斜，我好几次都碰到了她的手臂。但很奇怪，她身上那种我熟悉的味道没有了。我使劲嗅了一下，还是没有闻到。以前，只要她在阁楼里出现过，即使刚刚离去，我也能闻到她留下的气息。

我突然想起来，以前我每一次和她见面，都是在十八梯，难道那种气息只有十八梯才有吗？想起那条弥漫着人间烟火味的老街，想起那些布满岁月痕迹的青石板，想起江边充满鱼腥味的风，想起那栋古老神秘的阁楼，我就有些恍惚，仿佛我把什么东西留在了那里。

快接近山顶时，小溪终于把车停下来，停在路边一块僻静的空地上，旁边是茂密的桫椤树，前面是一处陡崖，能看见嘉陵江，宛如一条白蛇。

你不是想晓得真相吗？她把车熄火，凝望着遥远的江面，我现在全部告诉你。

我很惊讶，她为什么突然愿意说出真相？我侧头看着她，但她没有跟我的视线对接，她一直看着前面，好像我根本不存在。

我的确会用电台，齐唐教我的。我妈带着我投靠弹子石的亲戚之前，我偷偷哭了一场，因为我舍不得跟齐唐分开。那时候我和他都没有手机，联系很不方便。他就把我爸留下来的一部收音机改装成了电台，教我无线电知识。可能是爱情的驱动力吧，我很快就学会了。从那以后，我们每天都会在电台里聊一会儿。我以前学习成绩还不错，我爸出事后，我妈就让我辍学了，在我亲戚开的驾校里当接待，她自己则到处找人帮我爸申冤。我在齐唐面前本来就自卑，觉得他啥子都比我强。齐唐考上大学后，我更自惭形秽了，觉得这辈子他都不可能喜欢一个打工妹。也许是自卑造成的错觉吧，我发现他上大学后跟我的联系就少了，对我的态度也变了，没以前关心了。我很郁闷，经常在电台里跟一些无线电发烧友摆龙门阵，我就是那个时候认识了白宇和郭一凡。他们俩也很苦闷，总觉得自己怀才不遇，老被人看不起。我们惺惺相惜，一开始聊得还比较投机。后来我们约了见面，吃的是最便宜的串串香，AA制。但三个人心气都很高——白宇想当大老板，郭一凡想成为画家。我呢，梦想当明星，让齐唐爱上我。

第六章　逆光而生

我把副驾旁边的车窗打开一条缝，点了支烟，风把阳光和植物的气息都吹进了车里。虽然只能看到小溪的侧面，但我能从她的声音中感觉到这些话并没有戏谑的成分，她一直注视着前方，平静得像一口井。

小溪解开紧缚在身上的安全带，继续说，我们仨都想改变自己的命运，但又都不知道怎么改变，因为我们都没钱，没钱就啥都做不了。所以，我们决定先弄到一笔启动资金。不过，那时候他们俩还没想到要抢银行。我们商量了一下，决定精心包装郭一凡的画，卖个好价钱。白宇负责找客户，我当模特，郭一凡只管创作。收益五五开，郭一凡拿五，另外五成我和白宇平分。

齐唐晓得你跟白宇和郭一凡的交往吗？我忍不住问了一句。

那时候他还不晓得。小溪的目光收近了一些，停留在车前方的一簇鸢尾花上，我没有告诉他。

我点点头，这个回答在我的意料中。

她继续讲述，实事求是地说，郭一凡画画是个天才，只是因为身份卑微，无人赏识。没出名时，他在街头画画，一张只能卖十几块钱。只要不去驾校上班，我就打扮得花枝招展，坐在街头给他当模特，招徕顾客。白宇能言善道，就在旁边游说顾客买画。那时我们都很天真，以为三人组合能抬高画价，挣到很多钱。

我心想，这是一个青春成长的故事，如果情节没有被篡改，就这样发展下去，三个人不一定能发财，但至少不会误入歧途。

有一天，白宇说一个姓梁的大老板看到了郭一凡画的我，夸我很有专业模特的气质，想请我拍摄一组人体艺术照。我不愿意，但白宇不断劝我答应，说对方开出的条件非常优厚，拍一组照片可以拿到六千块。梁老板还承诺，可以把郭一凡的画推荐给一些商界大佬，一幅至少能卖几千。郭一凡也请求我帮帮他，说这是个难得的改变命运的机会。考虑再三，我还是同意了，我太需要钱了，我也想改变自己的命运，只有让齐唐对我刮目相看，我才有可能跟他走到一起。但我万万没有想到，这是噩梦的开始。

我的心往下一沉，就好像跳了一次蹦极。

小溪把目光从车外收回来，侧头看着我，意味深长地说，这个梁老板你认识。

我的大脑像一台高性能计算机，迅速在记忆里搜索了一下，但还是没有找到跟"梁老板"匹配的人。

我怎么会认识他？我问。

是梁旭冬。

我愣住了，一截烟灰全落在我身上。

他以前开美容化妆品公司，靠坑蒙拐骗发了财，就玩起了摄影。小溪再次转头看着车窗外，后来他吸毒败光了家产，还欠了很多债，就跟了李天豹。

尽管在李天豹犯罪集团卧底时，我跟梁旭冬交往比较多，但对他的过去并不了解，只知道他做过生意。具体做什么生意他从来不说，估计是犯了不少事，怕别人抓住把柄，所以守口如瓶。

那时候的梁旭冬还是个有钱人，第一次约我拍照，是在金刀峡。小溪说，我不放心，就让白宇和郭一凡陪我一块去。

我揉了揉太阳穴，感觉脑袋有些滞胀，像装满了沙子。

小溪的语调跟外面的天空一样，显得有些空旷。

她说，拍照前，我跟梁旭冬讲好不能脱光，只是穿得比较清凉。

我从来没听梁旭冬说过他会摄影，他很好色我倒是知道。

拍照的时候，白宇和郭一凡就在车内等。前几次外拍，梁旭冬还算规矩，报酬也如数给了我。我拿着他给的钱，买了很多时装，把自己打扮得漂漂亮亮，去那些来山城拍戏的剧组推销自己，甚至给导演和制片送礼，上镜的机会比以前多了不少。梁旭冬确实帮郭一凡推销了几幅画，价格最高的一幅买了两万块，最低的也卖了四千。郭一凡信守承诺，把卖画的一半收益分给了我和白宇。

我们仨都以为遇到了贵人，看到了改变命运的希望。

我暗自叹气，以梁旭冬的好色本性，他不可能放过青春靓丽的小溪。

我开始信任梁旭冬，再去拍照，就没让白宇和郭一凡陪我一块去。

我已经感觉到会发生什么，脑神经抽搐了一下。

后来几次拍照，梁旭冬提出的要求越来越过分——先是要我穿三点式，接着又要求我全裸。我不肯,他就提高报酬,还说他认识影视圈的人,可以把我捧成明星。我最终没有抵挡住诱惑,答应了。然而,在一次野外全裸拍照时,他把我强暴了。我说要去告他,他就威胁我,说手上有我的好多裸照,我敢报警他就让我身败名裂。那时我很单纯,被他一吓唬就害怕了。

我现在知道小溪后来为什么要雇用梁旭冬来杀郭一凡,她是想通过这种方式反杀梁旭冬,让他为当年的暴行付出代价。剔除法律的因素,我觉得梁旭冬死得一点都不冤。

白宇和郭一凡晓得这件事吗?我问。

晓得,我告诉他们了。小溪的脸上呈现出一种怨恨之色,他们劝我不要声张,说这件事张扬出去我再也当不了明星了。

我把身旁的车窗彻底放下来,让风把我脑袋里的沙子吹掉一些,不要那么难受。

其实,白宇和郭一凡都追求过我。小溪酸楚地笑了一声。

我猛然一怔,她的这句话完全出乎我的意料。

小溪说,他们都给我写过情书。后来我都烧了,觉得比手纸还脏。

这种被撕裂的人性让我感觉悲哀——为了改变所谓的命运,目睹自己喜欢的女孩被人蹂躏,白宇和郭一凡竟然无动于衷。有时候爱情硬如磐石,无坚不摧,有时候又脆弱得像一块玻璃。

我后来才晓得,是他们俩故意把我当商品推销给梁旭冬。当然,也不能全怪他们,我也有虚荣心,总想着当明星,好配得上齐唐。我就这样成了梁旭冬的玩物,他很变态,经常变着法子折磨我。

梁旭冬的变态我略有耳闻,但为了明星梦,为了齐唐能爱上我,我都忍了下来。

我的心脏好像被烟头烫了一下。

梁旭冬根本就没打算捧红我,他怕我红了就控制不住了。而且,他那时资金链出了问题,手头紧张起来。但他越是心情不好,就越是变本加厉地折磨我。

我突然想起了郭一凡那幅极具争议,也给他带来极大声誉的油画——《被侮辱的青春》。

后来我实在忍无可忍，决定跟他一刀两断。他用裸照威胁我，我就威胁他，跟他全家人同归于尽。我还真拎了一桶汽油泼在他车上，但没点燃，我不敢，也不想跟这种人渣去陪葬。当时梁旭冬还有老婆孩子，他看到我跟疯了似的，就怕了。但他又不想放过我，他要白宇和郭一凡来说服我，继续做他的情人。我被梁旭冬糟蹋得人不像人鬼不像鬼，我说我要是再跟梁旭冬在一起，会被他折磨死。可能，他们俩怕我真的出事，他们自己也脱不了干系，就没再勉强。这之后，我跟他们俩就疏远了。

我犹豫了很久，还是问出了这句话：那幅画上的女人是你吗？

小溪没有马上回答，而是开始解旗袍的扣子，我知道她要干什么，连忙说：不要！

我听到自己的声音在颤抖，像是碰到一块烧红的烙铁。

她没有理会我，继续解扣子。我想推门下车，车门却被锁住了。

我想当初白宇和郭一凡看到她伤痕累累的身体时，肯定也跟我一样震撼。让我愤懑的是，郭一凡丝毫不顾及她的感受，竟然把这一幕逼真地画了出来，以艺术的名义博取眼球，谋取私利。

虽然他没有把小溪的五官照搬进画中，但那具被侮辱的肉体确实是小溪的，那受伤的灵魂也是！

很奇怪，当最初的慌乱过后，我不得不面对小溪半裸的身体时，却丝毫没有淫邪的感觉，我就像在看一幅画，我想到的是她被侮辱的青春，而不是性。

我后知后觉，难怪画中少女在遭遇摧残时并没有哭泣，只是眼睛里饱含泪水。小溪就是这样，她悲伤时就会抬头看天，永远不会让眼泪掉下来。

小溪默默地系上扣子，穿好衣服，然后抬头望着天窗。

我抽着烟，压抑着内心复杂的情绪。

后来，看见郭一凡把这幅画拿去展览时，我很愤怒，要他撤下来，他拒绝了。小溪说，我想买下来，他也不肯。

我知道郭一凡为什么不肯——小溪把画买下来，肯定会销毁。而郭一凡希望这幅画被更多的人看见，引起更大的反响，以便名利双收。

我深吸了一口山野的空气，问她，你身上发生的这些事情，齐唐都不晓得吗？

当时他不晓得，但感觉到我经常不开心，就问我，是不是有人欺负了我。

小溪的目光开始平视，提起齐唐，她脸上就有了怀春少女的神色。

我怕他嫌弃我，不敢跟他讲实话，就说没有，他不信。

我觉得小溪在感情方面很像夏可可，都非常执着。

那时候，我跟白宇和郭一凡虽然没怎么见面了，但偶尔还会在电台里聊上几句。我后来才晓得，齐唐在监听我和他们俩的聊天内容。

齐唐是啥子时候开始监听他们的？

我觉得这是一个比较关键的时间节点。

我跟梁旭冬分开两年以后——齐唐刚进报社，还在见习。对了，那个时候梁旭冬已经破产了，听说是借了高利贷还不上，而且他还吸毒。

齐唐为啥子要监听你们的聊天内容？我问。

他怕我遇到坏人。小溪的娇羞溢于言表。

我想，齐唐应该就是在这种情况下发现抢银行的秘密的。

有一天，郭一凡约我在磁器口见面，说他在洪崖洞画画时，被一个导演看中了，聘请他到剧组当美工，按天发工资。他还说那家剧组要在青鱼古镇拍摄一部警匪片，其中有场抢银行的戏需要几个群众演员，他和白宇都想在镜头里露个脸，问我愿不愿意一块去，报酬挺丰厚。当时我有一年没进剧组了，挺苦闷的，一听有演戏的机会，当即就表示愿意。郭一凡要我准备一些资料，他好跟导演推荐。

可能是觉得喉咙有些干涩，小溪从车上拿出两瓶矿泉水，给了我一瓶。

你就这样相信了他的话？我觉得有些不可理喻。

她喝了一口水，接着说，他装得很像，给我看了他和导演的合影，还有电影的宣传海报和几页剧本。那天我跟他见面时，他还接听了个电话，他当时说是导演打过来的，要他赶紧把群演找好，过两天就要开拍了。后来我才晓得，合影是他找人P的，海报和剧本都是从网上下载的。至于那个电话，是白宇冒充导演打过来的。她自我解嘲地笑了笑，我哈戳戳的，竟然信以为真。

去青鱼古镇之前，你跟齐唐说了这件事吗？

她摇摇头，没有，我怕他担心。他一直不许我跟电台里认识的人见面，说电波是虚拟空间，跟现实世界是脱节的。我在电台里认识的喜羊羊，在现实中有可能是灰太狼。我甚至连去青鱼古镇都没告诉他，我撒谎说，要去成都玩几天。那时候齐唐已经破译了白宇和郭一凡的聊天密码，晓得他们要去抢银行，但没想到我会跟他们一起去。白宇和郭一凡平时不光跟我在电台里聊天，也跟别人聊天，齐唐以为我和他们不是太熟。我没告诉齐唐，我跟他们见过面。

去抢银行前，你一直没发现破绽吗？我问。

质疑过。小溪又喝了口水，继续说，他们抢了一部私家车，就是作案用的那辆"尼桑"，把车标换成了"蓝鸟"。我问车是哪来的？他们说是剧组的工作车，要我直接开到青鱼古镇去。对了，他们俩那时都不会开车，我在亲戚的驾校工作，学会了开车，但没拿驾照。在车上，他们俩都戴了摩托头盔，还要我女扮男装，并且戴上口罩，说是剧情需要。我当时还有点不开心，说脸被遮住了，电影上映后别人也不认识我。但郭一凡说，这是导演临时提出来的要求，如果我不愿意，就只能换演员了。他还说，露脸不露脸无所谓，导演答应在字幕上给我们仨署名。我不想失去机会，就没再发牢骚了。到了青鱼古镇后，我们看见很多警察在银行前面。郭一凡又说，导演刚刚发来信息，剧本改动了——要跟警察玩一场声东击西的游戏，把抢劫地点由青鱼古镇改到附近的鹤松古镇。

我看着她苍白的面容，仍然觉得难以理解。

我问，在现场没看到摄像机，也没看到导演和工作人员，难道你就没有产生怀疑？

他们说，导演为了追求逼真效果，采用隐蔽拍摄的手法。银行是刚刚搭建的，里面的工作人员，包括现场的群众、警察，都是剧组雇用的临时演员。哦，他们还说自己身上带的两支猎枪是假的，是道具枪，只能发射空包弹。抢劫开始后，我被安排在车内望风。小溪的表情变得苦涩，她说，我太容易入戏了，开车逃跑的时候，郭一凡开枪打倒了一个拦截车辆的警察，我也以为是演戏。

我耳旁似乎响起炸裂的枪声，连车窗玻璃都快被震碎了。

直到逃脱警察的追捕，白宇和郭一凡要我帮忙把车推到河里去时，我才晓得刚才发生的一切不是演戏,而是真实发生的场景——我们抢劫了银行,还杀了人!

我当时腿都吓软了,想去自首,他们威胁我,警察是不会相信我的解释的。而且,一旦我报警,我的星途和爱情都会毁灭。我和梁旭冬的肮脏交易,包括那些裸照,都会被翻出来,到时我会生不如死。

我无声地点头,我知道这些后果对于一个花样年华的女孩来说意味着什么。

在他们的恐吓下,我暂时打消了自首的念头。当时他们俩拿着枪,眼睛里都是杀气,我怕他们把我像那辆车一样扔进河中。那些赃款我们平分了,我分到了一百多万。秦老师,你的分析没错,这些钱就是我后来炒房的启动资金。

你后来就没想过要检举揭发他们吗?

想过,虽然我很害怕检举的后果,但我更怕被警察当成劫匪抓获,到时浑身长嘴都说不清楚。小溪的目光追逐着一只在挡风玻璃上爬来爬去的小昆虫,她说,新闻里报道,那个遭到枪击的刑侦队长叫丁海山,被送进医院抢救——就是夏可可上班的那家医院。凌晨的时候,我穿着买来的护士服进入医院,想看看他伤得如何,会不会死。如果不会,我就去检举揭发。

我说,你见到他的时候,他应该还活着。

等医护人员离开ICU后,我溜进去,来到丁海山的病床前查看。他身上插满了管子,伤得很严重。我正要离开,突然听见他用很微弱的声音跟我说话——他把我当成了护士。但没说几句,他就陷入昏迷状态。第二天上午,我又来到那家医院打探消息,听说他死了,就在我离开后不久。

他跟你说了啥子?我迫不及待地问。

你别急,这个谜我待会儿再揭开。小溪接着说,丁海山死后,我彻底失去了自首的勇气,我害怕偿命。分赃后,白宇、郭一凡和我,订立了攻守同盟,以后尽量不联系,各走各的路。如果实在有必要,就用电台联系。

齐唐是啥子时候晓得你涉案的?

很久以后,但我很早就晓得他破译了抢劫银行的计划——他很自责,主动告诉我的。他问我晓不晓得"鬼门吹针"和"二少爷的枪"的真实身份,我说不晓得。为了赎罪,齐唐这些年一直在找他们俩,还把在十八梯的房子卖了,花钱找黑道上的人打听，被骗了好几次。我实在不忍心，就把真相告诉了他。那时候，他已经确诊艾滋病了，是晚期，我不想他带着遗憾告别这个世界。

我很好奇齐唐当时的反应，问道，他没劝你去自首吗？

没有，他说我也是受害者，自首会把我现在拥有的一切都毁了。他听我讲述完整个作案过程后，说已经没有任何证据可以指控白宇和郭一凡了，最多只能让他们身败名裂，而且还会把我赔进去，不值当。

所以，他设计了这个局？

小溪点点头，跟你推理的差不多，为了让白宇和郭一凡受到惩罚，也为了保护我，齐唐决定用自己的死来设局——我故意告诉白宇和郭一凡，齐唐一直在暗中调查鹤松银行大劫案，并且已经查出他们俩涉案，只是证据不够充分。我还说，齐唐不断在电台里呼叫他们俩，敦促他们去自首，不然就写文章披露真相，他们即使得不到法律制裁，也会声名狼藉。白宇和郭一凡刚开始半信半疑，当他们亲耳听见齐唐在电台里的呼叫后，才相信齐唐确实掌握了他们的秘密，因为齐唐呼叫时用的不是明码，而是他们俩策划银行抢劫案时使用过的密码。当年，在青鱼古镇银行前发现有警察蹲守时，他们就怀疑行动可能泄密。就像齐唐预判的那样——白宇和郭一凡决定杀人灭口。

我喝了口水，我的舌头被烟熏得有些苦涩。

小溪说，齐唐收养安妮的时候，安妮的左眼就严重受伤，齐唐给它安装了一只义眼，并且把一部针孔摄像机藏在义眼里面。

齐唐被害前两天的晚上，那个拿着枪进入阁楼里的人到底是谁，怎么跟我长得一样？

这是一个很困扰我的问题。

小溪打开车里的手扶箱，从里面拿出一张面具递给我。

我摸了一下，面具手感非常柔软，而且很薄。

小溪说，这是用树脂材料，通过3D技术制造的仿真面具。齐唐跟踪过你，偷偷拍了你的很多面部照片，把这些发给了制作商。这种面具连毛细血管和毛孔都清晰可见，几乎能以假乱真，是剧组拍戏的常用道具。那天晚上，齐唐那个成都来的朋友在楼上，齐唐找了个借口下楼，然后穿上跟你同款式的衣服，戴上面具，拿着猎枪上楼，并且故意被安妮看见。接着，齐唐又转身离开，给警方造成你发现楼上有其他人，被迫放弃谋杀齐唐的假象。

那支猎枪后来怎么出现在郭一凡的画室里？

小溪解释道，一开始，我说我去杀齐唐灭口，我找郭一凡借了那支枪。后来假装下不了手，又把枪还给了郭一凡。

我不得不佩服齐唐心思缜密，诡计中的每一个细节他都是认真推敲过的。

齐唐被害后，我按照计划，让你住进阁楼。镜框里面的照片，小提琴后面的电码，都是齐唐生前故意留下的。还有那本《猫王传奇》，是我在案发后故意拿走的，后来又借口重新买了一本交给你。小溪用一种很抱歉的口吻说，之所以要把你带进这个局里，一是因为齐唐把你当成了杀害夏可可的凶手，二是想借助你的推理能力，引导警方查出白宇和郭一凡的劫匪身份。

我一点都不怨恨齐唐，虽然他想要我的命。

我甚至觉得，他才是夏可可最值得托付终身的男人。

梁旭冬并不晓得我参与抢银行的事，杀他是因为这个人渣以前侵犯过我。而且，我炒房发财后，梁旭冬还用当年拍的裸照敲诈过我——我一次性给了他五十万，买断了那些裸照。后来，我雇他去杀郭一凡，就没想让他活着。

我想，梁旭冬的确是作死。

那天晚上，我先去找了郭一凡，趁他不注意，把安眠药下在他喝的茶水里面。等他睡着后，我打开煤气，拿出自己带来的一个老式电炉子，接通电源，拉下电闸。等房间里的煤气达到临爆点后，我骗梁旭冬进来杀郭一凡。我在外面打开电闸，电炉子通电后，点燃了事先放在上面的小纸片，引爆了煤气。不过，我没恁个聪明，每一步都是齐唐生前谋划好的。

白宇是怎么死的？我想起了防空洞里那具被水泡得发白的尸体。

我故意跟郭一凡说，白宇暴露了，要他把白宇骗到防空洞里灭口。我晓得白宇有心脏病，受到惊吓很容易休克。对了，这些行动步骤都是齐唐事先策划好的。

"紫罗兰"就是你吗？

我记起她的睡衣是紫罗兰色的，颜色和款式都跟《被侮辱的青春》中的一样。

对，我故意在电台里向你透露郭一凡的身份信息。小溪说，我从小就喜欢紫罗兰。我在院子里撒了好多紫罗兰的花籽，但不晓得为啥子一直没发芽。

那几件银器，还有白宇的打火机，也是你故意放在十八梯的防空洞里的？

没错，跟你推理的完全一样——白宇和郭一凡杀害齐唐后，并没有带走银器，但他们确实是从防空洞里进出的。那只打火机是我事先从白宇那里偷的，在防空洞里，当你的目光被银器吸引时，我悄悄把打火机扔在附近，好让警方找到，因为上面有白宇的指纹。

我想起了在防空洞里时身体的躁动。

小溪似乎也想起了什么，脸微微红了。

你就忍心看着齐唐被害吗？我问。

生命终止前的那几天，是十年来，齐唐最快乐的时光。小溪的眼里五彩斑斓，我实在不忍心阻止他，剥夺他的快乐。

我相信她说的这句话，包括标点符号。

我划燃火柴，点了支烟，你还没告诉我，丁海山临终前跟你说了啥子。

我看见小溪耸了一下鼻子，表情有点陶醉，似乎很享受这种从火焰里散发出来的硫黄味，不，应该是齐唐的味道。

她说，他要我帮他一个忙。

帮忙？帮啥子忙？我扔掉火柴梗，差点烫到手指。

当时他的声音很小，我把耳朵贴在他嘴边才听清楚。他说，他租住在白象街的房子里有一笔现金，整整四十万，装在一只黑色手提箱中。他要我告诉一个叫蒋铁峰的人，好像是刑侦大队的副大队长，要蒋副队长把这只手提箱送到这家医院的肾科，给1016床的病人当肾移植的手术费。

我像被闪电击中了，叫出声来：当时1016床就是我父亲！

那时候我还不晓得1016床是你父亲，也不敢把丁海山的遗言告诉那个蒋副队长。但我想帮丁海山完成遗愿，因为他是被我们害死的，他弥留之际托付的事情肯定非常重要，帮他这个忙，我内心的愧疚能少一些。他说的白象街离十八梯很近，我去过很多次，我很快就打听到了他租房的位置。我找了个急开锁的，把房门打开了，拿走了那只装有四十万现金的手提箱。晚上，我又冒充护士进入医院，趁1016床的病人正在睡觉，陪护不在时，把手提箱悄悄放在床头。

我终于搞清楚那笔神秘巨款的来历了——丁海山不知道从什么途径知道了我父亲急需做肾移植手术，但无钱交手术费，于是取出了自己的积蓄，想给我父亲送去。但因为急着追踪那辆被劫的私家车，他来不及去医院就赶往了鹤松古镇。

他在生命的最后一刻想到的不是自己，而是救我父亲，我的泪水一下子溢满了眼眶。

小溪说，我一直很关注这笔钱的下落，我希望听到好消息——1016床的病人因为这笔救命钱获得了新生，这样我就会心安一些。果然如我所愿，1016床的病人成功地进行了肾移植手术，不久就康复出院了。我还得知，1016床的病人就是夏可可男朋友的父亲，他们都不晓得这笔巨款从何而来。我本想告诉夏可可真相，又怕暴露自己参与抢银行的秘密，所以最终没有声张。后来，在向齐唐坦白时，我才把这件事情告诉他。他暗地里调查过，发现丁海山的老家也在秀山，他还是你父亲的学生。他猜测那笔钱是丁海山和你父亲当年的学生一起凑的，跟你无关。齐唐推断，当警方看过伪造的视频，怀疑你是抢劫银行的罪犯时，肯定会深入调查你的收入来源，特别是十年前的，这笔来历不明的巨款就可以成为你涉案的重要证据。

一口气说了这么多，小溪把座椅靠背往后调了一下，身子后仰，显得有些虚弱，好像回忆耗尽了她的力气。

我有点纳闷，前两天，你不是还在指控我吗，怎么现在又把真相说出来了？

小溪目光温柔地看着我：

因为你是警察。

我一阵耳鸣，似乎身体突然飞到了大气层之上。

很抱歉，你住在阁楼里的时候，我趁你不注意，悄悄在你手机里安装了木马软件。你的所有行踪，包括你跟别人的全部对话，我都一清二楚。你今天在陵园跟夏可可和丁海山说的那些话，我都听见了，我才晓得你是卧底，才晓得我和齐唐冤枉了你。夏可可不是你杀的，而是为了掩护你的身份自杀的。我很震撼，真的。在当时的情况下，如果我是夏可可，你是齐唐，我也会怎个做。真正的爱情是可以为对方献出生命的，而且无怨无悔。我现在也明白了，丁海山为啥子要把那笔钱给你父亲治病，因为他希望你能没有后顾之忧，安心做卧底。秦老师，我真的很感激你，如果不是你冒死卧底，我父亲可能到现在还背着黑锅。

我脑袋里似乎被一张巨大的蜘蛛网覆盖了，我想下车吹吹风，吹掉那些黏稠的蛛丝。很奇怪，这次车门很顺利地打开了，似乎根本就没有上锁。

难道之前打不开车门只是我的幻觉，或者是我故意找的借口？

我眺望着远方，山城在太阳的照射下光怪陆离，有如一幅抽象画。

真相大白时，我并不觉得轻松，反而，心情更加沉重。

只要小溪把刚才的话当着警方的面复述一遍，再签字确认，就可以当作指控她犯罪的口供。虽然她是被诱骗参与抢劫银行的，但并无确凿的证据证明这种诱骗存在，抢劫罪依然成立。尤其这是抢劫银行，数目巨大，还造成了多人伤亡，性质非常恶劣。再加上郭一凡和梁旭冬都是被她谋杀，如果核实无误，小溪恐难逃死刑。即使考虑到她有自首情节，至少也会被判死缓。

我无法把她和一个深牢大狱里的女囚画上等号，那是两种截然不同的人生，一个是天堂，一个是地狱。

当然，她也可以全盘否认车上的谈话内容，说那只是一个故事，一个玩笑。这样的话，依然没有任何证据能指控她涉嫌犯罪，而我的证言是不具备采信的价值。我不知道小溪会作出何种选择，天堂和地狱，就在她的一念之间。

我突然很后悔上了她的车。

如果没上她的车，我就不会知道这些秘密，此刻我的脑浆就不会像糨糊一样黏稠不堪。我真希望自己不是一名警察，而是一个真正的讣闻师，或者作家，那样的话，她是否涉案，是上天堂还是下地狱，跟我有什么关系呢？我可以假装没听见，故意把这些话当成她精神产生应激反应时的胡言乱语。如果我是普通公民，我甚至很可能劝说她不要犯傻，自己把自己送到牢房里面去，那可不是人待的地方，出来就差不多废了。毕竟，在鹤松银行大劫案中，她也是受害者。在她至暗的少女时代，她惨遭欺凌。她后来杀的，都是该杀之人，她是在为自己被侮辱的青春复仇。她没有必要去给那些人渣陪葬，她应该去拥抱新的生活，去做一个美好的妻子和母亲。生活已经给了她太多不幸，她应该得到拯救，得到上帝的悲悯，这才是公平的。

小溪也下了车，站在我身边，我们一起吹着山野的风。

她撩了一下被吹乱的头发，说道，对不起，给您添了恁个多麻烦，我真没想到你是警察。其实，你在很多方面都非常像齐唐——你们都是无线电发烧友，都会拉小提琴，都喜欢推理和解密。而且，你们对感情都很专一。虽然我和齐唐好上了，但我晓得，他心里还有夏可可。我想，夏可可应该也在你心中活着。我现在终于晓得，当初夏可可为啥子要不顾一切爱上你了，你身上有很多被隐藏的闪光的品质。

我鼻子有点发酸，很可惜，她重新认识我，只有短短的十分钟。

不，绝对不止十分钟！小溪的声音高亢起来，女人的直觉是非常灵敏的，我相信她对你的真实身份早就有所察觉，只是没有得到证实，她也不方便追问。你晓得吗，齐唐为啥子一根筋地调查鹤松银行抢劫案？不是他主动告诉我的，是我用直觉猜到的，但我一直没有戳穿，我不想伤害他的自尊。直到有一天他心里扛不住了，才告诉我，他是在赎罪！在夏可可生命的最后十分钟内，你把身份的秘密告诉了她，她长久以来的猜测终于得到了验证，所以她马上相信了。否则，如果没有任何心理准备，在短短的十分钟内，任何一个女人，都不会相信一个如此巨大的秘密，并且甘愿用自己的生命去保护这个秘密。

我开始回想那天的情景——夏可可听我说了自己的真实身份后，确实没有表现出太大的惊讶，当然，也有可能是没有时间惊讶和刨根问底。接下来的每一秒，我和她都在商量如何应对这个生死危局。

所以，你不用太遗憾，她早就晓得自己的男朋友是个啥子样的人。小溪激动地说，她会为你自豪，她会觉得自己的选择是正确的，她的快乐比你想象的要多得多，这也是她愿意跟你换命的原因，她觉得值！她也晓得自己只是肉体消亡了，在你的心里，她会一直不朽。女人很容易知足的，能被男人这样宠爱一辈子，真的会觉得很幸福的。

我欣慰了许多，小溪真的是个善解人意的女人，就跟夏可可一样。

而我和齐唐也是如此相似。这难道是命运的诡异安排吗？

嘉陵江面的航船远看像是白蛇的鳞片。

眺望着那些闪闪发光的鳞片，我叹了口气，你和齐唐不应该以一种犯罪的方式来赎罪。

小溪的眼睛里充满了不可名状的东西，她说，每个人站的角度不一样，想法也会不一样。

我把目光转向她，如果，你愿意对刚才说的话负法律责任，你考虑好了后果吗？

她没有回答我的问题，而是面向我，和我对视，你愿意再抱我一下吗？

我没有片刻迟疑，就拥抱了她。

这是我们第三次拥抱。

第一次是在防空洞里。

第二次是在阁楼的卧室内。

让我诧异的是，一度在她身上消失的那种熟悉的味道又回来了——在她的发梢，在她的鬓间，在她的眼角，在她的眉梢，在她的脖颈，在她的每一个毛细孔里，我都闻到了那种心动的气味。此刻，我忘了自己的身份，也忘了她的身份，我只是个男人，她只是个女人。

也许，我把她当成了夏可可。或者，她把我当成了齐唐。

我多希望时间就在这一刹那间定格，把我们凝固成一块琥珀，成为永恒。

我突然听到了警笛声。

她含糊不清地说，我把在车上的谈话内容都录了音，发给了周队。

我猛然松开了小溪，惊讶地看着她。让我意外的是，她没有惊惶，没有畏惧，表情是如此平静。似乎她作出的不是天堂和地狱的选择，而是吃川菜和吃湘菜的选择。我的胸腔里好像有某种东西碎裂了，空空落落的。我的嘴唇哆嗦着，不知道该说什么，我害怕说出来的每一个字，都是错的。

小溪说，那天你被带走后，小提琴突然从墙上掉下来，D 弦和 G 弦都断了，是不是很奇怪？

可能是我没放好。我说。

应该不是。小溪把目光投向山顶的缙云寺，那里传出了空灵的木鱼声。她说，当时我就觉得可能是齐唐在暗示我。

暗示啥子？我问。

命若琴弦。她的目光突然变得悲伤，弦断了，再也拉不出好听的曲子了，可能有些美好的东西，注定要从我生活里消失了。

别胡思乱想。我捏了一下她的耳垂，弦断了还可以换一根。

她眼里的悲伤顿时转化为一种柔情，齐唐也经常恁个捏我耳朵。

我有些不知所措。

对了，昨天晚上发生了一件怪事。她说，我睡在阁楼里，刚睡着，就被电波声吵醒了。我走进书房，发现电台竟然开着。

是不是你睡觉前忘了关电源？

齐唐被害后，我根本就没碰过那部电台！更诡异的是——小溪停顿了几秒，然后说，那串响个不停的电波是齐唐在呼叫我。

不可能。我大惊失色。

是真的，我听得清清楚楚，就是他的呼号，他呼叫的是我——紫罗兰，她斩钉截铁地说，我记得他的呼号，熟悉他的手法，就跟熟悉他的声音一样，不会听错。当我准备应答时，电波声又消失了，仿佛从来没有出现过。

我浑身起了一层鸡皮疙瘩，像是气温骤降到了零度之下。

警笛声由远而近。

你们聊，我在车上等你们。在警车到达的同时，小溪上了自己的保时捷，然后从驾驶室里探出头，对我说，把行李箱拿下去吧，待会儿你要换车了。

我把行李箱拿下来时，一个白色的影子从座位底下飞窜出来，钻进了树丛里。

我看清楚了，是安妮！

我不知道安妮是什么时候躲在那里的，之前我竟然毫无察觉。小溪也看到了安妮，但只是冲我笑笑，什么都没说。也许，是她把安妮抱上车的。这真是个神出鬼没的小家伙，它经常带给我各种意外。有时候我觉得它更像一个解密大师，洞悉一切，却总是沉默不语。

235

警车上只有两个人——周队和罗拉拉，他们下车走过来，竟然同时朝我举手敬礼。我有些恍惚，忘了还礼。十年来，我一直躲在黑暗中呼吸，如同一只唱着丧歌的夜莺，被无数人憎恶，这是我第一次看见战友给我这种礼遇。

我找蒋副局长核实了你的身份。周队朝我伸出手，对不起，误会你了。

我没有握周队的手，我已经不习惯这种表示友好的方式了，黑暗有黑暗的丛林法则，我不能当法则的破坏者。

周队悻悻地缩回手，扔给我一支烟，这回我接了。

周队凑上来给我点烟，一脸谦恭，蒋副局长说，你的代号叫"夜莺"。我太震惊，你娃晓得不，这个代号在警界就是个传奇！好多重特大案件就是"夜莺"卧底破获的，比如李天豹犯罪集团的覆灭。我和同行摆龙门阵时，经常提起"夜莺"，都觉得这家伙太厉害了，但我们都是只闻其名不见其人，连"夜莺"是男是女都不晓得，简直就是风一样的存在啊。当警察能当到这个境界，哪怕"光荣"了也会从棺材里笑醒。呸呸呸，我乌鸦嘴，你别介意啊。今儿个总算见到真神了，老子以后可以放肆吹牛了。对了，来之前，蒋副局长还把我臭骂了一顿，我从没见他老人家发过恁个大的火，说我违反了保密纪律，不该打探你的身份。可这不能怪我啊，是宋小溪把录音发给了我，我听完后都差点脑梗了，我总得去核实一下吧？不然真落个中风的毛病，老子还怎么做警察？你说是不是？

我吐着烟圈，师父跟我说，本来派你去李天豹犯罪集团卧底的。命令下来的头一天，你娃出风头，在解放碑打跑了两个调戏美女的流氓，照片还上了报。师父气得吐血，只好改派我去。

罗拉拉在旁边抿着嘴偷乐。

当时年轻气盛，眼里揉不得沙子。那女娃儿长得又实在是太乖了，看见她被欺负，我怎么忍得住不出手嘛？凡事有得有失，我没当成"夜莺"，但我救的那个女娃儿后来成了我老婆，是两个娃的妈了。我也自我反省过——我这个人性子急，适合猛打猛冲，其实不太适合做卧底。就拿夏可可那件事来说吧，当时要是换了我，肯定跟李天豹那个混蛋拼个鱼死网破。

我看见罗拉拉不断朝周队使眼色，示意他不要说这个。

周队很知趣地转移了话题，他拍着我的肩膀说，还是你娃当"夜莺"合适，冷静，沉得住气。江湖上到处都是你的传说，大伙儿都以你为荣，全是你娃的铁粉。格老子的，我要是去做这个卧底，估计早就暴露了，不是人间蒸发，就是灰溜溜地归队，哪还有啥子传说，只有笑话。对了，能不能传授一点秘诀，有时候我们也要搞秘密侦查，你给点拨点拨。

透过车窗，我看见小溪正对着抬头镜化妆。

我凝视着手指间暗红色的烟头，对周队说，当你跟黑夜融为一体了，别人看不见你的时候，你就成功一半了。

周队有点蒙圈，然后说，你娃的《葵花宝典》我一时半会儿参不透，这样吧，今天我做东，请你去德庄吃火锅，到时再向你请教。

我说，忘掉你今天听到的，看到的，所有。

他张口结舌，一句话都没说出来。

罗拉拉走过来，秦老师，真不好意思，我不该骂你。我收回我说的话，不是所有的，只是不好听的那些。她脸上泛起红晕，有些话，我永远都不会收回。认识你的这些日子，是我人生中最有意义的一段时光，我学到了很多。还有，现在我晓得了你为啥子会吸引我，你身上的气场，就是我爸的气场。

我看着呼吸有些急促的罗拉拉，说道，从你父亲那里拿的四十万现金，我会还给你。

不，不需要！我爸牺牲后，我妈查过他的银行账户，他生前的确取出过四十万现金。我今天问了我妈，她才告诉我这件事。离婚后，我爸把房子给了我妈，他自己一直没买房，那些钱是他的全部积蓄。我妈还说，整理我爸的遗物时，发现了一份他的遗书，说这四十万是给朋友应急的，万一他"光荣"了，谁都不许去要这笔钱。我爸执行重要任务前，都会写遗书，每一次他都做好了再也不能回家的打算。他前前后后写了上百份遗书，这也是我妈特别不能容忍的，觉得很没有安全感。但这些遗书我妈现在都保存着，一份都没有扔，她每看一次哭一次。所以那笔钱，我和我妈都不会要，我们不能违背我爸的遗愿，否则，他在九泉之下不会安息的。

我抬头望天，就跟小溪习惯做的那样。

237

我想让灼热的风吹干我视网膜上浓厚的水雾。

我的手机响了，发信息的竟然是就在咫尺之遥的小溪——我已经把所有财产委托律师处理，十八梯那栋阁楼的产权归你。唯一的条件是，你得给我写篇讣闻，还要把我写进小说，不许推脱哦。其余财产我都捐给了慈善基金会，包括我现在住的别墅。对了，我还要告诉你一个小秘密——在刚才拥吻的时候，我发现我爱上了你。再见了，这个美好人间，再见了，我生命中最后的爱人！

我下意识地朝保时捷看去，小溪也在看我，脸上挂着神秘的笑，然后，她伸手按下了"一键启动"。像是受到了强烈的地震波的冲击，我脑袋里的那片海掀起了数十米高的死亡巨浪，我惊骇地大叫：

快，拦住她的车！

周队扔掉烟头，朝保时捷冲过去，我和罗拉拉也冲了过去。但我们都没有来得及阻拦，保时捷瞬间加速，像一头羚羊纵身跳下了悬崖。我捂住双耳，蹲在地上。但几秒钟后，轰隆一声巨响还是传到了我的耳朵中。我感觉到整个山体都在震动，不，是整个世界，整个宇宙，就像发生了一场大爆炸。我听到周队在呼叫增援，我听到罗拉拉在哭泣，我听到自己的灵魂被撕裂的声音。

一股热浪从山谷里升腾上来，我跟跟跄跄地站起来，有一种失血的晕眩，似乎全身的血液都被这股热浪蒸发掉了。对我这种背光而生的人来说，尽管习惯了各种意外，习惯了出人意料的结局，然而，当鹤松银行大劫案以如此惨烈的方式结案时，我还是无比震惊。这种震撼足以跟当年夏可可举枪自杀相比，夏可可是用生命来拯救我，小溪是用生命来救赎自己。

她们一个是飞翔的精灵，一个是坠落的天使。

我该怎么来写这篇讣闻呢？

我觉得这绝对是我最难写的一篇讣闻，我穷尽所有的词汇，似乎都不能准确地表述小溪的一生。也许，我要用一生的时间才能写好这篇讣闻。

至于怎么把小溪写进我的小说里，也是一个难题，我不知道怎么定位她的角色——正面还是反面？不知道怎么定位这部小说的基调——正剧还是悲剧？爱情剧还是黑色幽默？似乎都对，又似乎都不对。

我又一次抬头看天，可是我已经没有悲伤。

确切地说，是把悲伤埋进了深深的冻土层中，不敢让它融化。

像我这样的人，瞳孔里只有一面镜子，冰冷而扁平的镜子。

山脚下，警车、救护车和消防车的呼啸声响成一片。

安妮不知道什么时候从树丛里钻出来，就蹲在旁边。这时我才注意到，它的那只义眼又装上去了，闪烁着一种可以看透尘世悲欢的幽光，比天空更蔚蓝，比大海更澄澈。

我格式化了手机，清除了木马软件，然后拖着行李箱离开了缙云山，安妮亦步亦趋地跟在我后面。

初夏的阳光在身后碎了一地。

我带着安妮住进了十八梯的那栋阁楼里，院子里的花草全部颓败了，就好像我不是离开了几天，而是整整一个季节。

阁楼也破旧了许多，我脚步稍微重一点，就晃晃悠悠。

我住进来的第一件事，就是在花圃里撒下一大把紫罗兰的种子。当时安妮就蜷缩在白色长椅上，旁边放着保罗·策兰的诗集，风一吹，书页翻开了，正好是那篇《死亡赋格》。安妮目不转睛地看着，就好像读懂了里面的意思。

我更换了小提琴上断掉的D弦和G弦，但不知为什么，拉出的调调跟以前完全不一样了，充满怪异，就好像我突然成了个手法笨拙的少年。

我再没有碰过那部电台，仿佛那是一个伤疤。

一个春天的晚上，我半梦半醒间听到书房里有动静。我蹑手蹑脚地走过去，发现电台竟然开着，里面传出嘀嘀答嗒的电波声，就好像雨滴落在油纸伞上，有一个穿旗袍的女人穿过悠长的小巷，缓缓走来。

我听到电台里有个呼号在呼叫。

是"紫罗兰"呼叫"夜莺"。

难道是小溪回来找我了，就像当初齐唐回来找她一样？

但呼号稍纵即逝，此后再也没有响起过。

第二天早晨醒来，我已经不记得昨晚发生的诡异一幕到底是梦幻，还是现实。

我听见安妮在院子里不断地叫唤，我下楼走出门，顿时惊呆了。花圃里遍地紫罗兰，仿佛是一夜之间从地底下冒出来的，朵朵绽放着妖娆和娇俏。

空气里全是那种久违的味道,她的味道,秘密的味道。

我久久地抬头看天。

一夜像过了十年。

【全文完】

后　记

在生活的幽暗中寻找秘密

　　人到中年，我很少参加应酬，几乎零社交，四分之三的时间宅在家里，四分之一的时间在旅行的路上。《暗瞳》这部长篇悬疑小说就是宅家的时候写的，从构思到完稿，花了两个月左右的时间。和我的上一部长篇悬疑小说《沉默之刃》一样，《暗瞳》的故事也是发生在弥漫着神秘气息的雾都。如果把地名说得再具体一点，是十八梯，那是连接雾都上半城和下半城的脐带。每一块青石板都有传奇，每一栋老屋都是一本线装书。我沦陷其中，经常忘了时间，以为自己还是个少年。

　　去一座城市，我不喜欢看高楼大厦，我喜欢看那些被繁华遗忘的落寞的老街——它们也曾风情万种过，如同一个脂粉褪尽的女人，眼角眉梢全是耐人寻味的故事，让我深深迷恋。《暗瞳》中的男主人公是一名成天与死亡打交道的讣闻师，也是一位推理小说作家，更隐蔽的身份是警方卧底。另外一名男主角是记者，他精心策划了一场完美谋杀，不是针对别人，而是谋杀自己。我也曾当过记者，现在写推理小说，我好像是在写自己，又好像不是。写作是一种似是而非的奇特体验，不断把作者本人的情感和经历代入到作品中，久而久之就会发现，自己成了作品不可分割的一部分，从身体到心灵都交融在一起。

　　我热爱秘密，喜欢窥探，生活中那些幽暗的细节总让我好奇。小时候，外婆家那个积满尘埃的小阁楼就是我探险的乐园——雕花的门窗、吱呀作响的地板、被墙缝挤压得扭曲变形的光线、压箱底的古玩，无一不充斥着诡异的气息。《暗瞳》中的凶宅就是这样一栋阁楼，它其实是一个有具体形状的巨大的秘密。它等着我来敲门，等着我把隐藏在时光深处的那些东西找出来，一一晒在阳光下面。

我经常拖着拉杆行李箱走向一个又一个站台，住进一座又一座旅馆。我遇到的许多人，我睡过的许多床，我迷失过的许多夜晚，都散发着秘密的味道。而我就像一个潜伏在隐蔽战线上的破译者，总想把那些意义不明的密码搞清楚。喝着一杯热茶，听着午夜收音机里的老歌，嗅着不知从哪个角落里飘来的香水味，我常常恍惚，仿佛整个人处于半梦半醒之间，一切都是不确定的，任何事情的走向都有着无限可能。这正是我写悬疑小说的状态，在不真实中还原生活的真实，把不可捉摸的内容梳理得明明白白。

有时我脑中会冒出一个很有意思的念头——我这个热衷解密的人，会不会也成为别人想要解读的秘密？答案是肯定的，正如《暗瞳》这部小说的名字，总有一双眼睛在黑暗中注视着我们。在阳光照耀不到的地方，每个人的内心都有一处隐秘而阴暗的角落，那里生长着人性最原始也最本真的一些东西，耻于见光。

这一生，我们都在窥视别人，同时也被别人窥视，而且注定无处可逃。

赵小赵